安部公房
評伝年譜

谷 真介［編著］

新泉社

安部公房評伝年譜

目次

装幀　勝木雄二

Ⅰ　安部公房評伝年譜（1924～2002）

表記について

一、字体は原則として新字体を用いた。

二、引用箇所は、全て〈　〉で表示した。

三、安部公房著の公刊書籍は、本年譜の初出時のみゴチック体で表記した。

一九二四（大正十三）年

三月　七日、安部公房は、東京府北豊島郡滝野川町西ヶ原（現東京都北区西ヶ原三丁目）に生まれた。本名「きみふさ」。原籍は北海道川上郡字近文東鷹栖村（現北海道旭川市東鷹栖町三線十八号）。

祖父母はそれぞれ四国の香川、徳島から入植した石狩川の開拓民で、祖父勝三郎は明治二十七年、北海道庁の告示に申請、個人移住してピップ原野を開拓し、東鷹栖村初代村長となった。

父浅吉は旭川中学（現旭川東高校）から満州（現中国東北部、以下同）奉天南満医学堂（日華協定により明治四十四年に満鉄が設立した高等専門学校）に進学。大正十年卒業（同校は翌年満州医科大学に昇格）。その後同大学で栄養学を専攻、助教授となり、のちにビタミンの研究で博士号を受けた。また浅吉はドイツ遊学のための試験をエスペラント語で受け、コスモポリタンを任じていた。写真に興味を持ち自宅に暗室までつくっていた。晩年は満州スケート連盟の会長を務めた、という説があるが、真偽はさだかでない。

母ヨリミ（旧姓井村）は、旭川高等女学校（現旭川西高校）卒。東京女子高等師範学校（現お茶の水女子大学）の国文科在学中の一九二一年、堺真柄、伊藤野枝、山川菊栄らが結成した婦人の社会主義運動団体赤瀾会の活動に共鳴、その講演会ポスターを校内の掲示板に貼って、退学処分を受けた。またプロレタリア文学などに関心を寄せていた。創作として数奇な恋愛関係を描いた長編小説『スフィンクスは笑ふ』を執筆、晩年は一時旭川アララギ会に属して、作歌をもしていた。安部公房が芥川賞を受賞したおりの次の作品がある。

文学賞に輝くと言ふは誰の子か

石狩に耕して吾疲れゐる

浅吉とヨリミは一九二二（大正十一）年末浅吉の東京留学中に結婚し、年が明けた一月六日、七日に披露宴を催した。浅吉は十一日に単身奉天の大学病院にもどったので、ヨリミは五月まで一人で東京で暮らしていた。安部公房の両親の生活費は浅吉の実家から毎月送金されてくる百円と、大学からの研究費百円があてられたが、二人とも浪費癖がおさまらず、味噌も買えないこともあった。二三年秋、ヨリミはすでに公房を身ごもっており、体調を崩していた。四〇〇枚におよぶ長編小説『スフィンクスは笑ふ』執筆の模様や、当時の動静について、ヨリミは同書「跋」に次のように書きとめている。

〈十月になつた。私の前を秋風が吹き、藍色の空が私の目の前に拡つた。私も丈夫になり本も読めるやうになつた。そしてふと始めたのは此の創作である。之れは多分十月の十日に始めて、草稿だけは十一月の終りに終つたと思ふ。そして十二月には私の手を離れた。

私達の胎内の子供は大きくなつて行つた。私はそれを思つて恐怖に捕へられた。私にはもつともつと、静かな二人の生活がほしかつた。しかし、彼は心から三人になる事を喜んでくれた。子供のスエターや帽子を作る為に、十一月には二回も編物の講習に出て、色々な物を編んだ。子供の愛が霧のやうに私を包む頃には大正十二年も暮れやうとしてゐた。

来年は私達の赤んぼの出来る年だ。

来年は私達の本の出来る年だ。

私達は嘗て春を待つた心持で来年を待ち、物思ひの無い、希望に輝いた年を、私達の此の小さな家で迎へた〉

なお、『スフィンクスは笑ふ』の奥付には、「大正十三年三月廿日発行　発行所　東京市外日暮里元金杉一三七異端社」とあり、公房誕生の二週間後に刊行され、四月四日、上野三橋亭で江口渙他の発起で出版記念会が開かれている。

公房は二男二女の長男（弟春光は母方の井村家を継ぎ、医師。長女洋子は夭折。次女康子はデザイナー）で、父浅吉が大学から東京の国立栄養研究所に派遣されていた時に生まれた。

一九二五（大正十四）**年**　一歳

父母と共に渡満。奉天市（現中国瀋陽市）南区葵町の満鉄社宅に住む。

こうした出生前後の環境について、安部公房は後年、次のように記している。

〈原籍と出生地と、育った場所とが、三つとも違っていることのために、その後私はますます過去に関して口が重くなった。たとえば、一と口に出身地と聞かれて、いったい何んと答えればいいのだろう？（たぶん、こうした経歴が、私を私小説的発想から遠ざけることになったのかもしれない）〉（自筆「年譜」集英社版〝新日本文学全集〟29『**福永武彦　安部公房集**』一九六四年二月刊）

一九三一（昭和六）**年**　七歳

奉天千代田小学校二年の時、父浅吉がドイツ、ハンガリーなどに遊学したため、前後の一年余りを母と共に北海道の東鷹栖村で過し、東鷹栖近文第一小学校に転校。父帰国後ふたたび渡満、千代田小学校に再入学。担任宮武城吉の指導で多くの本を読破した。

このころの安部公房について、三歳下の弟春光は次のように記している。

〈子供の頃には、何もしないでいいということで、天皇陛下になりたいといっていたとよく母が話していました。ある意味で物臭で怠慢な人でした〉

〈次々と奇妙な事を考えつく人でした〉（「あっという間に」郷土誌《あさひかわ》第三三一号、あさひかわ社、一九九三年七月発行）

満州の風土の一端について、安部公房はのちに次のように語っている。

〈零下二十何度かになると学校休みだったな。後ろ向きに歩ける眼鏡を発明しようとしたことがあるよ、本気になって。風に向って歩くとつらいんだ、眼も鼻も凍ってしまう〉

〈夏の暑さも苛烈だったな。事実学校のすぐそばまで砂漠化が進行していた。寒暖の差がすごく激しいから、なんといっても印象に残るのは春の到来さ。春というのは、徐々に来るんじゃなくて、ある日突然来る。そのある日の前触れとして、完全に枯れた――いや実をいうと枯れ草もないんだ、凍った地面の割れ目に、ちらと緑色がのぞく。それが合図なんだよね。いつまでもしゃがみ込んで、じっと眺め入っていたものさ。あれは新鮮な記憶だな〉（栗坪良樹のインタビュー「錨なき方舟時代」《すばる》一九八四年一月号）

また、自己の性格の一端について、次のように語っている。

〈僕は子供の頃から……体質的なものかもしれない……規律、調和、美、荘重さ、そういったものになぜか本能的な憎悪感を抱きつづけてきてね、一種の劣等感かな、とにかく即物的な乾いた感じのほうがずっと好きだな〉（小林恭二のインタビュー「御破算の文学」《海燕》一九八六年一月号）

さらに、当時の外地、満州の小学校教育の特殊性について――

〈そう言えば、ぼくの場合むしろ学校だろうね、体験の特殊性を言うなら。つまり原形になる風景というのが、地平線までのっぺりして何にもなくて……。（略）ところが学校で使っているのは日本の教科書だ。日本の教科書に出てくる風景というのは、家のすぐ裏に山があったり、川があったりする。（略）谷川があって、せせらぎがあって、そこに魚が泳いでいたんじゃ、こっちはコンプレックスにおちいるしかないだろう。まさにファンタジーだ、あこがれだよ、窓からひょっと見たら山が見えるなんて、まるでチョコレートの箱の絵みたいじゃないか〉（前出、インタビュー「錨なき方舟時代」）

小学校四年の同級生末松優が放課後の遊びの一齣を語っている。

〈安部公房のうちの前で落葉を燃やしていたら、彼は石ッコロをその火の中に投じて「どんどん燃そうよ、そうするとこれは炭素になり、しまいにはダイヤモンドになる」とのご託宣、ソレッとばかりそこらへんの羽目板まで外しにかかって燃しはじめたら「なにをしてるんですか、あぶない、あぶない」と安部のお母さんに叱られた〉（「わが誇り、宮武学級」『奉天・千代田小学校創立五十周年記念誌――一九七七年版』奉天・千代田小学校同窓会本部、一九七七年五月刊）

小学校時代に書いた、二行詩一編が残されている。

夜
くりぬくい　くりぬくい
カーテンにうつる月の影

〈ぬくい栗だよ、ぬくい栗だよ〉と現地人が物を売り歩く「夜」の情景を歌ったものだろう。

一九三六（昭和十一）年　十二歳

四月　奉天第二中学校入学。母ヨリミからは文学書を読むことを禁じられていたが、中学時代自宅にあった『世界文学全集』（新潮社）、『近代劇全集』（第一書房）を乱読。エドガー・アラン・ポーに感銘、学校の昼休みなどに級友たちにストーリーを語って聞かせ、好評を得る。

〈ポーは、ぼくに書こうという気を起こさせた最初の作家でした。十五歳ごろのことです。これは普通は人に話したりしないのですが、ぼくは満州《（マヽ）》生まれで、そこは冬がとてもきびしいところでした。学校にいっても非常に寒いので、休み時間も教室にいなければならなかった。そこでぼくは自分が読んだポーの短編の内容を級友に話してやったのです。体面を保つには一日一篇は読まなければならない。そのうちその翻訳も全部読んでしまったけれど、話を聞かせろという要求は続いた。そこでその寒い冬のあいだ中、自分で話を作らなければならなかったのです。それが他人を喜ばせることができる物語を書きはじめた最初でした〉（ナンシー・S・ハーディンのインタビュー「安部公房との対話」長岡真吾訳、《ユリイカ》一九九四年八月号）

学科は数学、ことに幾何が好きで、語学は苦手だった。

〈構成派風の図案を描くこと、昆虫採集と冒険に興味を持ち、よく一人で旧市街の城内を彷徨した。スポーツは剣道と二千メートルの選手で、百メートルを十二秒で走った〉（「ぜんぶ本当の話」《群像》一九六一年十二月号）

父浅吉は奉天市大和区紅葉町四で開業医を始める。

一九四〇（昭和十五）年　十六歳

奉天第二中学校を四年で修了。東京に出て、成城高等学校理科乙類（ドイツ語）に入学（理科乙類は医師、薬学志望者が多かった）。世田谷区成城に下宿。

入学後、阿部六郎（阿部次郎の実弟）にドイツ語を学び、傾倒していく。しかし校風にはなじめず文学書を耽読、ドストイエフスキーに熱中しはじめる。日本の文学には、ほとんど感銘を受けなかった。のちに魯迅の『青年必読書』の「附注」にある次の言葉に接して、大いに共感した。

〈私は中国の書物をよむと、どうも気分が沈静して、実人生と離れるように思う。外国の書物――ただしインドを除く――をよむと、大てい人生と接触して、何かの仕事をやろうという気になる。

中国の書物にも、社会に入って行くことを勧める言葉はあるが、大ていは動かぬ屍の楽観である。外国の書物ではたとえ頽廃や厭世であっても、しかし生きた人間の頽廃や厭世である。

私は思う、少ししか――あるいは一つも――中国の書物はよまないで、たくさん外国の書物をよむのがいいと。

少ししか中国の書物をよまなくても、その結果はただ作文ができないというだけだ。だが現在の青年に最も緊要なことは「行」であって、「言」ではない。生きた人間でさえあればいい、作文ができないのは何も大したことではない〉（『魯迅選集』第六巻、増田渉訳、岩波書店）

この年の冬、肺浸潤にかかり、休学して奉天市の自宅に帰る。肺浸潤の原因は雨中の軍事教練で風邪をひきこじらせたため。

一九四一（昭和十六）年　十七歳

〈――とつぜん閃光のように四十四年前の冬の記憶と結びつく。昭和十六年十二月八日、日米開戦の日だ。当時は日本も聖戦の最中だった。そしてぼくはドストイエフスキーとの出会いに夢中になっていた。図書館の全集を順に借り出し、読みあさっていた。あの日はちょうど『カラマーゾフの兄弟』の第一巻を読みおえ、二巻目と交換するために家を出る時だったと思う。新聞の一面いっぱいに、白抜きの大見出しがパール・ハーバー奇襲を告げていた。しかしぼくにとって切実なのは、『カラマーゾフの兄弟』の第二巻が、すでに誰かに借りられてしまっているのではないかという懸念だった。日米開戦のニュースのほうが、むしろ遠い世界の物語のように感じられていた。

きびしい思想統制の中で、それ以外の思想が存在することさえ教えられずに育った十七歳のぼくにとって、あの懐疑主義はたまらなく新鮮なものだった。一切の帰属を拒否し、あらゆる儀式や約束事を踏みにじり、ひたすら破滅に疾走しつづける登場人物たちは、どんな愛国思想よりも魅力にあふれた魂の高揚として映ったのだ〉（「テヘランのドストイエフスキー」《朝日新聞》一九八五年十二月二日夕刊）

一九四二（昭和十七）年　十八歳

四月　病気が恢復したので、再び東京の学校にもどる。ファシズムが強化されるなかで、ニーチェ、ハイデッガー、ヤスパースなどの哲学書を読む。またカフカの『審判』も読んだが、印象は弱かったという。学校の軍事教練は最下位の「丁」。しかし数学だけは依然として好きな学科で、二年の終りには三年の教科書をマスターし、授業中に高木貞治の『解析概論』を読みふけった。

〈高校時代の安部公房というと、まっさきにおもいだすのは、授業中に高木貞治博士の『解析概論』をよみふけっていた姿である。

五十音順にタテに机をつらねていたから、彼はいつも窓ぎわの三、四番目だった。そこで彼は前の男の背中と窓ぎわいっぱいに、つまり教壇からなるべく見えない位置に、その大きな本をひろげてよんでいた。むろん毎時間というわけではないが、つまらない授業のときはたいていそうしていたようにおもう〉（河竹登志夫「高校時代の安部公房」新潮社版**『安部公房全作品2』**《付録》一九七二年五月刊）

このころから「成城有史以来の数学の天才」といわれ、卒業後は大学の数学科へ行くよう数学の教授山崎三郎から薦められる。また当時の公房の風貌について、級友だった前記河竹登志夫（早稲田大学名誉教授・演劇史）は、次のように記している。

〈弊衣破帽というが、彼はその代表的存在だった。素足に草履、百日鬘のようなボサボサ頭に不精ひげでブスッとしている、それがわらうととたんに、近頃の写真にみるような愛嬌にとんだ善人の相をあらわすので

あった。正義派で硬骨で、率直で純粋な思索家だった〉（同前）

一九四三（昭和十八）**年**　十九歳

二月　哲学的エッセイ「問題下降に依る肯定の批判——是こそは大いなる蟻の巣を輝らす光である」（約十七枚、文末に十二月九日の日付がある）を成城高校の校友会誌《城》第四〇号に発表。

このエッセイについて、学友であった中埜肇（ドイツ哲学者）は、次のように記している。

〈当時既に日本でもハイデガーの『存在と時間』の翻訳が出版され、わが国の哲学界や思想的ジャーナリズムにも「解釈学的現象学」という言葉が姿を見せていた〉

〈当時の安部は「解釈学」という言葉をむしろデカルト的な懐疑の方法に近い意味に解していた。そして世に横行し通用しているすべての既成観念やイデオロギーを徹底的に批判し、常識の固い地盤を打ち壊すことを試みていた。（これはある意味で彼の思索を生涯にわたって貫く方法でもある。）ここには彼が既に深く読みこんでいたニーチェとドストエーフスキイ（とくに『地下生活者の手記』）の強い影響があった〉（「若き日の安部公房①——追憶の一齣」岡崎市・桃山書房《ふるほん西三河》第四五号、一九九三年十一月二十日発行）

三月　誕生日の七日から、小説「題未定（霊媒の話より）」百二十四枚を執筆（十六日脱稿、生前未発表）。

九月　成城高校を戦時教育体制下の「在学年短縮」で繰りあげ卒業し、東京帝国大学医学部医科に入学。本郷区西片町一〇番地ほ一一六の渡辺一頼方に下宿（東大入試のため約一カ月、不眠不休で勉強し、受験当日、会場で卒倒。勉強したと思うのは、この時だけだった、という）。大学卒業後は精神科医になるつもりだった。

十月　十四日、京都大学哲学科へ進学し、学徒出陣を前にした中埜肇宛の私信に、次のように記す。

〈今第一批判（カント）をやり始めました。六ケしい。非常に疲れます。けれど成程と思ふ事が書いてある。笑はないで下さい。君なら此の意味が解ってくれるでせう。本当に残念です。（略）入学試験の馬鹿馬鹿しい圧迫からやっと逃れて、是から十分、しかもゆっくりと話したり考へたり出来る今となって、君に去られて終ふとは。……大学はいそがしい。ラテン語やギリシヤ語の初歩があります。来週からはいよいよ人体解剖が始まります。……あゝ、わづらはしい。其のくせ単調なんだ〉（同前）

さらに、十月二十六日付の私信には、〈忘れずきっとリルケは読んで下さい。これから君の出遇ふ幾多の嵐の前に、きっと君の魂を守って呉れる事と思ひます〉と記している。

十一月 次の詩編を中埜肇、高谷治などの旧友に書き送る。

或る星の降る夜
静かな友が申します
星が落ちて行く
神様も落ちて行くのかしら

二人は空を見上げます
誰も知らない広い世界が
そっと二人に知らせます
そら　地球も落ちてゆく

けれど決して
二人は恐れません
神様も一緒にあの星達の間から
木の葉の様に落ちて来るのですから

其の上　二人は悲しむ事さへしないのです
それは二人が別離と云ふものを
大きな愛の中にそっと包んで
何んの上にもとどまる事をしないからです

例へ昼がやって来たって
二人はこんなに強いのです
誰も知らない　そんな夜を
自分丈の内に保って居るからです。

（公房　十一月二十六日夕）（同前）

〝新鋭文学叢書〟2『**安部公房集**』（筑摩書房版、一九六〇年十二月刊）の「自筆年譜」によれば、戦争が悪化するにつれて、精神状態もますます悪化し、二年間ほとんど登校しなかったという。その間友人に連れられて松沢病院に行き、斎藤茂吉の診察を受けるが、友人の方がやがて発狂。無為に日を過ごすなか、ひたすらリルケの『形象詩集』を読む。

〈あれは戦争中のことだった。『形象詩集』や、『マルテの手記』……あのガラス細工のようなリルケの世界は、ぼくにとって、まさにかけがえのないものだったのである。戦争のなかで生まれ育ったぼくらの世代は、戦争の哲学しか知らされなかった。反戦などという言葉は、耳にしたことさえなかった。しかしぼくは、なぜかその戦争の哲学になじめなかった。世界を拒み、世界から拒まれているような怖れのなかで、リルケの世界は、すばらしい冬眠の巣のように思われたのである。ぼくはリルケの世界、とりわけ『形象詩集』と『マルテの手記』に耽溺した〉

〈あの耽溺感を、今なら分析できる。リルケの世界は、時間の停止だったのである。停止というよりも、遮断といったほうが、もっと正確かもしれない。リルケはほとんど時間をうたわない。彼の眼には、純粋な空間しかうつらないかのようだ。彼にとって、存在とは、ものの形のことだったらしいのだ。だが、これは矛盾している。純粋空間が、形体だなどというのは、おそろしく幼稚な誤解である。しかし、誤解であろうと、なかろうと、耽溺出来さえすれば、ぼくにはそれで充分だったのだ〉

〈リルケの世界は、あくまでも世界であって、文学ではなかった〉（「リルケ――苦痛の記憶・その後」筑摩書房『詩の本　第三巻　詩の鑑賞』一九六七年十二月刊）

十二月　中野区橋場町二一の暁美荘に下宿。九日、詩「旅出」を成城高校の恩師阿部六郎、一年後輩の高谷治らに送付。東北、北海道へ旅立つ。

一九四四（昭和十九）年　　二十歳

六月　エッセイ「詩と詩人（意識と無意識）」を書く（生前未発表）。

十月　敗戦が間近いという話を聞き、急に行動への情熱にかられる。

〈ぼくは海軍のある高級将校から、もう敗けるときいたんだよ、勝ち目はないんだと。いくら新聞がああ書いても絶対に敗けると。そうしたら一億玉砕といってるでしょう。いやーあ、敗けるとわかっていて玉砕ってのは、ちょっと意味ないとね。たまたま、ぼくの友だちに満州から来ているのがいてね、もう敗けるなら満州に行って、馬賊になった方がいいってわけ。なぜかというとね、そのおやじが満州の、今でいうと労務次官なんですよ。ああいう人は満州で何をしていたかというと、労働力の徴集が専門なわけ。要するに匪賊とか馬賊とかというのと、ウラでつき合いがあってね。だから知っているのがいるっていうんで、どこかに仲間入りさせてもらえるから行こう、というんだよ〉

〈それで診断書が要るんですが、そこがぼくはうまい具合に、医学部だったから自分で「重症の結核」という診断書を作って、（憲兵の監視の眼をくぐって）二人で満州に渡った。渡ったというより、帰ったんです〉（斎藤季夫のインタビュー「旧満州・青春原風景」、NHK教育テレビ「訪問インタビュー　安部公房②」一九八五年一月十五日放映）。

「満州から来ている」友だちとは、東京工業大学に進学していた金山時夫のこと。このとき金山は母親を亡くしたばかりの少女を連れていた。下関・釜山間の関釜連絡船はすでに運航を中止していたため、新潟から豆満江河口に近い朝鮮北部の羅津へ渡る。港町羅津での体験が、のちに戯曲「制服」の素材となる。金山は少女とともに新京へ帰り、公房は奉天に帰る（一九四六年七月、金山は敗戦後の混乱の中で病死した）。

一九四五（昭和二十）年　二十一歳

四月　四日、小説「オカチ村物語㈠　老村長の死」を書く（生前未発表）。

〈満州は、意外に平穏だったし、いっこうに戦争が終る気配もない。はぐらかされたような、落着かない気持ちで、無為の日をすごした。当時父は開業していたので、その手伝いをしたりした。脱落者の意識に悩まされた。八月になって、急に戦争がおわった。ふいに、世界が光につつまれ、あらゆる可能性が一時にやって来たように思った。だが、つづいて、苛酷な無政府状態がやってきた。しかしその無政府状態は、不安と恐怖の反面、ある夢を私にうえつけたことも事実である。父と、父に代表される財産や義務からの解放。階級や、人種差別の崩壊……（五族協和という偽スローガンを、私は心から信じきって、それを踏みにじっていく日本人の行動に、強い憎悪と侮蔑を感じていたものだ）。その冬、発疹チフスの大流行があり、診療にまわった父は、感染して死亡〉（自筆「年譜」筑摩書房版〝新鋭文学叢書〟2『安部公房集』一九六〇年十二月刊）

父浅吉は享年四十二歳であった。発疹チフスには公房も罹患したが、〈当地の民間伝承薬のワラジ虫の解熱、強心効果で助かったという〉（種田邦彦「公房さんとワラジ虫」、前出郷土誌《あさひかわ》）。

また、敗戦時の体験について、安部公房は〈敗戦体験は、国家とか郷土とかに帰属しないで、なおかつ人間の存在とは何か、を考えさせた〉という（「新人国記'82」のコメント、《朝日新聞》一九八二年十月四日夕刊）。

一九四六（昭和二十一）**年**　二十二歳

占領軍から家を追われ、市内を転々と移住。弟春光とサイダーを製造して一家の生活費を稼ぐ。このころ、セルローズを糖に分解するという夢を見る。発明に熱中し、さらに携帯用固形サイダーを工夫して売り出すが、失敗。

十月　大連でやっと引揚げ船に乗船でき、満州の地を離れる。だが本土上陸間際に船内でコレラが発生、長崎佐世保港外に十日近くも繋留され、発狂するものまで現われた。この時の異常な体験がのちの長編小説「けものたちは故郷をめざす」の背景となる。

十一月　月初め、北海道の祖父母の家に帰り着くが、学業をつづけるため、農業をするという母と弟妹を残して上京。阿佐ヶ谷にある、成城高校、東大医学部で一年後輩の高谷治の家に居候する。

これまでに書いた詩編十八編、散文詩一編からなる詩集「没我の地平」をノートにまとめる（生前未発表）。

一九四七（昭和二十二）**年**　二十三歳

一年下のクラスに編入するが、二カ月ほどで高谷の家を追われ、友人や知人の間、街中を彷徨する。極度の貧困と栄養失調でほとんど学校には行かず、飢えをしのぐため闇ブローカーのようなことをしながら、不信と憎悪でおこりにかかったような精神状態だった。いつもリルケの『形象詩集』を手にしていて、リルケ調の詩を書く。〈それは、詩というよりも、「物」と「実存」に関する、対話のようなものだった〉（前出、筑摩書房版『安部公房集』自筆「年譜」）

三月　中野の音楽茶房で、大分県出身の山田真知（本名真知子。山田清・ノブの次女）と出会い、翌月結婚。真知夫人は女子美術専門学校（現女子美術大学）本科日本画部を卒業したばかりの二十二歳で、シュール・リアリズム絵画に関心を寄せていた（真知は絵画制作のほか、雑誌にさし絵を描いたり、児童に絵画を教えたり、書物の装幀を手がけたりしながら、のちに舞台装置なども担当、前衛的な舞台美術家として活躍する。一九六九年十一月、プロデュース・システムで公房が自ら演出・上演した三部作オムニバス・ドラマ「棒になった男」の斬新な舞台美術で、紀伊國屋演劇賞を受賞。なお、婚姻届は三年後の一九五〇年十一月三十日に出されている）。

結婚後、住居を求めて中野新井町五七七の金鈴荘、箱根強羅にあった赤塚徹（高校・大学時代の学友でのち医師・画家）の家の別荘、文京区本郷根津須賀町七藤田西湖方などの借室に移り住み、夫婦で生活のために味噌漬やタドンの行商、紙芝居の絵などを描く。

〈当時、私には長い間、住む家がなく、また金がなく、したがって飢え疲れていた。明日の糧どころか、今日の糧を得るさえ困難なことがしばしばだった。そのくせ作品には、貧困や飢えのことはあまり出てこない。多分、そうした状況を、なにも特別なことではなく、恒常のものとして受止めていたせいだろう。（略）私は、森の木蔭で、憎悪の牙をむき出している、飢えた狼のような自分自身の姿を、ありありと思い出す。ほとんどモラルの問題が顔を出さないのが、飢えの哲学の特徴なのである〉（徳間書店、小説集『**夢の逃亡**』の「後記」、一九六八年四月刊）

五月　五日、小説「白い蛾」脱稿（生前未発表）。「十九歳以後」に書いた詩十二編、散文詩一編、エッセイ一編を集め、ガリ版刷り詩集『**無名詩集**』（A５判六二頁）五〇余部を自費出版。頒価五〇円。扉に〈私の真理を害ふのは常に名前だつた――読人不知――〉のエピグラフを付す。

〈実をいうと、『終りし道の標べに』以前に、ぼくにも人並みに詩人の時代があって、『無名詩集』と名乗る、まさしくリルケもどきの、ガリバン刷りの自費出版の詩集があるのである。ぼくは飢えをしのぐために、その薄っぺらな詩集を、友人、知人に、押し売りしてまわった。誰に売りつけたかは、もう思い出せないが、申しわけないことをしたと思っている〉（前出「リルケ——苦痛の記憶・その後」）

当時北海道大学予科に在学していた実弟春光の友人で、春光と詩誌の刊行を企画していた千葉宣一の次の証言がある。

〈ある日、彼の所に、ぞっくり、ガリ版刷の『無名詩集』が、送られてきた。頒価をどんどん下げたが、少しも売れず奇妙な困惑を覚えた〉（「詩人としての安部公房」《国文学　解釈と鑑賞》〝特集＝七〇年代の前衛・安部公房〟一九七一年一月号）

このころの安部公房について、高校時代の級友河竹登志夫の回想がある。

〈戦後、偶然再会したのは、かつての担任でドイツ語の恩師であり、哲学的評論でも知られた、今は亡き阿部六郎先生の御宅の二階だった。満州から引揚げてきた翌年あたりだろうか。とにかくそのとき彼は、一篇の作品をみてもらっていた。二、三十枚ぐらいの、ふとのぞくと男と女の対話らしかった。目をとおして、口の重い阿部先生は「どうも、可憐で……」といわれたように記憶している。さらにどう評されたか知らないが、その作は未発表におわったのではないかとおもう。自費でガリ版刷りの『無名詩集』を出したのはそのころかもしれない。そして私が処女小説『終りし道の標べに』を書店で見出したのは、翌昭和二十三年のことであった〉（前出「高校時代の安部公房」）

七月　十五日、「小説　故郷を失ひて」第一章をノートに書きはじめる（横書き）。この長編小説は『終りし道の標べに』の草稿で、大学ノート六六頁におよんでいる。一九四八年十月刊の真善美社版の九頁から七二頁〈第一のノート　終りし道の標べに〉に相当する。

〈小説を書いたつもりじゃなかった。哲学論文みたいなもので、いる場所がないから帰るんだが、帰る行為だけあって帰りつく場所がないことを書いたんだと思う〉（前出「新人国記'82」《朝日新聞》一九八二年十月四日夕刊）

九月　一日、「小説　故郷を失ひて」第一章脱稿。

十月　五日（ソビエトを中心とするヨーロッパ各国の共産党間の連絡・情報交換機関コミンフォルム結成）二十三日、「小説　故郷を失ひて　2」を二冊目のノートに書きはじめる。

十一月　十三日、「小説　故郷を失ひて　2」脱稿。大学ノート五五頁分（前記、真善美社版七五頁から一四八頁〈第二のノート　書かれざる言葉〉に相当する。

十二月　七日、「小説　故郷を失ひて」の「第三章知られざる神」を三冊目のノートに書きはじめる。脱稿日は翌一九四八年二月六日と記入されており、大学ノート三九頁分（前記、真善美社版一五一頁から二三六頁〈第三のノート　知られざる神〉および〈十三枚の紙に書かれた追録〉に相当する。

この前後について、埴谷雄高の一文がある。

〈昭和二十二年の秋だつたと記憶するが、私は阿部六郎氏から一つの小包を受けとつた。大分変わつたものだが、どうだろうか、という添書が一緒にきた。それよりかなり前、「近代文学」の用件で阿部さんに会つたとき、新しい作家がいたら是非紹介してくれ、と頼んでおいたのだが、創刊当時の忙しさのなかに追いまくられて、私自身がその依頼を忘れていた頃、作品を送つてくれたのであつた。（略）この原稿が安部君の処女作『終りし道の標べに』であつて、はじめは、『粘土塀』と題されていた〉

〈『粘土塀』は好い作品であつた。存在感覚とでもいうべきものが正面から扱われていて、私としては、求めていた作家の一人が現われた感じであつた〉（「安部公房のこと」《近代文学》第五〇号記念特輯号、一九五一年八月号）

阿部六郎から埴谷雄高の許へ送られたこの長編小説は、一冊目の大学ノートに書かれた「故郷を失ひて」第一章である。埴谷雄高はこの作品を自身が編集人となっている《近代文学》には掲載せず、原稿料の出る《個性》へ持ち込む。そして翌一九四八年二月号に、「終りし道の標べに」という表題作になって同誌に掲載される（この経緯については、大岡昇平・埴谷雄高の対談による「《近代文学》の創刊と第一次戦後派」『二つの同時代史』岩波書店、一九八四年七月刊などに詳しい）。

ふたたび埴谷雄高の回想——

〈さて私は、作者の承諾なしに勝手に「個性」へ持ちこんだことをあやまる手紙を、作者に出した。だが、作者はなかなか現われなかつた。安部君は、そのとき、北海道に行つていて、自分の作品の動きについては何も知らなかつたのである〉

と記したあと、まったく予想外だった初対面の安部公房の人物像について、次のように書き記している。

〈さて、やがてついに安部君が私の前に現われたが、そのとき、彼は二つの点で私を非常に驚かせた。その一つは、もつそりと老成しているこの人物がまだ東大医学部の学生であつたこと、他の一つは、この実存的な言葉をさかんに使う作者がニーチェとハイデッガーを読んでるほかは、ヨーロッパ文学については二三の作家を断片的にしか読まず、そして日本文学に至つてはまつたく何も読んでいないことであつた〉（前出「安部公房のこと」）

このころ、翌年一月に発足することになる「夜の会」の最初の会合が、銀座の焼け跡に残っていたビルの地下室で開かれる。出席者は花田清輝、岡本太郎、埴谷雄高、野間宏、佐々木基一、椎名麟三、梅崎春生、中野秀人、渡辺一夫で、安部公房は関根弘とオブザーバーとして参加した。

一九四八（昭和二十三）年　二十四歳

一月　新年を大分県高田町の真知夫人の実家で過ごす。帰京後、文京区小日向台町一の三〇にあった画家板倉賛治宅の洋間一室を「留守番役」として借用、移り住む。十九日、世田谷区上野毛の岡本太郎宅で「夜の会」が正式発足。メンバーは前年銀座での会合に出席した渡辺一夫がぬけて、小野十三郎が新たに加わるが、安部公房、関根弘、佐々木基一は後日参加。「夜の会」は月二回の研究会・討論会を東中野のレストラン「モナミ」などで公開で開き、戦後派によるアヴァンギャルド芸術運動——新しい芸術運動の拠点となる。同会の結成について、岡本太郎は次のように記している。

〈終戦後間もなく、花田清輝と私が火つけ役になって、『夜の会』という組織をつくった。敗戦、旧体制の崩壊によって、あらゆる状況が転換するはずだったのに、とりわけ文化、芸術の世界はどうにもならない惰性の中に停滞していた。それをぶち破り、いわば芸術革命をおこす。芸術・即・芸術運動の必要性を痛感したからだ〉（「アヴァンギャルド黎明期」《ユリイカ》一九七六年三月号）

岡本太郎は会のメンバーたちの名前を次のようにもじっている。「花田清輝＝甚だ気取っている」、「埴谷雄高＝何を言うたか」、「野間宏＝野呂間ひどし」、「椎名麟三＝するな貧乏」、「梅崎春生＝巧めえ酒進上」、「安部公房＝あべこべ」。

二月　「終りし道の標べに」（第一のノートの部分）が

同月号《個性》に掲載される。

「終りし道の標べに」についての評――

〈ここにはたしかにエトワス・ノイエスがある。しかし、その新らしさは私にはまだよく分からぬ。(略)「なぜ人間はかく在らねばならぬか」といふこの作の根本命題も私には曖昧だし、それは作品のプロットとのなひあはせかたにも疑問がのこつた〉(平野謙「翫賞と批評の間――文芸時評」《文藝》一九四八年四月号)

六日、「小説 故郷を失ひて」(「終りし道の標べに」の第三章脱稿。三冊目のノート末尾に「全章オハリ 一九四八・二・六 小日向台町にて」と記入。

三月 短篇「牧草」が同月号《綜合文化》に佐々木基一の紹介で掲載される(脱稿は一九四七年十月)。小説「憎悪」脱稿(生前未発表)。

(戦後日本占領中に設立された連合国軍総司令部GHQが行った共産主義者および同調者を公職・企業から追放するレッド・パージで、このころ文筆家も三百三十余名が追放される)

四月 七日、小説「悪魔ドゥベモオ」を《近代文学》編集員の平田次三郎に預けるが、掲載にいたらなかった(生前未発表)。

十六日、小説「異端者の告発」を脱稿。《次元》六月号に掲載される。

(日本共産党、民主民族戦線を宣言)

二十五日、小説「タブー」脱稿(生前未発表)。

五月 エッセイ「生の言葉」を《近代文学》同月号に。

三日、《綜合文化》八月号の座談会「二十代座談会――世紀の課題について」(上野光平、小林明、関根弘、中田耕治、中野泰雄、宮本治=いいだもも)に出席。当時二十代だった作家、文学志望者たちの結合をめざして催されたもので、「世紀の会」を発足させる。参加メンバーにはほかに小川徹、森本哲郎、渡辺恒雄、柾木恭介らがいた。

十四日、小説「名もなき夜のために」を脱稿。《綜合文化》七月号に掲載される(以後《綜合文化》と《近代文学》に連載。一九四九年一月号まで)。

六月 小説「異端者の告発」を《次元》同月号に発表。

七日、「夜の会」の公開討論会が本格的にはじまり、その第一回目が東中野モナミで開かれる。報告は花田清輝「リアリズム序説」。

二十一日、「夜の会」の公開討論会「社会主義リアリズムについて」(報告・関根弘)に参加。

二十二日、小説「虚妄」を脱稿（生前未発表）。

二十八日、小説「鴉沼」を脱稿。《思潮》八月号に掲載。

（コミンフォルム、ユーゴ共産党を除名）

七月　エッセイ「平和について」を《次元》七、八月合併号に寄稿。

四日、中田耕治へ私信。「名もなき夜のためにIII」執筆中の近況などを伝う。またこのころ、椎名麟三、梅崎春生、三島由紀夫、島尾敏雄ら十六名とともに《近代文学》同人となる。

五日、「夜の会」の公開討論会「フィクションについて」（報告・佐々木基一）に参加。

三十日、三十一日、《時事新報》で「文芸時評」を担当。椎名麟三『永遠なる序章』、花田清輝の《近代文学》のエッセイ「二つの世界」などにふれる。

八月　十六日、「夜の会」の公開討論会「人間の条件について」（報告・椎名麟三）に参加。

二十九日、小説「虚構」を脱稿。十一月刊の《文学季刊》第八号に掲載される。

九月　六日、「夜の会」の公開討論会「反時代的精神」（報告・埴谷雄高）に参加。


十一日、エッセイ「ドストエフスキイ再認識について」を「国際タイムス」同日号に寄稿。

十八日（全日本学生自治会総連合、通称全学連結成。中央執行委員長に武井昭夫就任）

二十日、「夜の会」の公開討論会「創造のモメント」で、報告を行う。この討論は翌年五月刊の『**新しい芸術の探究**』（月曜書房）に収められる。

十月　エッセイ「『死霊』論——物質の不倫について」を《近代文学》同月号に。

十日、長編小説『**終りし道の標べに**』を〝アプレゲール新人創作選〟8として真善美社から刊行。巻頭に「亡き友金山時夫に」と記した、次の献辞を付す。

何故さうしつように故郷を拒んだのだ。

僕だけが帰つて来たことさへ君は拒むだろうか。

そんなにも愛されることを拒み客死せねばならなかつた君に、
記念碑を建てようとすることはそれ自身君を殺した理由につながるのかも知れぬが……。

『終りし道の標べに』についての椎名麟三の評——

〈読者は、第一のノートで「終りし道の標べに」を見る。そこでは存在そのものが問はれる。一切の名を剝がされた赤裸々な存在。云はば実存が打ち樹てられる。第二のノートで「書かれざる言葉」がひらかれ、第三のノートで「知られざる神」がひらかれてゐる。僕は、これらの一句一句を読んで、日本に於ても本当の精神史を持ちはじめたことを知った。しかもこれが二十代の人である安部公房によつてはじめられたことのなかに、深い希望を感ずる〉（真善美社の出版案内パンフレット《アプレゲール通信》一九四八年十月発行）

この月、遅れて東京大学医学部を卒業。卒業時のエピソードを辻井喬が語っている。

〈ことに医学部を卒業できたいきさつはまさにユーモアそのものです。ある時、私があなたが医学部を卒業できたのは信じがたい、なんか条件がついていたんじゃないのみたいな話を安部さんにしたら、彼は、「まあ、そう言うなよ」と言ってニヤニヤ笑っていました。たまたま東大の医学部の偉い先生に会って、「私の尊敬している安部公房という人は医学部を卒業したそうだけれども」と言ったら、「僕が教えたんだ、僕が主任教官で、そのときに卒業したからよく知っています」と言う。私は、しめたと思って、何か条件がありましたかと訊いたら、「うん、一つだけあった。あなたは素質があるから卒業させます。ただ一つだけ、卒業しても決して患者の脈をとらないこと」とその先生が言った（笑）〉（大江健三郎、武満徹、辻井喬鼎談「解発する文学──『もぐら日記』から安部公房を読む」《へるめす》第四六号、一九九三年十一月発行）

十月　十七日、小説「薄明の彷徨」を脱稿。《個性》一九四九年一月号に掲載される。

十一月　エッセイ「〈PROFILE〉椎名麟三」を《綜合文化》同月号に寄稿。

八日、小説「友を持つことが」脱稿（生前未発表）。

九日、北海道旭川の実家にむかう（十二月二十四日、東京にもどる）。

十二日（極東国際軍事裁判で有罪判決、東条英機ら七人に絞首刑判決。執行は十二月二十三日）

十二月　小説「ソドムの死」を、《不同調》第二巻九号に発表。この作品は前年自費で刊行された『無名詩集』のなかの「ソドムの死（散文詩）」を全面的に改訂し、小説として同誌の「小説欄」に発表したもの。なお本文末尾に〈（一九四三年　秋）〉と記されている。

一九四九（昭和二十四）年　　二十五歳

二月　二十日、真善美社会議室で開かれた詩人と音楽家たちによる懇談会「新しい詩と音楽の問題」（吉田秀和、柴田南雄、別宮貞雄、入野義朗、小倉朗、田村隆一、三好豊一郎、北村太郎、井手則雄、関根弘）に出席。

二十一日、《読売新聞》に「芸術を大衆の手へ」を投稿。この投稿は同社が公募した同社主催「アンデパンダン展」評に応募したもの（のち「芸術と画壇」と改題、同社文化部編『現代文学展望――一九五〇年版』六興出版刊に収録）。

三月　目黒区柿ノ木坂にあった書肆ユリイカのオフィスへ社主伊達得夫を訪ね、「世紀の会」の機関誌発行を依頼する。

十三日、東京大学文学部31番教室で「世紀の会」主催の公開研究会、関根弘報告の「兵隊文芸の展望」に出席。

二十五日、ガリ版刷り八頁の《世紀ニュース》を「世紀の会」から編集兼発行人安部公房で発刊。第一号に無署名だが、次の「宣言文」を書く。

宣言

〈君たちはマテリアリストの何を恐れるのか！／マテリアリストが君たちの何を傷つけたというのか！／古い物質は亡び　原子の時代／物質は戈をおさめぼくらの中に還ってきた！／物質はもはや人間を責めはしない／人間は物質を恥ぢることを止めねばならぬ／自由と必然を創造の場に止揚し／ぼくらは歴史の死に耐えよう！／歴史は死にながらも／ぼくらを産み出す陣痛にもだえているのだ／人間の胎生期は終ろうとしている／ゼロから始まった歴史は再びゼロに還ろうとしている／さあ／過去から未来を／未来から過去を／ぼくらの手にとりもどそう！／とりわけ／わが同胞《はらから》の内なる友よ／胎外の寒冷と夜への準備をへた今／愛情ふかく／歴史の死を手つだってやろうではないか！／母なる神話を締殺さうではないか！／父なる実存を創造のギロチンに追いやろうではないか！／新しい「世紀」の風を／ぼくらは送る／工場の窓／オフィスの窓／病院の窓／街の窓／そして行方不明になった／わが同胞《はらから》の心の窓へ〉

〈世紀〉一九四九

四月　十七日、二十代文学者の結束を目ざして活動しはじめた「世紀の会」の目的を、明確に「総合的芸術運動」に切り換えて再組織する。その臨時総会を東京大学山上会議所で開く。

二十日、小説「デンドロカカリヤ」を脱稿。《表現》八月号に掲載される。

二十六日、「世紀の会」第一回理事会を東京大学の講堂でおこない、次の役員を決定。会長安部公房、副会長関根弘、通信書記平野（岡本）敏子、会計河野葉子、会計監査役永野宣夫、管理人椺沢《ぶなざわ》（瀬木）慎一、理事北代省三、藤池雅子、他。席上、安部公房は会長として次のように挨拶する。

〈日本では文壇がすべてを決定していて、文壇に入らねばどうにもならぬような状態であります。しかし我々はこういうものを打破し芸術運動を遂行しなければなりません。（略）我々は真のアヴァンギャルド芸術運動を展開するために先づパンフレット《行方不明》を出す予定です。（略）現在の我々の仕事は芸術固有の問題の処理にあるわけで政治的イデオロギーの相違によって対立はあっても排斥されるということはありません〉（《世紀ニュース》3、一九四九年五月発行）。

「世紀の会」副会長関根弘の証言。

〈わたしの副会長などはいわば添えもので、安部公房の強烈な個性がこの会をリードしていたのである〉（『針の穴とラクダの夢』草思社、一九七八年十月刊）

このころ知り合った勤労詩人大島栄三郎への四月二十日執筆の書簡で、《行方不明》にふれ、〈日本では唯一の、芸術運動の雑誌になると思ひます。ぼくらはこれに芸術革命の夢を賭けてゐるのです〉と記しているが、《行方不明》は未刊（青木正美「文士の手紙46　安部公房」《彷書月刊》一九九六年二月号）。

五月　一日、同会に絵画部を発足させる。北代省三、山口勝弘、福島秀子、池田龍雄らが参加。

十四日、東京大学文学部4番教室で、「世紀の会」主催の〝二十世紀文芸講座〟（公開研究会）を開催、「カフカとサルトル」を報告。

二十八日、東京大学文学部8番教室で行われた「世紀の会」主催の〝二十世紀文芸講座〟（公開研究会）、佐々木基一「アブストラクトとリアリズム」に出席。

このころ、「夜の会」は解散していたが、岡本太郎、花田清輝らが「アヴァンギャルド芸術研究会」を発足させ、本郷喜福寺、法政大学の教室などを借りて、たびたび公開の研究会を開く。「世紀の会」も提携し、安部公房は花田清輝の影響を受けつつ、さらに新しい創作活動をめざす。このころのことについて、のちに次のように語っている。

〈安部　一番大きな影響を受けたのは花田清輝だと思う。こっちに下準備があったんだな。「存在は本質に先行する」という、実在主義ともある点でぶっつかってくるわけだし……。

針生　だからあの時期以後の作品を見ると、名前と肉体、顔と肉体、そういう関係を一貫して追及しているわけだな。

安部　そこらへんからだんだんと唯物論に近づいていった。その手掛りになったのがシュール・リアリズムなんだ。転換期だったな〉（針生一郎との対談「解体と綜合」《新日本文学》一九五六年二月号）

六月　同月号創刊で「夜の会」の機関誌《夜》（予告誌名は《想像》）が、安部公房責任編集で月曜書房から刊行される予定であったが、未刊に終る。

四日、東京大学文学部8番教室で「世紀の会」の定例会合を開き、会の運営、運動方針などについて討議。

十一日、東京大学文学部8番教室でおこなわれた「世紀の会」主催の〝二十世紀文芸講座〟（公開研究会）、埴谷雄高「構成について」に出席。

二十五日、東京大学文学部8番教室でおこなわれた「世紀の会」主催の〝二十世紀文芸講座〟（公開研究会）、中橋一夫「観念小説と記録文学」に出席。

七月　五日（下山事件起る。吉田内閣の国鉄職員大量整理のなかで、当時の国鉄総裁下山定則の死体が、翌朝常磐線綾瀬駅近くで発見される。他殺・自殺説で世論が対立）

六日、東京大学文学部8番教室でおこなわれた「世紀の会」定例会合に出席。

十五日（三鷹事件起る。中央線三鷹駅構内で無人電車が暴走、死傷者が出る）

夏、札幌市で吉田一穂と文芸講演をおこなう。

八月　エッセイ「シュールリアリズム批判」を《みづゑ》同月号に。

十七日（松川事件起る。東北本線松川駅近くで列車が転覆）

十八日、法政大学50番教室で「世紀の会」主催の「サルトルの『唯物論と革命』」の公開討論会。会員以外に花田清輝、佐々木基一、大井広介、田中英光らも出席。

九月　十六日、小説「啞のむすめ」を脱稿。《近代文学》十一月号に掲載される。

十月　エッセイ「文学と時間」を同月号《近代文学》の「全同人三十二人集」に執筆。その末尾に付された「執筆者略歴」に、〈抱負は社会的実存文学の方法の確立〉と記す。

一日（中華人民共和国成立を宣言。主席毛沢東）

二十九日、新日本文学会館で「世紀の会」の公開研究会を開き、「イメージに就いて」を報告。

十一月　小説「夢の逃亡」を同月号《人間》に発表。

十九日、高校時代の学友中埜肇の依頼で、愛知県半田市の高校で文芸講演。開口一番、戦前から「小説の神様」といわれていた志賀直哉を罵倒し、聴衆を驚かす。

二十五日、「世紀の会」の会報《あるてみす》を月曜書房から刊行。

十二月　二十五日、夜、「世紀の会」のメンバー池田龍雄、桂川寛らが安部公房宅を訪れ、「革命の決意」などについて語りあう。

一九五〇（昭和二十五）年　二十六歳

一月　六日（コミンフォルム、日本共産党を批判）

二十八日、「世紀の会」の公開研究会で「芸術の論理性について」を報告。

二月　十八日、上野の東京都美術館で開かれた第二回〝アンデパンダン展〟を「世紀の会」のメンバー達と観る。美術館食堂で岡本太郎が新たなアヴァンギャルド運動を標榜する「対極主義」を宣言するが、安部公房らの大反撃に遭う。岡本太郎から東京芸術大学の学生だった勅使河原宏を紹介される。勅使河原宏は「世紀の会」に参加。

三月　五日、長編小説「壁――S・カルマ氏の犯罪」二〇〇余枚を一気に書きあげる（発表は一年後）。勤労詩人大島栄三郎の詩集『いびつな球体のしめっぽい一部分』（文学地帯社刊）に序文を寄せる。

四月　八日、法政大学50番教室で午後二時から「世紀の会」の公開研究会を開く。「反ブルジョア論」を報告、討論。出席者約二十名。その要旨が次のようにまとめられている。

〈安部公房氏の報告要旨——反ブルジョア論の論として、反ブルジョア精神の歴史的解釈。市民精神の成長と崩壊。合理性精神の自己否定。反ブルジョア的精神状況の内部の対立……貴族主義と社会主義、有神論と無神論、ニヒリズムと革命精神、閉ざされた世界と開かれた世界、その他。結論として、革命は必然であるが、神格化された社会への信仰を拒絶するところに革命精神があるのであり、革命のどれいになることとは闘はねばならぬ。——討論は革命の合理性と非合理性の問題に集中し、安部氏は革命精神と革命の方法との区別を強調。討論は活発な中にも次第に暗い色調をおびてきて、反ブルジョア精神の中にはかくも暗いものがあるのかと、誰かが冗談をとばし、一同我に返ったのが五時半。散会後新入会申込が三名あった〉(「世紀の会」の機関紙《BEK》1、一九五〇年六月発行)

十五日、法政大学50番教室で「世紀の会」の公開研究会(瀬木慎一「モダニズム批判」)に出席。

二十九日、法政大学50番教室で「世紀の会」の公開研究会(桂川寛「造型の問題」)に出席。「世紀の会」の公開研究会はこの日までに、四十五回を数えている。また

この日、会長の安部公房と絵画部員との間で意見が対立、絵画部メンバーのほとんどが脱会。勅使河原宏、桂川寛、関根弘、瀬木慎一らが残る。

五月 十三日、小説「バベルの塔の狸」を脱稿。発表は一年後の《人間》五月号。

三十日(皇居前広場でおこなわれた人民決起大会で臨席中の進駐軍に対する暴行事件が起る)

六月 一日、「世紀の会」の機関紙《BEK》(ロシア語で「世紀」)を創刊。

六日(GHQの指令により共産党中央委員二十四名が公職追放。非公然活動をめぐって日本共産党中央委員会が分裂)

二十五日(朝鮮戦争勃発)

日本共産党の主流派(所感派)と反主流派(国際派)の抗争がますます激化、「新日本文学会」内にもその波紋が及ぶ。

九月 このころから「世紀の会」では杉並の勅使河原宅(のち安部公房宅)を拠点に、ガリ版刷りの小冊子『世紀群』を二〇〇~三〇〇部製作、一〇円で頒布しはじめる。「『世紀群』発刊について」の入会申込用紙に、次のような刊行意図が記されている。

〈このたび運動をより強力に推進するため左記のようなパンフレットを研究資料として刊行し、パンフレット『世紀群』とこれを呼ぶことにいたしました。入手しがたい文献や作品・会員の作品・新しい表現形式の一つとしての画集等を逐次刊行いたします。各冊三十頁前後 長いものは分冊にして一部金拾円で会員に配布します。月三部の予定で近日刊行のものは——

★フランツ・カフカ小品集 花田清輝訳

★小説『紙片《かみきれ》』城崎誠作

★ファーデーエフ『文芸評論の課題について』〉

〝世紀群〟は十二月までに、以下の七冊と別冊『世紀画集1』（判型二四五×三五〇ミリ、五〇部、頒価五〇円）が刊行されたが、いずれも発行日などを示す奥付はない。

世紀群1 花田清輝訳『カフカ小品集』

世紀群2 鈴木秀太郎『紙片』（創作。安部公房の解説「紙片のこと」のパンフレット付。文末に一九五〇・一〇・二八の日付がある）

世紀群3 瀬木慎一訳『ピエト・モンドリアン アメリカの抽象芸術』（安部公房らによる共同討議レジュメ「モンドリアン解剖」のパンフレット付）

世紀群4 安部公房『**魔法のチョーク**』（創作）

世紀群5 安部公房『**事業**』（創作）

世紀群6 関根弘『詩集 沙漠の木』（安部公房画の挿絵がある）

世紀群7 ア・ファーデーエフ『文芸評論の課題について』（このエッセイはソ連邦作家同盟本部第十三回総会における同盟書記長の報告で、文学新聞《リテラトゥールナヤ・ガゼータ》一九五〇年二月四日に掲載されたもの。訳者名の記載はない）

別冊世紀群『**世紀画集1**』（謄写版刷りと木版多色刷り。勅使河原宏「不思議な島」、鈴木秀太郎「オブヂェ・ボデスク」、大野斉治「南の人と北の人」、桂川寛「礫刑」、安部公房「エディプス」の五作品。鈴木秀太郎、安部公房の作品は桂川寛らの画家が手を加えている）

なお、〝世紀群〟は引続き安部公房訳『ストリンドベルグ童話集』、関根弘訳『マヤコフスキー詩集』、桂川寛『絵画とは何か』、安部公房『実存主義と共産主義』、小野十三郎詩論、島尾敏雄短編小説、ピカソとの対話などが刊行予告されていたが、いずれも未刊に終っている。

十月 この月、小日向台町の板倉賛治宅から、近くの文京区茗荷谷町五七の一戸建て物置小屋の半分を借用、自ら改造して移り住む。

その家について——

〈私が薬学部の学生の頃、公房さんは小日向台に真知子夫人と二人で住んでおられた。水道橋と大塚を結ぶ当時の都電の竹早町で下りて、直前の区役所の裏手から少しダラダラ坂を登った辺りであったと思う。戦災ですっかり焼け野原、あまり復興が進んでいなかった頃なのでとても見晴らしがよかった記憶がある。どんなご縁でそうなったか聞き漏らしたが、当時の東大薬学の落合教授のそんな戦災屋敷跡に、公房さん手作りのワン・ルーム・バラックはあった。床には端布を撚って編んだ段通を敷き、間仕切りにはペラペラなキャラコ地のカーテンを張っていた。いずれも女子美出身の真知子夫人の作品で、敷物にもカーテンにも美しい模様や楽しい色や線があった〉（種田邦彦「公房さんとワラジ虫」前出郷土誌《あさひかわ》）

その家は〈冬の夜　隙間もる粉雪が　原稿用紙をぬらしたこともあった〉（「生活と芸術に体当り　愛の『巣箱』の新進作家」《サン写真新聞》一九五一年四月二十五日の記者のコメント）。勅使河原宏によれば、〈晴れた夜には天井のすきまから星空が見えた〉（「シナリオ作家安部公房」《読売新聞》一九九三年一月三日夕刊）という。

真知夫人は油絵の制作のかたわら、新聞、雑誌などにカットを描き、さらに自宅で近所の児童たちに絵画を教えて、生活費にあてる。近くに小石川植物園があり、公房が執筆中の時は児童たちをつれてよく写生に出かけた。同植物園には、一九四九年八月号の《表現》に発表した短編小説「デンドロカカリヤ」の素材となったデンドロカカリヤの木があったという。

このころの安部公房について、島尾敏雄の回想——

〈最初彼と会ったのは昭和二十五、六年のころだったか。彼はそのとき一日を二十時間に仕切って、その中で意志的な生活を遂行していた。だから普通の時間に生きる私が普通の時間の昼下りのころに訪ねて行っても、ちょうど彼の時間の真夜中に当ることもあった。それは私には想像もつかぬ世界であった。彼の部屋の中には、からだや手足を細密に描いたところの奇妙なでっかい虫（或るいは生物と言った方がいいのか）の絵が何枚も貼りつけてあった。それはみんな彼が描いたもの、と言っていた〉（「安部公房との事」新潮社版『**安部公房全作品1**』《付録》一九七二年九月刊）

桂川寛の回想——

〈あのころは茗荷谷の物置小屋を改造した安部の家に

行くと、夕涼みがてらに下駄ばきで、よく近くの花田宅をいっしょに訪れたものだ。だがキヨテルさんは私など眼中にないもののようにもっぱら安部を相手に難しい話を――たとえば未来の社会主義リアリズムはロバチェフスキイ的四次元空間におけるオブジェによってイメージされる世界だ、というような話をした〉（「花田清輝と〈世紀〉の会」《新日本文学》一九八四年十二月号）

二十二日、「世紀の会」公開研究会で「カフカと現代」の報告を行う。カフカと安部公房について、「世紀の会」の同人であった瀬木慎一の次の一文がある。

〈（一九五〇年秋までに）、われわれが読むことのできたカフカは、戦前に、なにかの間違いであるかのように、白水社から刊行されて、ほんの六～七部しか売れなかったという伝説のある「審判」だけであった。たまたま、安部がこれを持っていて、われわれは回覧し、熟読したものである〉（「『世紀群』と『カフカ小品集』」、講談社版『花田清輝全集』第三巻《月報》一九七七年十月刊）。

なお、白水社のカフカ『審判』（本野亨一訳）は、一九四〇年刊。

このころ、「壁――S・カルマ氏の犯罪」の原稿を月曜書房の編集顧問をしていた花田清輝にみてもらうため、同社を訪れる。当時の同社編集長野原一夫が記している。

〈それまでにも時々顔を見せていたのだが、紙袋にいれた小説の生原稿を大切そうに抱えて安部公房が編集室に入ってきたのは、たしか二十五年の秋ではなかったか。はにかんだような笑いをうかべながら、小説を書いたのだが、花田さんに読んでもらいたいと思ってもってきた、と安部さんは言った。「壁――S・カルマ氏の犯罪」という題名の小説で、枚数は二〇六枚あった。

この時期の安部さんは、アヴァンギャルド芸術の指導的理論家であった花田清輝に傾倒している趣があった。二〇〇枚を超す力作を、まず花田さんに読んでもらいたかったのだろう。

「面白そうだな。読ましてもらっていいですか。」

「そりゃあ、もう……。読んでくださいよ。」

安部さんは目をしばたき、またはにかんだような笑いをうかべた。そのころの安部さんには、尖鋭な論客のしたたかな一面と、いかにも青年らしい、いや、少年ぽいといっていいほどの初々しさがあった〉

そして、わが国の文学風土から生まれたまったく新しい小説の出現に、野原は衝撃を受ける。

〈その日、私は一気に「壁――S・カルマ氏の犯罪」を読んだ。戦慄を覚えたといっても、大袈裟ではないだろう。湿潤な日本の文学風土から隔絶した、まったく新しいタイプの小説の出現と思えた。天才、という言葉さえ頭のなかに閃き、からだが震えるほどの衝撃を私は受けた〉(『月曜書房の三年間』『編集者三十年』サンケイ出版、一九八三年五月刊)。

十一月 三十日、山田真知子との婚姻届。

十二月 小説「三つの寓話(「赤い繭」、「洪水」、「魔法のチョーク」)」を同月号《人間》に発表。

一九五一(昭和二十六)年　二十七歳

二月 長編小説「壁――S・カルマ氏の犯罪」を同月号《近代文学》に発表。掲載にあたって、同誌編集部は本文頁冒頭に次のような異例の文章を付す。

〈『終りし道の標べに』をもって、戦後の新文学世代の一異才たることをわれわれに告げた安部公房が、この二百余枚の新作のなかで素晴らしい変貌をとげてゐることを、読者は認めるであらう〉

この長編小説について、安部公房はのちに次のように語っている。

〈実は『不思議の国のアリス』に触発されたんだ。イメージがあそこまで自由でいいんだということ。徹底的に自分をイメージ上で解放していこうとした。心理とか情緒とかは、ほとんど切り捨てて、物に即するということ。構造は反リアリズムだが、ある意味では、即物的でリアルでもあるんだ〉

〈あれを通って『砂の女』にいくんだ。今度の『方舟さくら丸』もあの時つかんだものがなかったら、なかなかイメージで押し切るというのは難しかったかもしれない〉(〈作家とその時代――芥川・直木賞50年〉④「安部公房氏(第25回芥川賞)――衝撃的な前衛作品」《愛媛新聞》一九八五年四月八日ほか。共同通信社配信)

〈「S・カルマ氏の犯罪」は、小説に対する僕の姿勢を大きく変えてくれた作品である。構想が熟したと思ったとたん、とつぜん自由になった感じがした。ペンが躍り出し、四〇時間ほど一睡もせず一気に書上げてしまった。その後の僕の仕事の方向を決定づけること

になった〉（安部公房スタジオ「S・カルマ氏の犯罪（GUIDE BOOK IV）」上演パンフレット、一九七八年十月発行）

「壁」についての埴谷雄高の評。

〈かつちりと纏まった好短編「赤い繭」を読んだものは、必ずこの「壁」を読む義務がある〉（「安部公房『壁』」《人間》一九五一年四月号）。

二十三日（日本共産党、火炎びんなどによる武装闘争方針を提起）

四月 小説「三つの寓話」のなかの第一話「赤い繭」で第二回戦後文学賞を受賞（この文学賞は月曜書房が創設したもので、前年に発表された〈小説、詩、評論、随筆、その他の文学的労作にして新しき時代の新しき文学を創造せんとする意欲を窺わしめるもの〉に与えられた。選考委員は花田清輝、野間宏、椎名麟三、佐々木基一、埴谷雄高、小田切秀雄。第一回は島尾敏雄『出孤島記』が受賞した。同賞は第二回で廃止）。

七日、東中野モナミで授賞式。記念品と賞金三万円を受ける。来賓として石川淳も出席。

五月 十三日、「世紀の会」解散。安部公房は勅使河原宏、池田龍雄、桂川寛らと「人民芸術集団」を設立。

十九日、月曜書房から刊行される最初の小説集『壁』（収録作「S・カルマ氏の犯罪」「バベルの塔の狸」「赤い繭」「洪水」「魔法のチョーク」「事業」）に、「序」を寄せてくれた石川淳へお礼の書簡を送る。同書簡のなかで《群像》への小説「保護色」五六枚を書きあげたことが記されているが、同作品は未掲載、生前未発表。

二十一日、岳父病気見舞のため大分へむかう。

二十八日、『壁』を月曜書房から刊行。「あとがき」で次のように記す。

〈この三篇（第一部「壁——S・カルマ氏の犯罪」、第二部「バベルの塔の狸」、第三部「赤い繭」「洪水」「魔法のチョーク」「事業」）は、三部作と断つてありますとおり、だいたい一貫した意図によつて書かれたものです。壁というのはその方法論にほかなりません。壁がいかに人間を絶望させるかというより、壁がいかに人間の精神のよき運動となり、人間を健康な笑いにさそうかということを示すのが目的でした。しかしこれを書いてから、壁にも階級があることを、そしてこの壁があまりにも小市民的でありすぎたことを思い、いささか悔まずにはいられませんでした〉

六月 草月流機関誌季刊《草月》創刊。勅使河原宏、

桂川寛と同誌の編集に携わる（十号まで。月給一万円）。十日、港区田町の社会主義研究所（向坂逸郎主宰）の会議室で開かれた「人民芸術集団」の第一回集会に出席。同集団には安東次男、瀬木慎一なども参加したが、この後、一、二度会合をもっただけで解散。

このころ、桂川寛、勅使河原宏とともに日本共産党に入党。入党推薦者増山太助の次の証言がある。

〈51年の初夏、朝鮮戦争が峠を越した頃、野間宏から連絡があり、「安部公房という作家が入党を希望している」「僕には判断がつかないから会ってみてくれ」という要請があった。私は直感的に野間が判断できない理由がわかった。それは彼が入党してから「近代主義」「アヴァンギャルド」批判でいじめ抜かれているような扱いを安部も入党したら受けるのではないか。彼の心配はおそらくその点にあったように思えた〉

〈とにかく「会ってみよう」と思い、指定された故片岡鉄平の家（注、勅使河原宏の借家）にゆき、夜を徹して話しあった。夫人の安部真知や仲間の勅使河原宏、桂川寛も同席して安部の論調に油をそそいだ〉〈夫人を除く三人は「断乎入党」の決意を表明したので、私はあえて入党推せん者になり、私がビューロー・キャップをしていた東京都委員会の直属党員として登録した。私は「若い芸術家が不当な批判で芽をつみ取られないように」配慮したつもりであった〉（「戦後運動史外伝・人物群像28――田中英光と安部公房」《労働運動研究》第三三〇号、一九九七年四月発行）

勅使河原宏は入党を留保されるが、以後三人は東京都委員会直属の自由細胞を組織し、大田区下丸子地区の工場街で文化オルグを開始、「下丸子文化集団」が生まれる。その経緯について、城戸昇『東京南部戦後サークル運動の記録1、詩と状況・激動の五〇年代』（文学同人、眼の会叢書、一九九二年七月刊）のなかに、次の記述がある。

〈その生まれるいきさつについて、下丸子文化集団の詩人井之川巨は、次のように証言している。

――失業者のあふれる街へある日、一枚の紹介状を持って、三人のオルグが中央から派遣されてきた。いずれも無名の若者たちだった。その名を安部公房、勅使河原宏、桂川寛といった。三人を迎え入れる場所は、大抵の場合、北辰電機をパージになった高橋元弘の部屋であった。集まってくる顔ぶれは北辰電機や東日本重工のパージ組、下丸子から蒲田、糀谷付近の町工場の労働者であった。とくにパージ前、北辰電機内で『人民』文学サークルにかかわっていたメンバーが熱心だった。

やがて会の名称は下丸子文化集団と決り、機関誌一号**『詩集 下丸子』**が発行された。ザラ紙にガリ版刷りといったチャチな詩集である。この中に、約二十名の労働者詩人が四〇篇余りの詩を書いている。安部公房も書いている。桂川寛が表紙に版画を彫っている〉

七月 小説「手」を同月号《群像》に発表。

七日、ガリ版刷り『詩集 下丸子』第一集を「下丸子文化集団」から刊行。同集に「たかだか一本の　あるいは二本の腕は――」を執筆（一般に頒布されたものは、安部公房の氏名と「作家」という肩書きを墨で消している）。

君は思つているのか
ぼくらのことを
たかだか一本の
あるいは二本の腕にしかすぎないと

君は思つているのか
ぼくらのことを
腐り落ちた君の腕の代用物
君の財産をつくる機械にしかすぎないと

君は思つているのか
腕よりは木が強く
木よりは石が強く
石よりは鉄が強く
鉄よりは金が強く
それよりももっと
火薬とガソリンと戦車と飛行機が強く
それらを俺はもっているんだと

けれど
腕よりも強いと君が考えている
それらのものを
作つたのはぼくらの腕じゃないか
ぼくらの腕は君の機械を
ねじまげることも出来るぢ《ママ》やないか
ぼくらの腕はとうしや版のローラーを握り
ぼくらの腕はぼくら自身のものだと考え

戦車や飛行機を作るのは厭だと云い
働けるだけのカロリーをよこせと
要求することだつてできるじやないか

そうとも
たかだか一本の
あるいは二本の腕は
団結の旗　赤旗を高くかゝげて
ぼくらの腕からしぼり取つたエネルギーを
ぼくらの腕に奪い返すこともできる腕なんだ

見たまえ
この腕を
毛穴に青く油のしみこんだ腕
山脈のように群つた筋肉の束
涙と汗と血のしたゝる泉
そして君をみつめる
憎しみに燃えた腕の中の目

そうとも
たかだか一本の
あるいは二本の腕は
やがて君をぶちのめしてしまう腕なんだ

三十日、「壁――S・カルマ氏の犯罪」で、石川利光「春の草」とともに第二五回芥川賞を受賞（選考委員・丹羽文雄、佐藤春夫、滝井孝作、岸田国士、舟橋聖一、川端康成、宇野浩二、坂口安吾。石川達三は外遊のため欠席）。選評は賛成の滝井孝作と、反対の宇野浩二が対照的であった。

滝井孝作〈随分毛色の異った作だと思いました。（略）この人の本物である事が分りました。これは、このような寓話諷刺の作品にふさわしい文体がちゃんと出来ているからです。（略）筆に力があるのです。自分のスタイルを持っている。これはよい作家だと思いました〉

宇野浩二〈『壁』は、不可解な小説である。しかし、退屈をしのび、辛抱して、しまいまで、読めば、作家が書こうとしたことは、少し（少しではあるが）わかる。（略）一と口にいうと、『壁』は、物ありげに見えて、何にもない、バカげたところさえある小説である（中略）

つまり、極言すると、こんどの芥川賞は、『無』から『有』を無理に生ました、という事になるのである〉

受賞に対する安部公房の「感想」――

〈意外だつた。

まるで想像もしていなかつた。

しかしそれはぼくだけでなく、ほとんどすべての人がそう思つたに相違ない。しかもその意外さは、決して一様なものでなく、ひどく多様であつたはずだ〉と記したあと、〈今のぼくの気持を、客観的にのべることができるのは、更にずつと先のことであるように思われる〉と、記している（「感想」《文藝春秋》一九五一年十月特別号）。

芥川賞受賞を知ったのは、大田区下丸子地区の工場街に仮泊しながら文学サークルのオルグに奔走している時で、〈私が受賞を知ったのは、早朝のラジオ・ニュースだったように思う……〉という（「あの朝の記憶」《文學界》一九五九年三月号）。

また、受賞作品と文学サークルの組織活動について、次のように語っている。

〈一般には、私のこの作品と、私が工場街サークル組織に乗り出したこととの関係は、まるでちぐはぐなものに見えたらしい。大衆の意識を、素朴なリアリズムでしか考えられないものにとっては、当然のことだろうと思う。だが、アヴァンギャルドの方法とは、芸術の革命と、革命の芸術とを統一することであり、『壁』を書くことと、サークルの組織をすることは、私の内部ではっきりと論理的に統一されていた。むしろ『壁』が書けたことによって、はじめて行動にふみこむことができたと言ってもいいくらいなのだ〉（同前）

十月　小説「飢えた皮膚」を同月号《文學界》に〝芥川賞受賞第一作〟として発表。同月号《文藝春秋》特別号に芥川賞受賞作「壁」を再掲。目次には「壁」とあるが、本文には受賞作ではない「洪水」と「魔法のチョーク」の二編が掲載され、本文末尾に〈本編は三部作「壁」の一部を掲載したものである〉と付記されている。賞金五万円は自宅の改築費にあてられた。

同月号《文藝》には小説「詩人の生涯」のほか、グラビア「作家スナップX」に石川淳邸で同氏とともに写した写真一葉を掲載。また同誌編集部の「スナップ問答」に、次のように答えている。「どうして小説家になつたか」〈いつのまにか小説を書くようになつていた〉、「趣味は何か」〈音楽。プロコイエフ、バルトーク等、近代音楽〉、「今一番ほしいもの」〈上等のマドロス・パイプ〉、「特技は」〈彫刻〉、「好きな花は」〈さぼてん〉、「三島由紀夫について」〈三島由紀夫は三島由紀夫なり〉、「恋愛の経験並びに回数」〈一回のようでもあり、無数のようでもある〉、「映画について、ごひいきは」〈洋画をこのむ、特にイタリイ映画、ルイ・ジュヴェ　フランソワズ・ロゼー〉、「外国文学について、好きな作家」〈カフカ、サルトル、そしてダンテ〉、「常備薬ありや」〈私は医者である〉、「新聞を読む順序」〈一面から順に〉、「チャタレイをどう思うか」〈一寸古いと思うが、いいところもある〉、「芥川賞の賞金を何につかうつもりか」〈つかいたいことがとても多くて、とてもたりないと思う〉、「メニューヒンの切符を買われしや」〈絶対に買わず。千五百円の入場料は〝音楽は大衆のもの〟という原則に反す〉

なお、のちに「壁――S・カルマ氏の犯罪」について、高見順は伊藤整との対談「戦争と文学者」（《文藝》一九五六年八月号）で、次のように語っている。

〈ぼくは安部公房っていうの、面白くってしようがないんだよ。あの「壁」なんかでやってることを、昭和の初期に、みんなやったんだけどね、ダメなんだよ。浅はかで羞かしくってさ、（略）それがだんだんダメになって、戦争でリアリズムになったでしょう。だが、その間にアバンギャルドが何か血肉化されちゃって、浅はか感がないんだよ、あの「壁」っていう小説。びっくりしたんだ〉

三十日、小説「空中楼閣」を《別冊文藝春秋》第二四号に発表。

十一月　小説「闖入者」を同月号《新潮》に発表。

一九五二（昭和二十七）年　二十八歳

一月　小説「ノアの方舟」を同月号《群像》に発表。（ソ同盟のスターリン首相が年頭にあたって「日本の民主勢力の勝利と国民生活の充実、民族文化、科学、芸術の繁栄と平和への闘いの成功を寿ぐ」という「日本国民へのメッセージ」を発表）

記録文学への志向を強め、真鍋呉夫、島尾敏雄らと「現在の会」を結成。

雑誌《えすぽわーる（希望）》のスタッフ・ライター

に加わる（同ライターは他に芥川比呂志、中村真一郎、加藤周一、加藤道夫、野間宏、花田清輝、木下順二、福永武彦、堀田善衛、矢内原伊作、白井浩司、白井健三郎、佐々木基一、窪田啓作の十五名）。

二月 二十五日、東中野モナミで開かれた「堀田善衛芥川賞受賞記念祝賀会」に出席。

三月 〝新しい前衛詩運動の中核体〟として、詩誌《列島》を創刊。野間宏、関根弘、木島始、椎名麟三、井手則雄、許南麒らと編集委員になる。

同月号《人民文学》のアンケート、「スターリン・メッセージをどう思うか」に、次のように答える。

〈全く当然なことであり、当然であればあるほど、ぎよつとしたかたちも多いのだ。ぎよつとするとぼくらの心の窓が開く。ぼくらはその窓から首をのぞけ、「ああ、外にはやつぱり新鮮な空気が流れていたんだ」と全く当然なことを思いつく。だがこうしたこと全体、それ自体すでに変なことではないか。突然ぼくは腹が立ち、その腹が立つたことについてスターリンに感謝した。そしてぼくは、日本の全国民が腹を立てることを、心からねがつた〉

三日、《読売新聞》の「アンデパンダン展から——傑作を発掘する」に、岡本太郎「太陽の神託」、鶴岡政男「はじまり」、堀文子「しやも」を推薦する談話「乾いた陽気さ」を寄せる。

藤森成吉、江馬修、徳永直、野間宏らの「人民文学」に加わる。「人民文学」は「新日本文学会」が一九五〇年八月に会の基本任務を「平和・独立・民主主義擁護」と規定し、この目標にむかって文学実践を推し進めることを決定したところ、会内の党員文学者との間に激しい対立が生じ、党主流派（所感派）を支持する文学者たちが一九五〇年十一月に結成したもの。

「人民文学」への参加に対する安部公房のコメント——

〈ぼくはまったく非政治的に共産党に接近したわけだな。それは完全に文学理論としてのみ、つまりぼく自身の中のシュールリアリズムの考え方の展開としてのみの共産主義だった。だからあくまで一方的だったし、独断的だったし、それにまあ共産主義についてそういうふうに考え始めたときは、すでに五〇年の分裂のあとだったんです。それで自動的に『人民文学』派ということになったんで、選択の結果によるわけじゃあない。（略）野間宏と親しかったし……〉（古林尚との対談「共同体幻想を否定する文学」《図書新聞》一九七二年

一月一日号）

五月　一日（皇居前広場で、デモ隊と警官隊が激突。メーデー流血事件起る）

十四日、同日号《日本読書新聞》に竹内好が「国民文学の提唱」を発表、安部公房も加わった「国民文学論争」に発展。

二十四日、東京大学五月祭の〝アヴァンギャルド文芸大講演会〟に、椎名麟三、佐々木基一、白井健三郎らと出席。

三十日（一九五〇年五月三十日の皇居前広場でおこなわれた人民決起大会での進駐軍に対する暴行事件、また一日のメーデー流血事件などに対するプロテストとして、各地で〝五・三〇記念〟集会がおこなわれ、騒動も発生）

六月　「現在の会」の機関誌《現在》を書肆ユリイカから発刊。装幀・挿画を真知が担当。真鍋呉夫、島尾敏雄、関根弘、柾木恭介、中原佑介、針生一郎、長谷川四郎、遠藤周作、阿川弘之、三浦朱門、前田純敬、庄野潤三、安東次男ら七十名あまりが参加。政治的状況への危機意識から「若い文化人たちの一大結集だった」が、まもなく阿川、三浦、前田、庄野らは「政治的に上ずった編集方針」に背を向けて去った。

小説「水中都市」を同月号《文學界》に発表。小説「プルートのわな」を《現在》第一号に発表。《文藝》のアンケート、「今、私は何を主張するか」に、次のように答える。

〈ぼくは芸術をもふくめての社会の歴史が無限に発展してゆくと考えていますので、そうした現実認識の方法論と作家としての主張とを切離して考えることはできません。すぐれた作品をつくりたいという希望と、歴史を前進させるために闘うということとは、ぼくの中で一致しています。だから、歴史を前進させるエネルギーである人民の生活をおびやかす一切のものと闘うために書くことを主張します。今日では、意識の植民地化が作家の闘うべき最大のものだと思います〉

このころの動静について、のちに次のように語っている。

〈……最近も「水中都市」（《文學界》一九五二年六月号）を舞台化しようとして、久し振りに読み返しながら、びっくりした。あれは僕がコミュニストとしていちばん活躍していたときの作品なんだよ〉

〈あの頃僕は、下丸子へんでオルグして壊滅しかかっていた工場の組織の再建をやっていた。その時期なんだよ、「水中都市」を書いたのは。いわゆる党の方針とはしじゅう衝突してたけど、まださほど懐疑的ではなかった。けっきょく僕は政党について無知すぎたんだ〉（インタビュー「都市への回路」《海》一九七八年四月号）

二十八日、民主主義科学者協会芸術部の研究会で、「ゴーゴリの諷刺について」講演。

七月　同月号《近代文学》のアンケート、「作家の態度」の設問②「創作に際して社会的・政治的理由から自由を束縛されることがありますか」に対して、〈常に闘いの意識をもっている（ある権力に対して）ということ自体、制限だと思います。だから恐るべき制限を感じています〉と答える。また文学的近況について、〈ルポルタージュの理論について少し考えています〉と答える。

同月号《改造》に、ルポルタージュ「夜蔭の騒擾――五・三〇事件を私はかく見た」を執筆。

四日（破壊活動防止法成立）

八月　同月号《三田文学》に寄稿したエッセイ「政治・文学」のなかで、このころの「文学的心境」について、次のように記している。

〈本当の理論というものは、物質を変革するためにつくられた言葉の機械だ。それは構造をもった意識、なめらかに動く精密な機械、外科手術の道具のようなきらめき。確実で、物質的な抵抗をもった具体性。それは絶えず現実の中に深くくい入って運動しつづけ、しつづけることによってのみ存在する。

ぼくはそんな文学をつくりたいと思う〉

〈ぼくの考えているリアリズムは、もう政治も科学も恐れない、むしろ共通のエネルギーをくみとっていく、実践的で楽天的なものだ。それにはなによりも言葉を、文体を、理論的に訓練しなければならないと思う。乾いた激しい物質に肉迫できる表現がほしい。政治もレジスタンスも、そこから始まるのだと思う〉

二十二日、神田雑誌記念会館で民主主義科学者協会芸術部主催の公開座談会「国民文学について」に出席。この座談会は荒正人、竹内好、本多秋五、石母田正ら三十名が出席した大座談会。

九月　二十日、高見順編『目撃者の証言』（青銅社）に、ルポタージュ「夜蔭の騒擾――五・三〇事件を私はかく見る」（――「かく見た」を改題）を収録。

十月　小説「鉄砲屋」を同月号《群像》に発表。

十二月　小説「イソップの裁判」を同月号《文藝》に発表。

十日、小説集『**闖入者**』（収録作「闖入者」「空中楼閣」「水中都市」「ノアの方舟」「鉄砲屋」）を未來社から刊行。

三十一日、小説集『**飢えた皮膚**』（収録作「飢えた皮膚」「詩人の生涯」「手」「プルートのわな」「闖入者」「デンドロカカリヤ」「イソップの裁判」）を書肆ユリイカから刊行。この月の下旬、九月に書肆ユリイカから『天命』を刊行した真鍋呉夫と東中野モナミで『飢えた皮膚』との合同出版記念会が開かれる。

一九五三（昭和二十八）年　　二十九歳

一月　同月号《近代文学》の座談会「戦後文学の総決算」（梅崎春生、本多秋五、平野謙、佐々木基一、椎名麟三、野間宏、荒正人）に出席。

二月　真鍋呉夫、安部公房の説得で共産党に入党。同月号《俳句》に「作者への叛逆——誓子小論」（このエッセイは「作者への叛逆——誓子氏の初期作品をめぐって」と改稿・改題され、一九九四年十一月、立風書房刊行の『**誓子・青畝・楸邨——さらば日本昭和俳句**』に収録）。

三月　小説「R62号の発明」を同月号《文學界》に発表。

五日（スターリン死去）

四月　エッセイ「裏切られた戦争犯罪人」を同月号《改造》に。

五月　二十四日、東大五月祭で〝国民文学論〟についての講演会。その要旨などを《希望 L'ESPOIR》八月号「国民文学論の総決算」に掲載。

六月　根室の文芸講演会で吉田一穂、更科源蔵らと講演。

このころ劇団七曜会の「作家グループ」の一員に加わる。

七月　戯曲「少女と魚」を同月号《群像》に発表。

このころから書下ろし長編小説『飢餓同盟』の執筆にとりかかる。

三十一日、お茶の水雑誌会館で「人民文学」の野間宏、真鍋呉夫、広末保らと「新日本文学会」の常任幹事中野重治との間で《人民文学》廃刊などについて密かに会合。

九月　同月号《人民文学》の座談会「戦車工場と文化のたたかい」（石谷良三、村田幸夫、古川稔、長尾修、柾木恭介、真鍋呉夫）に司会者として出席。日本製鋼赤羽工場の労働争議を通して、労働者の文化サークル活動の状況、国民文学運動と労働者の問題などを論じあう。

同月下旬号《キネマ旬報》の座談会「新しい日本文学新しい日本映画」（椎名麟三、梅崎春生、荻昌弘）に出席。安部公房は〈映画というものは僕は遅れていると言ったが、或る意味では、映画全体を考えた場合、文学より進んでいる面があるわけです。戦後文学と映画が結び付き得る条件はそういう点にある〉と発言。

十二日（フルシチョフ、ソ連共産党第一書記に就任）

二十日、「下丸子文化集団」のメンバー、高島青鐘の詩集『埋火』（ガリ版刷り、私家版）に「序にかえて」を寄稿。

十月　シナリオを執筆した映画「壁あつき部屋」が完成（監督・小林正樹）。この映画は新鋭プロ第一回作品として製作されたが、同プロ解散のため親会社の松竹映画に売り渡された。しかし戦犯問題などがからみ、一般上映は三年後。

十四日（一九五〇年ＧＨＱの指令によって追放され、地下に潜行、中国に渡っていた日本共産党書記長徳田球一、北京で客死）

十一月　四日、仙台高裁で開かれた松川事件公判を傍聴するため仙台へむかう。

二十九日、「表現をはたらく者の手に」を目的とした日本文学学校（校長阿部知二）が開校。科外講座の講師に就任。この学校の初期の出身者に、玉井五一、泉大八、田所泉らがいる。

十二月　《人民文学》終刊。以後《文学の友》と改題され、一年間発行を継続する。

一九五四（昭和二十九）年　　三十歳

二月　小説「パニック」を同月号《文藝》に発表。

四日、長女ねり誕生。

十二日、《読売新聞》の「第六回アンデパンダン展より」に、「池田龍雄　網元（内灘連作の内）」の評を寄稿。

十五日、書下ろし長編小説『**飢餓同盟**』を講談社から刊行。

三月　小説「犬」を同月号《改造》に発表。

一日（アメリカによるビキニ環礁の水爆実験で第五福竜丸乗組員二十三名が死の灰を被曝）

十日、角川文庫『壁』を刊行（この角川文庫版には、第二部のなかの「バベルの塔の狸」が収録されていない。挿絵は桂川寛）。

四月　小説「変形の記録」（「死者の町」より）を同月号《群像》に発表。翌五月号《文學界》に発表される小説「死んだ娘が歌った…」と共に、この頃幽霊の話を集成した小説集『死者の町』の刊行を構想していたが、未刊に終る。

四日、東中野モナミで、一月に理論社から『嵐の中の一本の木』を刊行した真鍋呉夫と『飢餓同盟』の合同出版記念会が開かれる。勅使河原宏、白井浩司、島尾敏雄、小島信夫、奥野健男、庄野潤三、草野心平、山下肇、岡本太郎、石川淳、村松剛、針生一郎、佐々木基一、十返肇ら四十余名が芳名帳に記帳している。

五月　十三日、《文學界》七月号の「作家の見た作家」取材のため、編集者、写真家とともに伊藤整宅を訪う。

このころの安部公房について、針生一郎が書いている。

〈五四年夏、わたしは安部公房から、日共所感派がつくった日本文学学校に、教務主任みたいな形で入らないか、ただしそれには党員となることが条件だ、という話をもちかけられた。奇妙なとりあわせだなと苦笑したが、当時五年間いた東大の研究室を満期でやめ、適当な職もないままに原稿書きの生活に入っていたわたしは、具体的な運動のなかに身をおきたかったのですぐ承諾した。（略）入ってみると、文学学校のなかにも、「現在の会」のなかにも細胞やグループがあり、安部公房は後者のほかにも文化関係の指導部の会議に出ている様子だった〉（「極私的安部公房ノート」《ユリイカ》一九七六年三月号）

五月　小説「死んだ娘が歌った…」（「死者の町」より）を同月号《文學界》に発表。

九月下旬から十月上旬まで　日本製鋼室蘭製鉄所の労働争議支援のため室蘭に赴く。

十月　同月号《文藝》の座談会「何を書きたいか――戦後作家の場合」（武田泰淳、安岡章太郎、小島信夫、野間宏、阿川弘之、木村徳三）に出席。この座談会のなかで安部公房は日本文学との関係について〈（日本文学は）ほとんど読んでます。つまり、おふくろに反対されたから、よけいに読んだんですよ。小さい時分から、実によく読みました。だけど、ああいう戦争の中では、ちっとも支えにならなかったですね。それだけに今でも反感があるんですよ〉と語っている。

十一月 一日、松川事件に材をとった映画シナリオ「不良少年」を映画タイムス社の〝シナリオ文庫〟第二六集として刊行。前書きに〈このシナリオは未定稿である。大方の批判を得たいために、ここに印刷して配布することとした〉と記し、さらに「あとがき」で〈特に国鉄労働者の方々のご批判を得て書き改めてゆきたい〉としている。このシナリオは製作が青年座俳優クラブと中央映画の提携、家城巳代治が監督にあたることになっていたが、映画化には至らなかった。

また、同月封切られた映画「億万長者」（監督脚本・市川崑、製作・青年俳優クラブ、出演・木村功、久我美子ほか）のシナリオ執筆に横山泰三、長谷部慶次、和田夏十らと協力した。

十二月 小説「奴隷狩」を同月号《文藝》に発表（翌年三月号《文藝》にその二が発表されたが、この作品は未完に終った）。

一九五五（昭和三十）年　三十一歳

一月 一日（日本共産党、極左冒険主義を自己批判）

十八日、「新日本文学会」第七回大会が開かれ「人民文学」グループとの統一大会となる。旧「人民文学」グループから徳永直、野間宏、安部公房が常任幹事に選ばれた。「新日本文学会」の幹事として国民文化会議の文学部会常任委員となり、総評と共催の「現代文化講座」の講師を引き受ける。

同日、花田清輝著『アヴァンギャルド芸術』と岡本太郎著『今日の芸術』の合同出版記念会に出席。

二月 十五日、「詩人の生涯」を収録した〝昭和文学全集〟53『**昭和短篇集**』（角川書店版）の解説で、平野謙は安部公房について次のように評す。

〈その前衛《アヴァンギャルド》的な変形譚（『壁』）はこの種の実験文学の育ちにくいわが風土におけるひとつの根づけを示した。しかし、安部の注目すべき所以は、野間宏、花田清輝らとならんで、民主主義文学の陣営に所属し、日鋼室蘭のストライキなどにも一作家として参加応援してゐる事実だらう。方法と世界観との分裂はマルクス主義文学以来のふかい禍根を示してゐるが、その間隙を安部が今後いかに埋めてゆくかは、現代文学の重要な一課題をなす〉

三月　十日、戯曲「制服」を劇団青俳が上演。椎名麟三の劇評――

〈ひとりの平凡な男がいる。彼は耕す為の僅かばかりの土地、息の出来るだけのわずかな幸福しか望んでいない。彼は、どこにでもいる人間であり、いつの時代にもいる人間である。ところが、このような男が、一つの権威から制服を着せられると、ふいにちがつた人間になる。(略)このような男を敗戦直前の朝鮮という状況のなかにおくことによつて、その制服の意味を鋭くした。制服は、帝国主義的な絶対性となり、彼の行動は、だから帝国主義的な行動となつた。こうして安部さんは、実に巧みに帝国主義を諷刺したのである。この点、この芝居は成功していたと思う〉(「安部公房作、『制服』」《芸術新潮》一九五五年五月号)

四月　小説「盲腸」を同月号《文學界》に発表。

六月　九日、ラジオ東京(現TBS)で座談会「戯曲をなぜ書くか」(武田泰淳、福田恆存、椎名麟三)に出席。

七日、俳優座主催の「現代演劇と文学を語る夕べ」で尾崎宏次、千田是也らと講演。

十七日、戯曲「どれい狩り」を劇団俳優座が上演。小説から戯曲に発展したこの作品は、北海道旅行の折、列車内で耳にした繁殖力の強いハムスターをめぐるサギ事件と、ハムスターに農地を荒らされて困惑したという農民たちの話に想を得たという。

七月　小説「棒」を同月号《文藝》に発表。

十四日、「現在の会」編集の〝ルポルタージュ・シリーズ〟『日本の証言』出版記念会〈未来への出発〉は五百人を超える盛会を見る。編集委員のひとりとして安東次男、真鍋呉夫らと講演。『日本の証言』は以下の八冊と増補一冊が発行された。

1『原子力』柾木恭介、2『にしん』安東次男、3『平野地帯』斉藤芳郎、4『夜学生』戸石義一、5『刑務所』小林勝、6『鉄―オモチャの世界』関根弘、7『せんぷりせんじが笑った』上野英信、8『村の選挙』杉浦明平。

十九日、「俳優座前夜祭」として電通会館で労演会員向けに千田是也らと講演。

二十一日、沼田幸二と共同脚色したラジオドラマ「闖入者」を朝日放送〝パンドラ・タイム〟で放送。

二十七日（日本共産党、第六回全国協議会を開催。宮本顕治、日本共産党中央指導部に復帰。武井昭夫ら復党）

三十日、「現在の会」で開かれた「どれい狩り」合評会に出席。この合評会には、会員ら二十一名が出席。

八月　二十四日、戯曲「快速船」を劇団青俳が上演。上演パンフレットに三島由紀夫が「ドラマに於ける未来」を寄稿。

〈とにかく日本にも、安部公房氏のようなスマアトなコミュニストがあらわれて来たのは、ステキだ。（略）われわれにとってもうれしいし、文学全体の地盤が拡大され進歩したということの証拠なのであろう。

安部氏の「制服」が「群像」誌上に発表されたとき、日本の旧来の新劇壇は、狼狽なすところを知らなかった。私はそれを見て、ざまア見ろ、と云いたい気になった。

芝居はイデェだ。

イデェなくして、何のドラマツルギーぞや。何の舞台技巧ぞや。何の職人的作劇経験ぞや。

安部氏は本能的に、対立するイデェが運動をはじめるや、必然的に劇《ドラマ》の軌跡をえがくということを知っていたように思われる。方法論は氏のイデェのうちに内在していた。彼はただ書けばよかった〉

二十六日、中村真一郎編『**芥川龍之介案内**』（岩波書店刊）収録の座談会「芥川龍之介と現代作家」（中村真一郎、三島由紀夫、梅崎春生、佐々木基一、野間宏、寺田透）に出席。安部公房は芥川龍之介について、次のように語っている。

〈科学的な意味の魔術師という感じがする。（略）魔術というのは非常に合理的なことを、合理的でない表現をしてみせるだけですからね。そういう虚無的なものが、芥川の作品のスタイルの中にあるような気がするのです〉

〈一生懸命にはなるのだが、本当の批判精神がないみたいだな。それがユーモアがないということにも現われているのではないか。一生懸命というよりも、何か批判精神がひどく弱い気がする〉

また、芥川の箴言《しんげん》について、〈一生懸命になってアフォリズムを思想として捉もうとして探しながら、捉めなかったという感じがする〉と、評している。

九月　同月号《新劇》の鼎談「新劇合評」（大木直太郎、日下令光）、同じく座談会「戯曲をなぜ書くか」（椎名麟三、武田泰淳、福田恆存）に出席。

なお、《新劇》同月号に、「第一回新劇戯曲賞決定発表」の記事があり、アンケートなどから安部公房「制服」が授賞の最有力作品に挙げられた。しかし、選考会では〈既に芥川賞という権威ある文学賞を獲得している作家に、ここでささやかな本賞を贈るのは屋上屋をきずくような印象を与えはしないか〉という意見が強く、授賞は見送られた。

エッセイ「ルポルタージュの意義」を小林勝他著『**ルポルタージュとは何か？**』（柏林書房刊）に執筆。

三日、戯曲「快速船」を劇団青俳が続演。

八日、ドキュメンタリー・ドラマ「開拓村」をNHKラジオ〝婦人の時間〟で放送。このドラマは三部作の社会劇で、続編は十月十三日、十一月一日に放送。

十五日、戯曲集〝安部公房創作劇集〟『**どれい狩り・快速船・制服**』を青木書店から刊行。

「あとがき――実在しないものについて」で、三つの戯曲の共通点について、次のように記す。

〈ここにおさめた三つの戯曲には、一貫した特徴として、実在しないものの登場ということがある。しかもそれぞれ、舞台の上で大きな役割をはたす。この「制服」では死人、「どれい狩り」ではウエーという人間そっくりだが人間でない動物、最後の「快速船」では特効薬時代という架空の時代とピューという成功する薬……〉

十月　十三日（左右両派に分かれていた日本社会党統一）

十一月　十五日（自由民主党結成）

十二月　小説「ごろつき」を同月号《文學界》に発表。

三日、法政大学で開かれた「新日本文学会」創立十周年記念講演会に、中野重治、堀田善衛、小島信夫、畔《くろ》柳《やなぎ》二《ふ》美《み》らと出席。

十一日、大阪での「新日本文学会」主催の記念講演会に中野重治、佐多稲子、国分一太郎らと出席。

十七日、文化人グループの一人として米軍基地問題にゆれる都下立川の砂川町を訪問。発起人は青野季吉、亀井勝一郎、清水幾太郎、平林たい子、阿部知二ら。参加者は他に南博、久野収、中野好夫、梅崎春生、山本薩夫、滝沢修、木村功ら八十名。

一九五六（昭和三十一）年　　三十二歳

一月 小説「手段」を同月号《文藝》に、小説「人肉食用反対陳情団と三人の紳士たち」を《新日本文学》に、小説「探偵と彼」を《新女苑》に発表。

二月 同月号《新日本文学》の針生一郎との対談「解体と綜合」で、戯曲を書き出した動機、解体過程を通した現実、実存主義からの脱却、革命思想と思想革命などについて語る。

〈針生　安部君の去年の仕事のなかでは、『制服』『どれい狩り』『快速船』の三つの戯曲がめだっているし、最近単行本もでたので、まず戯曲を書いた動機、小説を書く場合と違った体験といったものから話してくれないか〉

〈安部　ふつう芝居っていうのは、台本が分析して役者が綜合するというふうに考えられがちだけど、実際はその逆じゃないかということなんだ。役者が分析して、台本が綜合する。戯曲ってのは、小説とくらべて、だからとっても綜合過程の占める比重が大きいんだよ。（略）作者（観客も同様）のイメージのなかには役者の肉体を通じての分析が前提になってるわけだ。それを前提にした綜合過程として芝居が発想されていく。（略）とにかく、役者と作者の役割分担というのは実にのっぴきならぬ仕組なんだな。ところがそこに——きみのテーマだろうけど——表現派というものが現われる。ジャンルの破壊だね。つまり、分業による作者の職人化から、芸術という大きな視野への拡大過程で表現派が現われたんだろう。（略）そういう演劇史上でも画期的な、あの時期の意味するものが、それを肯定するにせよ、否定するにせよぼくに芝居を書かせる起動力になっていることは否定できない〉

二十四日（ソ連共産党第二十回大会秘密会でフルシチヨフ第一書記、スターリンを批判）

三月 小説「鍵」を同月号《群像》に、戯曲「永久運動」を《文學界》に、小説「幽霊の墓」を《美術批評》に発表（「幽霊の墓」は未完）。

四月 住居を文京区茗荷谷町から、中野区野方一丁目六七一の二階建て借家に移す。

十七日（コミンフォルム解散）

チェコスロヴァキアから作家大会（会期二十二日〜二

十九日）へ代表一名を送るよう「新日本文学会」に電報が届き、中野重治らの常任幹事会で人選を行った結果、安部公房を派遣することに決める。
二十三日、「新日本文学会」および国民文化会議の代表として、プラハに向け羽田を発つ。ローマ、パリを経て二十八日プラハ着。翌日大会終了。三十日、プラティスラヴァの宮殿見学、ドナウ川下り。五月二日、プラティスラヴァからバレンチーヌを経てバーク川を北上、サドリバ着。民族舞踊を見学。四日、レボチャ市着。ヤコブ教会見学。ジプシー村訪問。五日、チェコ科学アカデミー付属畜産試験所、ルイセンコ・ミチューリン学院、スボレンスカ、スラチナ村のコルホーズ訪問。六日、人民暴動の場所見学。七日、ヤミノークオペラの観劇。八日、スロヴァキア作家とシンポジウム。十日、人形映画観劇。十一日、プラハ着。モーツアルトの音楽会を聴く。十二日、靴工場見学。中国音楽会とバレー観劇。十三日、文化省を訪問。夜、オネーギンのオペラを鑑賞。十五日、文学博物館訪問。夜、観劇。十六日、美術館、チャペック展を見学。十七日、ココシカの展覧会見学。夜、映画「サイレン」鑑賞。十八日、「九月の夜」観劇。十九日、フスの伝記映画「狼の穴」鑑賞。二十日、ヴィンケル家訪問。夜、マヤコフスキー「のみ」観劇。二十一日、トレンカの撮影所見学。人形映画「草原のマリア」「飛行船と愛娘」「天使の外套」鑑賞。その夜から体調をくずし、数日ホテルに滞在。その後、六月三日まで他の外国代表たちと同一行動をとった後、四日から十一日まで自動車でスロヴァキア各地を単独旅行。六月十二日からルーマニア、コンスタンツァ、東ドイツ、パリを経て六月二十四日帰国。チェコで通訳を務めたのは、ヤン・ヴィンケルヘーセル、ヴラスタ・ヴィンケルヘーフォロヴァー夫妻。

五月　小説「耳の値段」（のち「耳の価値」と改題）を同月号《知性》に発表。この作品は同月号掲載の杉浦明平、椎名麟三との三話によるオムニバス小説「捕った三人の男」の第一話。山本薩夫監督で映画化の企画があったが、未製作。
十五日、映画シナリオ集『**椎名麟三　安部公房集**』（収録作「壁あつき部屋」、松川事件に材をとった「不良少年」）を理論社から刊行。

六月　十三日、日中・日ソ国交回復署名運動中に街頭で心臓マヒのため死去した早稲田大学全学協議会委員松尾太一の遺稿集刊行の賛同人の一人となる。同遺稿集

『蠅を殺せ』は野間宏の「序文」、安部真知の装幀などで、十一月十六日同刊行会から刊行された。
二十八日（ポーランド、ポズナン暴動起る）
七月　二十四日、俳優座夏期ゼミナールで「最近の外国演劇を語る――チエッコ、ルーマニア」を講演。
八月　二日、「現代芸術の会」第九回例会で「東欧に復活するアヴァンギャルド」を講演。
十月　同月号《知性》に「日本共産党は世界の孤児だ――続・東ヨーロッパで考えたこと」を発表。日本共産党への批判を展開する。これらの紀行エッセイに対して竹本賢三が「社会主義社会での矛盾について――安部公房氏に」で、〈安部氏の旅行記全体が日本に、日本共産党に向けられたもの〉〈日本の党だけでなく、東欧の人民民主主義諸国ぜんたいへも泥をひっかけたことになる〉と駁す（《アカハタ》一九五六年九月十九日、二十日号）。
二十三日（ブタペストで学生・労働者の反政府暴動起る。ハンガリー動乱の発端）
秋ごろから月一回、新宿・中村屋などで花田清輝を中心に佐々木基一、野間宏らと会合を持つ。この会合が翌年五月結成の「記録芸術の会」へ発展する。

十一月　《演劇手帖》（編集主幹・武智鉄二）の編集委員の一人になる。創刊第二号の座談会「小説から演劇へ」（椎名麟三、三島由紀夫、武田泰淳、松島栄一）に出席。
二日、ラジオドラマ「耳」（人間の顔シリーズ）を文化放送で放送。この作品は小説「耳の値段」をラジオドラマ化したもの。
十二月　七日、ラジオドラマ「口」（人間の顔シリーズ）を文化放送で放送。
十日、小説集『**R62号の発明**』（収録作「R62号の発明」「変形の記録」「死んだ娘が歌った…」「棒」「人肉食用反対陳情団と三人の紳士たち」「盲腸」「パニック」「耳の値段」「少女と魚」「永久運動」）を山内書店から刊行。

中野重治の安部公房評――
〈いつ彼と知りあつたか覚えていないが、さんざいがみあつていた『新日本文学』と『人民文学』との統一ということが問題になつて、双方の代表がテーブルをはさんで話しあつたときがそもそもの最初だつたかも知れない。彼には、人をつなぎとめる性質のいざこざなんかをどしどし踏み越えて行くようなところがあつた。そういう概《がい》があつたが、それが豪傑風でなくて理知的であることが私には印象ふかかつた。（略）彼は木の名、草の名なんというものは気にかけぬたちらしい。数学的なもの、抽象的なものに不得手なこと、つまるところ、いままでの日本文学者の最後の弱点のようなものと無縁にちかい新しい作家であるらしい。やはり「人物」ということになるだろう〉（「人物――安部公房」筑摩書房版『中野重治全集19』）

この年のはじめ、野間宏、芥川也寸志、草笛光子、河井坊茶、市村俊幸らと新しい日本のミュージカルスをめざす「ゼロの会」を結成。安部公房は五月の公演にむけて杉浦明平のルポルタージュ「台風十三号始末記」の脚色を試みたが断念、未完に終る。

一九五七（昭和三十二）年　三十三歳

一月　長編小説「けものたちは故郷をめざす」の第一章を同月号《群像》に発表（四月号で完結）。小説「鏡と呼子」を同月号《文藝》に発表。

七日、高校時代の恩師阿部六郎、肝臓病のため死去。五十二歳。

二月　同月号《新日本文学》の座談会「共産主義と文学――日本共産党批判・新日本文学会批判」（埴谷雄高、関根弘、大西巨人、実施日一九五六年十二月八日）に出席。本質的理論の分析、共産党苦学生論、芸術を疎外する要素、文学運動の組織のあり方などを論じながら、コミュニストとの関係について、次のように語っている。

〈（ぼくは）真正コミュニストみたいな顔をしてるやつと付合えないし、そういう連中からは何も学ばなかつたな。結局、変なところから独学的にエッチラオッチラ行つて、やつぱり案外その方がいいのかもしれないということになるわけだ。その時に思うのは、俺は苦学生的なものをもつと大事にしなければならない――と〉

十五日、紀行文集『**東欧を行く――ハンガリア問題の背景**』を講談社から刊行。

四月　二十五日、長編小説『**けものたちは故郷をめざす**』を講談社から刊行。

五月　十五日、東中野モナミで「記録芸術の会」の発起人会を開く。この時準備委員会で了解のなかった村松剛が加わっていることをめぐって対立が起り、武井昭夫、吉本隆明、奥野健男、井上光晴、清岡卓行それに大西巨人が別の理由から入会を拒否して退場（佐々木基一によれば、〈村松剛に参加を呼びかけたのは、安部公房だろうと思う〉という）。「記録芸術の会」は文学だけに偏らず、「他の芸術ジャンルを包みこむ綜合的な」新しい運動の必要性から組織された。挨拶状に発起人として名を連ねた会員は、安部公房、井上俊夫、岡本太郎、小林勝、佐々木基一、杉浦明平、関根弘、武田泰淳、滝口修造、玉井五一、鶴見俊輔、勅使河原宏、徳大寺公英、中原佑介、野間宏、針生一郎、花田清輝、長谷川四郎、埴谷雄高、長谷川龍生、羽仁進、林光、真鍋呉夫、柾木恭介。

六月　小説「夢の兵士」を同月号《文學界》に、小説「誘惑者」を《総合》に発表。柾木恭介らと「現在の会」の再編をすすめる。

三日、連続ラジオドラマ「キッチュ・クッチュ・ケッチュ」をNHKラジオ〝子供の時間〟で放送開始（二十一日まで十二回）。

七月　二十六日、ラジオドラマ「兵士脱走」を中部日本放送で放送。この作品は小説「夢の兵士」をラジオドラマ化したもの。

九月　東京から大阪までの長距離トラックに同乗取材したルポルタージュ「道」を同月号《総合》に発表。

十月　小説「家」を同月号《文學界》に発表。

五日、「記録芸術の会」の第一回公開討論会「記録芸術運動」を、早稲田大学の教室で開き、花田清輝、鶴見俊輔、佐々木基一らと出席。

十一月　小説「鉛の卵」を同月号《群像》に発表。

十日、「新日本文学会」の幹事会で幹事に選ばれるが、辞退。その後慰留されて承諾する。

二十九日、ラジオドラマ「棒になった男」を文化放送で放送、芸術祭奨励賞を受賞。この作品は小説「棒」をラジオドラマ化したもの。同放送について、内村直也は、〈作者安部公房のファンテジイが、音響の世界で花を咲かせた。（略）安部公房は、ラジオにとって、貴重な作家の一人となった〉（「放送・テレビ」の項「一九五七年ラジオ・テレビの文芸作品」『文芸年鑑』一九五八年度版）と記している。

十二月　三日、ラジオドラマ「鉛の卵」をラジオ東京（現TBS）〝空中劇場〟で放送。

二十日、最初の評論集『**猛獣の心に計算器の手を**』を平凡社から刊行。「あとがき」に次のように記す。

〈はじめての評論集だ。内容もほとんどここ十年間にわたっている。年齢的にも、時代的にも、まことに変化のはげしい十年間だった。私自身、実存主義から、シュール・リアリズムそれからさらにコミュニズムと、思想的にも方法のうえでも大きく三転した〉

〈この十年間、終始変らないことが一つあった。たえず意識的に、芸術運動のなかに身をおいてきたということである。私の変化自体が、そうした一貫性のなかでつくられてきたものだったのである〉

〈とくに芸術運動を論じた文章はないが、そのどれもが、けっきょく運動の意識をつうじてつくられた、思想なり方法だったためだろう。そして、そのどれもが、現在でもやはりくりかえし、強調したいことばかりなのである〉

この年、「赤い繭」がヴラスタ・ヴィンケルヘーフォロヴァーによってチェコスロヴァキア語に翻訳され、《ノヴィー・オリエント》(新東洋)》誌に掲載される。

一九五八(昭和三十三)**年**　三十四歳

一月　映画芸術論を同月号《群像》に連載開始(十二月号まで)。

同月号《現代詩》の柾木恭介との対談「詩人には義務教育が必要である」で、〈おれの考えでは、詩というジャンルはすでに破滅したジャンルだね。破滅したジャンルにしがみついていて食えるはずがない。(略)そういう詩人は詩の純粋性というような妄想にとりつかれているにちがいない〉と語る。

二日、ラジオ・ミュージカル・ドラマ「おばあさんは魔法つかい」をNHKラジオ〃新年子供特集〃で放送。

十七日、「新日本文学会」の常任幹事会で《新日本文学》の編集委員の一人に選ばれる。

二月　二十七日、ミュージカル・コメディ「こじきの歌」を中部日本放送で放送。民放祭民間放送連盟賞を受賞。

四月　二十五日、ミュージカル・コメディ「こじきの歌」を文化放送〃現代劇場〃で放送。

五月　九日、短編小説「魔法のチョーク」をドラマ化し、NHK〃テレビ劇場〃で放映。

六月　同月号《文学》で乾孝と対談「芸術と言葉」。ことばの物的基礎、創作過程における作者と読者の対話の問題、マスコミの功罪、感情移入の芸術と感情異化の芸術などについて論じあい、特にことばの問題について、〈条件反射理論が、せめて進化論が身についてしまっているという程度には、入り込む必要があるのじゃないか、そうしないと、文芸理論にしても、芸術論にしても困る。進化論を知らないで、何かお喋りしても、おかしいようなもんでね。論争にもならないのじゃないか〉と語る。

二十三日、「幽霊はここにいる」を劇団俳優座が上演、テアトロン賞受賞。公房は岸田演劇賞を受賞。舞台装置は初めて真知夫人が担当。この戯曲について公房は、次のように記している。

〈幽霊と金……ある人には、いささか奇矯な組合わせにみえるかもしれない。しれないではなく、事実そんなふうに言われてきた。しかし私にとっては、この組合わせは、すこしも奇矯なものではなく、現実がそのとおり見えているのだし、むしろこれを奇矯だと言う人々の内部風景のほうが、はるかに奇矯でグロテスクなものに感じられる〉

〈幽霊たちの正体は、素朴なリアリストたちがいうように、決して単なる枯尾花などではなかったのだ。(略) 幽霊の正体は、歴史と社会と人間と三つの相の関係からうみだされる、もっとはるかに複雑なものなのだ〉

〈この戯曲では、はじめ幽霊は、死者の記憶である。死者の記憶がなぜ幽霊になるのかというと、まだ論理化されていないものが、論理化を求めて私たちにせまるからである〉(新潮社『幽霊はここにいる』の「あとがき」一九五九年六月刊)

二十九日、「新日本文学会」の幹事会に出席。

七月　長編小説『第四間氷期』を同月号《世界》に連載開始(翌年三月号まで)。

十五日、「安部公房を励ます会」が、草月会館で開かれる。参加者は千田是也、石川淳、花田清輝、岡本太郎、武田泰淳、野間宏、椎名麟三、三島由紀夫、開高健、勅使河原宏、芥川比呂志、芥川也寸志、草笛光子、宮城まり子、フランキー堺ら五十余名。

八月　〝現代日本文学全集〟88**『昭和小説集三』**(収録作「詩人の生涯」、解説臼井吉見)を筑摩書房から刊行。

二十日、ヴァイゼンボルン作「ゲッチンゲン・カンタータ」(「世界に警告する」)に基づいて翻案した「最後の武器(シュピレヒコール)」を、新劇協議会有志によって第四回原水爆禁止世界大会で上演(日比谷野外音楽堂)。

九月　十日、港区赤坂の草月会館ホールの開館で、同館草月アート・センター芸術顧問の一人に就任。

十六日、三島由紀夫、大江健三郎との鼎談「文学者とは(3)」（《群像》十一月号）に出席。

十月　二十一日、ラジオドラマ「河童考」をニッポン放送〝ラジオ芸術劇場〟で放送。

二十七日、小説「使者」を《別冊文藝春秋》第六六号に発表。

三十一日、「記録芸術の会」の機関誌、季刊《現代芸術》をみすず書房から刊行。編集人は佐々木基一。

（日米安保条約改定交渉開始。労働者・文化人たちによる警察官職務執行法改正案の反対運動たかまる）

十一月　一日、同日号《図書新聞》で〝安部公房企画編集〟による「曲り角の日本」を特集。高見順「曲り角の告白」、吉本隆明「政治と芸術」、花田清輝「悪女」などの他、佐々木基一との対談「良識による共犯」を掲載。

十日、東京高円寺会館で開催された「新日本文学会」主催の「新警職法反対大講演会」で、開高健らと講演。

同日、「新日本文学会」幹事会に出席。新常任幹事に選ばれる。

同日号《日本読書新聞》連載のコラム、「人物スケッチ――ゲキレイする、される安部公房」で、花田清輝は次のように記している。

〈戦後、間もなく、天才があらわれた、といって、しきりに安部公房をわたしに宣伝したのは、新人発見の天才、佐々木基一だったような気がしてならない。わたしは天才が大嫌いだったので安部公房にたいしては、ほとんど無関心だった〉

〈ところがある日、たまたまかれの「デンドロカカリヤ」という作品を読んで、すっかり、心をうたれてしまった〉

〈その作品が、戦後文学の水準をはるかに抜いてることに疑問の余地はなかった〉

と記したあと、七月に開かれた「安部公房を励ます会」に、ふれている。

〈先だって、安部公房をゲキレイする会というのがあったので出てみたら、席上、皆さんが、こもごも立って、わたしは安部さんをゲキレイする側ではなく、安部さんにゲキレイされる側である、といったような意味のスピーチをしていらっしゃった。わたしもまた、そうか。残念ながら、どうもそうらしい。しかし、わたしもまた、そういって引きさがるのはいささか業腹だったので、戯曲をかいてかれに挑戦すると宣言した。それが「泥棒論語」である。当らなかったら、かれをゲキレイすることになるかもしれない〉

十二月 七日、草月会館ホールで〝草月教養クラブ〟第一回例会「笑」が開かれ、ショート・プログラム「人は何んで笑うか」を企画・講演。

二十五日、《群像》に連載した映画芸術論『**裁かれる記録**』を講談社から刊行。

この映画芸術論は、この年一年間に上映された映画のなかから、〈映画芸術と言語芸術の境界線をさぐり、両者の相異点と共通点を考えながら、むしろ芸術そのものを新しくとらえなおそう〉(同書「あとがき」)とした連載映画芸術論で、各月のエッセイのタイトルと、取りあげた映画名を、参考までに次にあげておく。

一月号「裁かれる記録係」(「地下水道」)

二月号「チューインガムを嚙みましょう」(「地下水道」「気違い部落」「現金に体を張れ」)

三月号「小さなコップ」(「白夜」「翼に賭ける命」)

四月号「砂漠の思想」(「眼には眼を」)

五月号「拍手製造機」(「白夜」「カウボーイ」)

六月号「ミュージカルス」(「魅惑の巴里」「僕はツイてる」「パリの休日」「花嫁募集中」「絹の靴下」)

七月号「無邪気なもの」(「静かなアメリカ人」「東京一九五八」)

八月号「様式化について」(「楢山節考」「ジャネ・バハール物語」)

九月号「ストーリィという罠」(「黒い罠」「戦争と貞操」)

十月号「忘れられたフィルム」(「忘れられた人々」)

十一月号「ばらを摘みとれ」(「野ばら」「つづり方兄妹」「サレムの魔女」)

十二月号「全面否定の精神」(「僕は三人前」「手錠のままの脱獄」)

三十一日、ラジオドラマ「豚とこうもり傘とお化け」をNHKラジオ〝子供の時間〟年末特集で放送。

この年「魔法のチョーク」「詩人の生涯」がチェコスロヴァキアの《世界文学》に掲載される。

一九五九(昭和三十四)年　三十五歳

一月 同月号《文學界》の座談会「文学者と政治的状

況」（平野謙、松本清張、椎名麟三、大江健三郎、石原慎太郎）に出席。警職法改正案に対する反対運動、市民と芸術家の内部対立、方法論の問題、プロレタリア文学の実績などについて論じあう。

　十一日、第二回〝草月教養クラブ〟の例会「リズムの発見」で、「リズムと人間」について講演。

二月　六日、テレビドラマ「円盤来たる」をＮＨＫ大阪〝テレビ劇場〟で放映。

八日、第三回〝草月教養クラブ〟の例会「夢」で、「ヒステリイと精神分裂の芸術」について講演。

三月　小説「透視図法」を同月号《群像》に発表。

一日、第四回〝草月教養クラブ〟の例会「美」で、「八等身の美学――美とは何か？」を講演。

二十七日から連続ドラマ「ひげの生えたパイプ」の取材のため、演出の長与孝子とともに愛媛の鹿野川ダム、来島、高知の龍河洞などを四月二日まで巡る。

四月　都下調布市入間町に住居を新築、中野区野方の借家から新居に移る（一九六二年、入間町から若葉町に町名変更）。新居の用地は勅使河原宏が購入していた土地を譲り受けたもの。

　千田是也、花田清輝、木下順二、野間宏、椎名麟三らと演劇刷新を推進するため「三々会」を結成（命名は椎名麟三）。この年の十二月まで隔月くらいのペースで、会員作品の合評会や討論会をおこなう。

　安部公房が「事業」「新イソップ物語」の作品を寄せた『池田龍雄作品集』が昭森社から四月刊行の予定だったが、校正刷りまで出ながら、出版社の都合で未刊となる。

五月　三日から「幽霊はここにいる」を劇団俳優座が地方公演。六月一日から六本木俳優座劇場でも再演。

九日、中野重治、小田切秀雄と第一回アカハタ短編小説賞を選考。職場からの投稿者の作品について、〈大たんに無鉄砲でもいいから、自由に既成概念を破ってゆくことが大切だ。うまくまとまればまとまるほど私小説的な表現をもっているというんでは、はげしい現場の人であればあるほど困る。全体的に物を見る目がいしゅくしている感じだね〉と語っている。（《アカハタ》一九五九年六月五日号）

　十一日、連続ドラマ「ひげの生えたパイプ」をＮＨＫラジオ〝子供の時間〟で放送開始（九月四日まで八十五回）。

　二十日、東京大学第四回「五月祭賞」（小説部門）を選考。

六月　十五日、戯曲『**幽霊はここにいる**』を新潮社から刊行。

七月　劇評〝新劇の運命〟を同月号《芸術新潮》に連載開始（十二月号まで六回）。

五日、長編小説『**第四間氷期**』を講談社から刊行。「あとがき」で、次のように記す。

〈未来は、日常的連続感に、有罪の宣告をする。この問題は、今日のような転形期にあっては、とくに重要なテーマだと思い、ぼくは現在の中に闖入してきた未来の姿を、裁くものとしてとらえてみることにした。日常の連続感は、未来を見た瞬間に、死ななければならないのである。未来を了解するためには、現実に生きるだけでは不充分なのだ。日常性というこのもっとも平凡な秩序にこそ、もっとも大きな罪があることを、はっきり自覚しなければならないのである〉

〈この小説から希望を読みとるか、絶望を読みとるかは、むろん読者の自由である。しかしいずれにしても、未来の残酷さとの対決はさけられまい〉

〈読者に、未来の残酷さとの対決をせまり、苦悩と緊張をよびさまし、内部の対話を誘発することが出来れば、それでこの小説の目的は一応はたされたのだ〉

二十五日、テレビドラマ「人間そっくり」を中部日本放送で放映。この作品は小説「使者」をテレビドラマ化したもの。

二十七日、NHK教育テレビの「動物の知恵」に出演。

八月　六日、俳優座演劇研究所の夏期演劇講座の講師を佐々木基一、花田清輝らと担当（十日まで）。

十日（最高裁、松川事件に差戻しの判決）

十二日、シュプレヒコール「最後の武器」を日比谷野外音楽堂で再演。

二十日、《東京タイムズ》のインタビューで、ミュージカル「可愛い女」に関する独自の〝大衆芸術論〟を次のように語る。

〈大衆はね、ドラマとか小説とかでなく、もっと混然とした文化、芸術そのものを求めているんだと思う。僕の場合、ミュージカルというのは〝歌入り芝居〟のことじゃない、歌、舞踊、文明批評など今の衰退したドラマが、失ってしまった要素を回復して大衆の魂を再組織することですね。（略）本当の大衆的芸術は、読者にふだんよりかかっている日常の秩序は決して堅固なものではないということを知らせること……〉

二十三日、ミュージカル「可愛い女」を大阪労音がプロデュース・システムで上演。

九月（中ソの対立激化）

十月 同月上旬号《キネマ旬報》の特集「現代芸術としての映画」に、「映画と文学」を中原佑介と共同執筆。これに対して、同誌十一月下旬号に佐々木基一が「映像と音声の美学を！」で反論。同誌一九六〇年二月下旬号で、安部公房、中原佑介が「再び文学主義を！」で応じる。

九日、テレビドラマ「日本の日蝕」をNHK大阪で放映。芸術祭奨励賞を受賞。この作品は一九五七年七月、中部日本放送で放送したラジオドラマ「兵士脱走」をテレビドラマ化したもの。「作品内容が酷似している」として問題となったが、安部公房は〈作者としてテーマを大切にすれば、いろんな表現媒体を使ってくり返し練り直すことが望ましいと思う〉（《朝日新聞》十月十三日）と一蹴した。

十五日、品川公会堂で開催された「新日本文学会」主催「安保条約改定反対の夕――文学者は発言する」で、大江健三郎、野間宏、小田切秀雄、開高健らと講演。千三百余名の聴衆が集まる。

十一月 第九回「新日本文学会」大会で、幹事（三十九名）の一人に選出される。

二十七日（安保条約阻止請願のデモ隊二万人が国会を取り囲む。三井鉱山三池炭鉱指名解雇強行で争議が激化）

一九六〇（昭和三十五）年　三十六歳

一月 小説「賭」を同月号《群像》に発表。

一日、NHKラジオ〝子供の時間〟でラジオドラマ「くぶりろんごすてなむい――泥棒ねずみのお話」を放送。

三月 三日、戯曲「巨人伝説」を劇団俳優座が上演。この作品はテレビドラマ「日本の日蝕」を戯曲化したもの。

花田清輝の戯曲評――

〈ダイダラボウのイメージやカビのイメージ、ことに前者のイメージは新鮮で、十分に発展させれば天皇制批判になったでしょうが、作者はここでは、「幽霊はここにいる」のばあいと反対に、ゆたかな想像力を抑制しているようにみえる。
そして戦争中と戦後との対応をとらえ、整然とドラマを組み立てています〉
〈舞台にはきっと魔術的な雰囲気がただようだろうとおもいます〉(「魔術的なただよい」《大阪労演》第一三一号、一九六〇年三月発行)
三十一日、草月会館ホールで開催された現代作曲家たちによる「草月コンテンポラリー・シリーズ　作曲家集団三月の会〈林光〉」で、新しい舞台の表現方法として、真鍋博作成のスライドを用いた〝ミュージカル・プロジエクション〟「僕は神様」を公開。この作品は一九五九年九月、中部日本放送で芸術祭参加作品として制作されたが、スポンサーの事情により放送されなかったラジオ・ミュージカルス「ぼくは神様」のオリジナルテープを使用したもの。

四月　二十六日、ドキュメント「事件の背景」取材のため九州・下筌《しもうけ》ダムの〝蜂之巣城主〟室原知幸に会う。

五月　小説「完全映画《トータル・スコープ》」を同月号《SFマガジン》に発表。日本演劇協会会員となる。
二十一日、日本文学学校同窓会主催の「芸術の未来を語る夕べ」で、『第四間氷期』の執筆意図をふまえた「未来とは」を講演。

六月　十五日(全学連国会構内に突入し、女子学生樺美智子死亡)
十九日(新安保条約、自然承認)
二十日、新安保条約改定反対の協会声明をめぐって、日本文芸家協会で緊急臨時総会が開かれる。政治問題と職能団体のあり方について討議が紛糾。安部公房も出席して協会の声明を支持。
二十二日、書下ろし長編小説『**石の眼**』を新潮社から刊行。

七月　二日、《産経新聞》夕刊に、「不偏不党とは何か――村上元三氏に答える」を寄稿。村上元三が、〈安保反対声明を出した文芸家協会は文学者の職能団体として政治的偏向を犯している〉として、同紙七月一日夕刊に掲載したエッセイに対する反論で、協会の立場を擁護、〈一党一派に属しない自由を守ろうという協会のささやかな願望をまでも、一党一派だと言いだすようでは、不偏の名をかりて、じつは偏向を強制しているのだと勘ぐられても、いたし方ないのではありますまいか〉と駁している(なお、中野重治も《新日本文学》十月号の「村上元三氏の『一党一派に偏してはならない』説について」で、反駁している)。

八月 小説「なわ」を同月号《群像》に発表。

九月 小説「チチンデラ ヤパナ」を同月号《文學界》に発表。

一日、新潮社出版部の谷田昌平から、「チチンデラ ヤパナ」を発展させた〝純文学書下ろし長編小説〟、のちの『砂の女』を書くよう依頼を受ける。

五日、主婦向け連続ラジオドラマ「お化けが街にやって来た」を文化放送で放送開始(一九六一年九月二日まで三一二回)。

十月 この月から「記録芸術の会」の機関誌《現代芸術》が勁草書房から月刊で創刊。一九六一年十二月の終刊号まで編集責任者となり、「編集後記」を書く。創刊号の「後記」に、〈この雑誌でつらぬいていきたいことは、インターナショナルな視点〉と抱負を記す。

十二日(浅沼稲次郎社会党委員長、日比谷公会堂で立会演説中に刺殺される)

二十日、九州三井三池炭鉱の労働争議に材をとったテレビドラマ「煉獄」を九州朝日放送で制作、放映。芸術祭奨励賞受賞。

二十六日、戯曲「石の語る日」を訪中日本新劇団が上海戯曲学院で上演。この戯曲は訪中日本新劇団の委嘱を受けて書かれたもので、演出を担当した千田是也は次のように語っている。

〈日本人民の安保反対闘争を中国の仲間たちにぜひ見てもらおうと決心しました。そして脚本の執筆を受持った安部公房や演出スタッフの者たちが早速現地に出かけ、閉店ストに参加した商人たちの経験談をきいたり、資料を集めたりすると同時に、当時群馬県下で行われていた県知事選挙の闘争にも実際に参加しながら、劇の構想を練り、約二週間で脚本をかきあげ、その後、中国に出発する前日までの約二十日で、一応芝居としてまとめあげました〉(一九六〇年十月二十六日、上海戯曲学院での試演にあたっての講演、未來社『千田是也演劇論集4』一九八七年三月刊)

二十七日、〝ラジオのための作品〟「赤い繭」をNHKFM実験放送〝音楽のおくりもの(II)〟で放送(音楽・諸井誠)。

十一月 二十二日、〝ラジオのための構成詩〟「白い恐怖」を朝日放送〝ABC劇場〟で放送。この作品は小説「詩人の生涯」をラジオドラマ化したもの。

三十日、戯曲「制服」を劇団青俳が上演(この戯曲は

《群像》一九五四年十二月号の初出版である一幕五場のテキストを使用)。

〝新選現代日本文学全集〟33『**戦後小説集二**』(収録作「闖入者」「鉛の卵」、解説山本健吉)を筑摩書房から刊行。

十二月 八日、「草月コンテンポラリー・シリーズ作曲家集団十二月の会〈諸井誠〉」で、「パントマイム・舞踏とオーケストラ・シュプレヒコール・コーラス・モノローグ・電子音響との新しい試みによる舞台のための〈赤い繭〉」を、ヨネヤマ・ママコの出演で上演。

十五日、〝新鋭文学叢書〟2『**安部公房集**』(収録作「デンドロカカリヤ」「S・カルマ氏の犯罪――壁」「赤い繭」「R62号の発明」「変形の記録」「棒」「鉛の卵」「制服」「人間そっくり」「詩人の生涯」、解説花田清輝。自筆年譜)を筑摩書房から刊行。同集《付録》で野間宏は安部公房について、次のように記している。

〈安部公房が若しいなかったならば、ということを、私は時々考えることがあるが、私はその時戦後の日本文学ははたして何処へ行ったろうかとその行方がわからなくなるのを感じるのである。実際安部公房という存在を失ったならば、日本の戦後の文学はたちまちたがをなくした木桶のように、ばらばらになりとけて四散してしまうように思える〉(「安部公房の存在」)

十八日、「新日本文学会」の幹事会で新常任幹事の一人に選ばれる。

二十五日、ミュージカル・コメディ「お化けの島」をNHK〝クリスマスこども大会〟で上演。NHKテレビ、ラジオで同時中継放送。

この年の夏、運転免許を取得、はじめての車「日野ルノー」を購入する。

一九六一(昭和三十六)**年**　三十七歳

一月 「新日本文学賞・評論部門」の選考委員になる。

二十二日、戯曲「石の語る日」を劇団俳優座が上演。劇評として花田清輝と武井昭夫が次のように対談で指摘している。

〈花田　この作品は、安保闘争の一つの芸術的成果というふうに見るべきでしょうね〉

〈武井　未来が非常に明るいものとして暗示されていて、それへのステップとして肯定的にとらえられている。しかし、このオプティミズムには問題があると思うんです。(略)成功しているとはいい難いけども、先の見通しを、芸術的課題として探ろうとしている数少ないひとつであって、僕の知っている限りでは、他にはほとんどない〉(劇評 対談「石の語る日」《テアトロ》一九六二年三月号)

二月 一日(右翼少年、中央公論社社長宅を襲撃。深沢七郎「風流夢譚」事件)

勅使河原宏の依頼で映画「おとし穴」のシナリオを執筆(この作品はテレビドラマ「煉獄」を映画シナリオ化したもので、第一稿のタイトルは「菓子と子供」)。

四月 小説「他人の死」(のち「無関係な死」と改題)を同月号《群像》に発表。

開高健らとAA作家会議に出席。

五月 十九日、三島由紀夫、庄野潤三との「創作合評」に出席(《群像》七月号掲載。以後九月号まで三回)。

六月 十四日、戯曲「制服」を関西芸術座が上演。

七月 十五日、勅使河原宏監督の映画「おとし穴」のロケーション撮影が福岡県喜穂郡庄内の三菱鯰田鉱業所を中心にはじまる(九月二十五日まで)。安部公房は勅使河原宏らとロケ・ハンチングし、死体収容人の役で出演。

十九日、二十五日開催の日本共産党第八回党大会を前に、安部公房のほか大西巨人、黒田喜夫、野間宏、花田清輝、針生一郎ら「新日本文学会」の十四名の党員文学者が、〈党中央委は党内外の知識人の役割を不当に軽視し、マルクス・レーニン主義の創造的発展のために欠くことのできない学問、芸術の自由をも否認するに至った〉など、五項目にわたる意見書「真理と革命のために党再建の第一歩をふみだそう」を発表(「意見書」は《日本読書新聞》九月四日号に掲載)。

二十二日、安部公房のほか泉大八、大西巨人、小林勝、武井昭夫、野間宏、花田清輝、針生一郎ら二十一名が連名で「日共全党員に訴える」声明を発表(《アカハタ》の反論は八月六日、七日号)。

二十六日、テレビドラマ「人命救助法」をNHK大阪〝テレビ劇場〟で放映。

夏、軽井沢千ヶ滝の白木牧場内にある石油ランプの貸別荘に家族とともに滞在、書下ろし長編小説『砂の女』を執筆。

八月 十八日、安部公房ら『新日本文学会』に所属する二十一名の党員文学者が連名で党との抗争に関する声明「革命運動の前進のために再び全党員に訴える」を発表。連名者は「党員の権利停止一年」を党より言い渡される。

このころの安部公房の動静について、小田切秀雄は次のように記している。

〈現在の安部からはいくらか想像しにくいかもしれぬが、その当時までは〝共産主義者として社会主義を支持しつづける〟立場に立っていたのである。ただし、再三にわたった党批判の申入書・声明書への参加のゆえに、このままではかれの党除名は必至と見られ、かれ自身も除名は覚悟していると見られたときに、まだ党と文学者とのあるべき関係ということに執着をもっていたわたしは、安部に会って、党になおとどまる意志があるかないかをたしかめた。とどまるつもりがあれば、宮本顕治にわたしが直接に談じこもう、と思っていたのである。安部は、もうイヤになったという一面とともに、自分の気持をそうも割りきりにくいところがあるということで、結局、わたしは党にとどまることを安部に求め、除名というような不当な処置が行われぬよう書記長の宮本に申入れる、ということになった。（略）――杉浦明平とも同じような趣旨で会った。その上で、宮本に談じこんで、安部・杉浦をはじめとする個々の文学者にたいしては除名などというやり方をせぬように、とつよく要望したら、いったんは、わかった、なんとかしよう、という返事だったが、結局のところ昭和三七年にはかれらすべては除名になった〉（『私の見た昭和の思想と文学の五十年　下』集英社、一九八八年四月刊）

十月　十五日、神田雑誌会館で「記録芸術の会」の総会を開き、解散を決議。機関誌《現代芸術》は十一、十二月合併号で廃刊。

十一月　一日、ラジオドラマ「空中の塔」をNHK大阪で放送。この作品は小説「空中楼閣」をラジオドラマ化したもの。

九日、有楽町のニュー・トーキョウで開かれた「島尾敏雄を励ます会」に出席。

この年、「詩人の生涯」がソビエトで翻訳された。

一九六二（昭和三十七）年　三十八歳

四月　二日、ラジオSF「時間しゅうぜんします」を

NHKラジオ〝こどもの時間特集〟で放送。

映画「おとし穴」が完成（公開は七月一日、日本アート・シアター・ギルド系）。安部公房はシナリオ作家協会賞を、勅使河原宏はNHK新人監督賞を、作品は日本映画記者会賞を受賞。

二月　七日、午後三時から代々木にある党本部で日本共産党が定例の記者会見。高原晋一書記局員から、一九六一年七月の「第八回党大会前後から反党活動をつづけていた」として、花田清輝、大西巨人、針生一郎らとともに党を除名される。除名を受けての安部公房の感想——

〈党の政治路線は問題なく狂ってると思いますね。政治的にもぼくらが見ても、いまの日本が置かれている立場の分析もなく、方向がまるで見失われている。ぼくらはいままで通りに主張してきたものを書きつづけるつもりで、かえってつまらない干渉がなくなってい い〉（《東京タイムズ》二月十五日夕刊へのコメント）

三月　本多秋五は《週刊読書人》に連載をつづけていた〝物語戦後文学史〟で、六回にわたった「変貌の作家安部公房」の項を終えるにあたり、戦後文学史におけるその独自な存在について、最終部で次のように書きとめている。

〈安部公房と、第一次戦後派の誰かれとを思い較べてみると、ものの考え方も受取り方も、別人種かと思うほど距っている。しかし、人間と人間が置かれた状況とを、総体的にとらえ直そうとする安部公房の努力には、ほかならぬ戦後という大きな時代の火照りが感じられるのである〉（〝物語戦後文学史〟104「芸術と現実の変革へ」《週刊読書人》一九六二年三月十二日号）

四月　「新日本文学会」が文学学校を開設、講師となる。

四日、ミュージカル・コメディ「お化けが街にやって来た」を大阪労音が上演、観世栄夫と演出を担当。

六月　小説「人魚伝」を同月号《文學界》に発表。

八日、〝純文学書下ろし特別作品〟『**砂の女**』（執筆予告では『通りかかった男』）を新潮社から刊行。巻頭に〈——罪がなければ、逃げるたのしみもない——〉というエピグラフを付す。同書函に著者の言葉があり、函裏には武田泰淳、三島由紀夫の評がある。

野間宏の評——

〈「砂の女」が私のところに送られて来た翌日、私は安部公房を電話で呼び出し、「砂の女」が傑作であり、

まったく大きな作品であることを伝えた〉

〈私は「砂の女」がそのもっとも現代的な強烈なテーマをもって私をとらえてはなさず、読みおわって自分の眼にもっとも新しい現代を見るにふさわしいレンズをもたらしてくれたと思う。私は彼がこの作品によって現代の構造を明らかにしたばかりではなく、そこに生きることの意味を明らかにし、さらにそこに生きることの意味を自分のものにする方法と態度をそこに置くことが出来たことを評価する〉(「安部公房について」俳優座上演「城塞」パンフレット、一九六二年九月発行)

因みに、村松剛によれば、小林秀雄との対談のおり、〈小林さんは安部公房の「砂の女」にふれて、あれはきみ、ジャズですね、といっておられた。「ドラムがね、あの文章の背後で鳴っているんだ」〉といったと記している(共同通信社配信〝ことしの主役〟③「文学・下」一九六二年十二月十五日)。

『砂の女』を担当した新潮社出版部谷田昌平が、安部公房の執筆ぶりを語っている。

〈安部さんは、レタリング風の力強い大きな字で丁寧に原稿を書かれる。しかも途中でプロットを修正するたびに、前にもどって何度も書き直すことが多い。校正刷りの段階でさらにそれを切り張りして前後を入れかえ、書き加える作業もなされる。『砂の女』では、初校がズタズタになって新組みにしたりした〉(『回想 戦後の文学』筑摩書房、一九八八年)。

そのため入稿時の原稿は消滅したという。

十四日、新宿・厚生年金会館小ホールで開催された「新日本文学会」主催の「安保闘争から二年――混沌の中から未来を」のシンポジウムに出席。〈日本人の美的倫理観からいうと、榎本(武揚)は無節操として否定されるが、彼には佐幕や勤王を越えたより大きい政治のヴィジョンがあったのではないか〉と、榎本武揚への通説に疑問を投げる発言をする。

七月 十四日、NETテレビ(現テレビ朝日)の二十回シリーズ〝お気に召すまま〟を企画・監修。第一回は安部公房作「あなたがもう一人」を放映。シリーズの脚本は清水邦夫、寺山修司、福田善之、星新一、柾木恭介らも担当。

十九日、ラジオドラマ「消えた川の話」を文化放送で放送。このドラマは「『川』の物語」という五人の作者の五話からなるオムニバス放送劇。第五話「消えた川の話」は、安部公房自身の語りと効果音とで構成されている。

八月　十一日、七月から放映がはじまった安部公房企画・監修によるNETテレビ〃お気に召すまま〃で、この日放映された人間社会のせちがらさを風刺した「幽霊会社」（作・星新一、演出・星野和彦）がスポンサーと対立。次回十八日放映分の作品が休映となる。二十二日、ラジオドラマ「鳥になった女」を北海道放送〃HBC小劇場〃で放送。

九月　一日、戯曲「城塞」を劇団俳優座が上演。

十月　二十四日、テレビドラマとして書かれた「人間そっくり」を劇団人間座が上演。

十一月　岡山演劇観客団体協議会委員会から「城塞」の岡山公演に関する、原作者と作品の思想的内容、政治的立場についての意見書――《「城塞」の評価についての報告と意見書》が、劇団俳優座に送付される。演出を担当した千田是也は返信の「お答え」のなかで、

〈作品評価とは別に、安部氏の作品であるから「城塞」を例会としてとりあげえないとあくまでも主張されるのであれば、劇団としては（その可否は別として）これを了承せざるをえません。しかし、こまるのは、貴委員会の《報告と意見書》では、この作品の拒否がいかなる政治的な観点によるかがいっこう明瞭にされず、ひたすら作品解釈や芸術的評価の相違にもとづいておられるかのように見える点です〉

と記し、さらに「城塞」について、

〈ブルジョアジーと労働者階級の階級対立をドラマの中心にすえ、ブルジョアジーを労働者階級との対比において画き出そうとしているものではありません。「城塞」はブルジョアジー内部の矛盾をその内側から画き、ブルジョアジーがその生活、その階級的利害を守るために必然的に非人間的になり、残酷になり、病的にもなっていく事実を観客に暴露しようとしている作品です〉

として、なぜ「城塞」に「現実否定」と「現実破壊」の論理があるのか、またなぜ「すべての破壊が先決だと絶叫」していると評価するのか、なぜ労働者階級の前進を否定していると断定するのかと反問した（「《「城塞」の評価についての報告と意見書》に対するお答え――岡山演劇観客団体協議会御中――」未來社『千田是也演劇論集4』一九八七年三月刊）。「城塞」の岡山公演は中止。

安部公房の感想――

〈これは反人民的であり、労働者が描かれていない、

あまつさえこの作者は、かつて「奴隷狩り」なるものを書いて人民を檻に入れたと…(笑)　こういうことになると、これはね、笑うにはさしつかえないんだけど笑えない。ちょっと、慄然とする〉(〈座談会「作家の主体と干渉組織の役割」小場瀬卓三・福田善之・広瀬常敏〉《大阪労演》第一六五号、一九六三年一月発行)。

三日、企画・監修をしているNETテレビ〝お気に召すまま〟の清水邦夫作「ヒッチハイク」にドライバーの役で出演。

十日、〝お気に召すまま〟シリーズ第十八話「羊腸人類」をNETテレビで放映。この作品は小説「盲腸」をテレビドラマ化したもの。

十二日、戯曲「乞食の歌——合唱のためのバラード」をフェーゲラインコールが第八回演奏会として東京文化会館で合唱・上演。同パンフレットにエッセイ「狼そっくり」を寄稿。

十三日、「安部公房氏にいっそうがんばってもらう会」が新東京グリルで開かれ、石川淳、千田是也、三島由紀夫、武満徹、中村メイコ、ペギー葉山ら多数が出席。

十六日、テレビドラマ「モンスター」をNHK大阪で放映。

十八日、ラジオドラマ「吼えろ!」を朝日放送で放送。芸術祭賞を受賞。このドラマはのちフランスでも放送される。

二十四日、〝お気に召すまま〟シリーズ最終回、杠木恭介との共同脚本「しあわせは永遠に」をNETテレビで放映。初めてテレビの演出を手がける。

一九六三(昭和三十八)年　三十九歳

一月　真知夫人と四国をドライブ旅行する。

二十八日、『砂の女』で第十四回読売文学賞(小説賞)を受賞。

選考委員の一人大佛次郎の評——

〈安部公房氏の「砂の女」は変ったもので、世上に繰り返されている小説ではなく、また二度と書き得ないもので、新鮮である〉

〈私は新しいイソップ物語りとして愛読した。エドガー・アラン・ポーにも血統がつながっていると思った。ポーも異常を名のって異常を描かず、ほんとうの人間の日常を見ている〉(「異常の描写の新鮮さ——『砂の

女』」《読売新聞》一月二十八日）

二月　五日、午前十一時半から有楽町の読売会館貴賓室でおこなわれた読売文学賞授賞式に出席。

十日、大雪の新潟・三条市を取材。

二十三日、テレビドラマ「闖入者」をNHKテレビの〝創作劇場〟で放映。

同日、〝音の物体詩〟「チャンピオン」（武満徹との共作）をRKB毎日〝現代劇場〟で放送。民放祭奨励賞を受賞。

二十八日、戯曲「乞食の歌」を劇団同人会とフェーゲラインコールの共同企画で上演。

三月　四日、自ら原作を脚色した連続ラジオドラマ「砂の女」を文化放送〝森永乳業名作シリーズ〟で放送開始（四月十三日まで三十六回）。

八日、三島由紀夫邸のパーティに阿川弘之、安岡章太郎、大江健三郎、奥野健男らと招かれ、アメリカ・クノップ社編集長シュトラウスと会う。

十五日、二十九日、第三回「新日本文学賞・評論部門」の選考会に出席。

五月　同月号《新日本文学》、北村美憲のインタビュー「リアリズムと記録的方法」で、記録的記述、社会主義リアリズム、自己検閲の危険性などについて語る。

俳優座上演の椎名麟三「不安な結婚」について、椎名麟三と俳優座で対談（《コメディアン》五月一日号）。

二十七日、同日から銀座・青木画廊で開かれた「池田龍雄・中村宏・山下菊二展」のパンフレットに、次のような激烈な一文を寄せる。

〈現代の画家たちは、自分の存在理由を見つけ出そうとする願望と、逆にすべての存在理由から逃亡したいという絶望とのあいだで、無残にひきさかれ、美の殺害者としてふるまう行為そのものに、かろうじて創造のよりどころを探し当てているかのようである。

こうした傾向が、鑑賞者の拒否にたどりつくのは、むしろ当然のなりゆきだろう。そうかと言って、見てくれるな、触れてくれるなと、絶叫しつづけている類の作品には、鑑賞用作品におとらず、白々しい思いをさせられる。拒絶の商品化くらい、じつは時代の精神状況の盲点につけ入った、小ざかしい商法もないのだから。

ぼくとしては、この際すべての美術家に、いっそ自殺をすすめたい〉

六月　同月号《現代の眼》の座談会「連帯の条件」

（日高六郎、増島宏、山田宗睦）に出席。知識人の系列化、連帯の意味と権力の問題、街頭の連帯と研究者の連帯などについて論じあう。

奥野健男が六月号《文藝》に「『政治と文学』理論の破産」を発表。プロレタリア文学以来の〝政治と文学〟理論を否定。「砂の女」、三島由紀夫「美しい星」を擁護して、〝政治と文学〟論争が始まる。

七月 十五日、自らのシナリオによる映画「砂の女」の撮影が東京・柿ノ木坂の教配スタジオと静岡県小笠郡浜岡町の千浜砂丘のオープンセットではじまる（監督・勅使河原宏、九月三十日まで）。

八月 五日、二日に急逝した文化放送制作部次長大坪都築（芸術祭奨励賞を受賞したラジオドラマ「棒になった男」ほかを演出）の葬儀に出席、「弔辞」を読む。

十一月 十日、テレビドラマ「虫は死ね」を北海道放送で放映。芸術祭奨励賞を受賞。

二十日、同日から日生劇場で劇団俳優座が花田清輝「ものみな歌でおわる」（演出・千田是也）を上演。上演パンフレットに「千田是也と花田清輝」を寄稿。花田清輝について、次のように記す。

〈私は、時代の狩人としての心構えを、花田さんから教えられた。普遍性が、いかに独創的なものでなければならないか、批評精神が、いかに創造的なものでなければならないか、また逆に、創造というものが、いかに批評精神に支えられたものでなければならないか……そうした、芸術家に課された過酷なまでの試練を、見事に耐えぬいている実例を身近にもっているということは、なんと言っても同時代の者だけに許された贅沢であり、私はその贅沢を心ゆくまで味わうことが出来たのである。芸術は、贅沢の味方だから、私はこの贅沢に感謝しなければならないと思う〉

二十四日、ラジオドラマ「審判」を文化放送〝現代劇場〟で放送。

十二月 二十二日、三島由紀夫邸のクリスマス・パーティに招かれる。

三十一日、NETテレビ系で「ゆく年くる年」の番組構成を担当。

一九六四（昭和三十九）年　四十歳

一月 長編小説「他人の顔」を同月号《群像》に発表。

長編小説「榎本武揚」を同月号《中央公論》に連載開始(一九六五年三月号まで十四回)。

「デンドロカカリヤ」がハンガリー国営放送で放送。

二月 十五日、映画「砂の女」が完成、公開(日比谷・みゆき座ほか東宝系列の洋画ロードショー劇場)。この映画はカンヌ映画祭審査員特別賞、サンフランシスコ映画祭外国映画部門銀賞、毎日映画コンクール作品賞、ブルーリボン作品賞などを受賞。監督の勅使河原宏は、安部公房の原作、シナリオについて、次のように語っている。

〈安部公房の発想、文体というものは、私にひとつの世界の発見をさせ、私の人間形成にかかわった快感をともなう体験をさせてくれた。快感という言葉が軽すぎるなら、飛躍といい直してもいい〉

〈安部公房のセリフは、必ずしもシチュエーションと同一の平面に位置していない。あるときは具体的日常性で、あるときは抽象的普遍性をもったセリフが交錯しながら、よどみなく流れてテーマを肉づけしていくので、それを肉体化する俳優と、さらにそれを総合して映像に切り取る決断には、異常なテンションが課せられるのである。しかし、そののっぴきならぬ責苦にぶつかり、切り抜ける行動に、私が体全体である満足感を味わっていたことも事実だ〉(勅使河原宏『古田織部』日本放送出版協会、一九九二年四月刊)

二十七日、〝新日本文学全集〟29『**福永武彦　安部公房集**』(収録作「S・カルマ氏の犯罪——壁」「けものたちは故郷をめざす」、解説荒正人)を集英社から刊行。

三月 小説「時の崖」を同月号《文學界》に発表。この作品は武満徹との共作ラジオドラマ「チャンピオン」を自作として小説化したもの。

二十六日、NHKテレビ〝婦人の時間〟の「この人この道　千田是也」に千田是也、岸輝子、戸板康二と出演。

二十八日、ラジオドラマ「ガラスの罠」をNHK〝ラジオ小劇場〟で放送。この作品は小説「誘惑者」をラジオドラマ化したもの。

四月 十二日、東京12チャンネル(現テレビ東京)開局記念番組で、コンピューターを使ったドキュメンタリー・バラエティー・ドラマ「こんばんは21世紀」の構成を担当。

二十七日、都市センター・ホール会議室で催された東野英治郎『私の俳優修業』出版記念会に出席。

五月 一日、青山の草月アート・センターで上演されたニューヨーク・アードマン・グループのミュージカル・プレイ、ジェイムス・ジョイスの「フィネガンス・ウェイク」を舞台化した「六人を乗せた馬車」を観劇、感銘を受ける。その劇評を《朝日ジャーナル》五月十日号に寄稿。

〈私は舞台の流れに引込まれ、文句なしに共感し、文句なしに脱帽してしまっていた。それも、単に新しい冒険や、試みの大胆さに敬服したというようなものではなく、私が日ごろ舞台に対して抱いていた夢を、そっくり満たしてくれるような、深い本質的な共感だった〉

〈日本語で演じられた凡百の舞台よりも、はるかに強い説得性をもって迫ってきたのである。それはこの作品が、芝居でもなく、音楽でもなく、舞踏でもなく、しかも同時にそのすべてであるという、舞台表現の本質に迫るものだったからに相違ない。ドラマを、単にドラマチックなプロットとしか考えない、近代主義的な通念からは、絶対に生れえない舞台の真のひびきを伝えてくれていたからに相違ない〉

三十一日、長編小説『**第四間氷期**』の改訂版を早川書房より刊行。

八月　二十七日、ソビエト作家同盟の招きで石川淳、江川卓、木村浩らと訪ソ。横浜港からナホトカへ向う。モスクワ郊外にレオーノフを訪う。また、レニングラード、グルジアなどを旅行。帰路『砂の女』英訳出版の契約のためアメリカへ立ち寄り、十月末帰国。ニューヨークでドナルド・キーンを知る。

九月　二十五日、長編小説『**他人の顔**』を講談社から刊行。この作品は《群像》発表時は二四〇余枚だったが、単行本刊行にあたり大幅な改稿がなされ、四九〇余枚の長編になる。

秋、桐朋学園大学短期大学部に演劇科を新設する話が持ちあがり、調布市の安部公房宅で大学関係者、千田是也らとの会合がはじまる。

十一月　二十五日、小説集『**無関係な死**』（収録作「無関係な死」――「他人の死」を改題。「人魚伝」「賭」「家」「使者」「誘惑者」「夢の兵士」「時の崖」）を新潮社から刊行。「あとがき」に次のように記す。

〈これがぼくの最近七年間の足取りだ。（略）ぼくの心づもりでは、もっと違ったものであるはずだった。もっと一貫性をもった、脈絡のある順路を通ってきたつもりだった。わざと行方をくらまそうとする、犯罪者でもなければ、こんな歩きかたをしたりするわけがない。（略）どの一歩もが、そのたびにまったく新しい、最初の一歩のおもむきである。まるで、あらゆる方向に、同時に歩き出そうとでもしているような按配である。（略）しかしぼくは、あらゆるところへ行きたいから、どこに辿り着けなくてもかまわない〉

二十七日、テレビドラマ「目撃者」をRKB毎日〝近鉄金曜劇場〟で放映。芸術祭奨励賞を受賞。

十二月 八日、「人間そっくり（一幕）」を劇団青俳が「第一回小公演」として上演（安部公房は原作提供のみで脚色は老川比呂志）。

十日、小説集『**水中都市**』（収録作「水中都市」「棒」「なわ」「鉛の卵」「盲腸」「透視図法」「闖入者」「イソップの裁判」「バベルの塔の狸」）を桃源社から刊行。

この年、「砂の女」（アメリカ）、「幽霊はここにいる」（スペイン）、「変形の記録」（チェコスロヴァキア）、「完全映画《トータル・スコープ》」（ソビエト）、「赤い繭」「壁——S・カルマ氏の犯罪」（韓国）がそれぞれ翻訳された。

一九六五（昭和四〇）年　四十一歳

一月 「新日本文学賞・評論部門」の選考委員から「小説部門」の選考委員に代わる。

六日、戯曲「おまえにも罪がある」を劇団俳優座が上演。この作品は小説「無関係な死」を戯曲化したもので、予告の題名は「死体」。次の作者のことばがある。

〈ぼくの最近の作品のテーマは、すべてその「他人」にかかわっているようだ〉

〈この戯曲も、けっきょくは、その問題への挑戦であり、他人の意味についての問いかけにほかならない。むろんまだほんの緒戦にすぎない。ぼくはやっと、他人の恐怖をかいま見たばかりのところだ。他人よりも、むしろ隣人のほうが敵なのだという、論理にまではなんとか辿りつけたが、気持のうえでは、ますます恐怖をつのらせている一方なのである。当分のあいだ、他人はぼくのテーマでありつづけることだろう〉（「無題」《大阪労演》第二〇二号、一九六六年二月発行）

二十八日、虎ノ門三井クラブで開かれた桐朋学園大学短期大学部芸術科演劇コース（通称演劇科）発足披露パーティに出席。

二月　一日、〝芥川賞作家シリーズ〟安部公房『**おまえにも罪がある**』（収録作「他人の死」を戯曲へ発展させた「おまえにも罪がある」、「壁――S・カルマ氏の犯罪」「飢餓同盟」、解説佐々木基一、「第二十五回芥川賞選評」、自筆「年譜」）を学習研究社から刊行。

この月、シナリオを書いた短編映画「白い朝」が完成（監督・勅使河原宏）。この映画は日本、イタリア、フランス、カナダ各国の映画監督が自国で製作した短編映画を「十五歳の未亡人たち」というオムニバス形式の青春劇映画として編集したもの。日本では製作の「にんじんくらぶ」が倒産したため「白い朝」のみが一部で公開された。

四月　同月号《群像》の「創作合評」（野間宏、佐々木基一）に出席（六月号まで三回）。

五月　同月号《テレビドラマ》で、〝安部公房作品集〟（掲載作「目撃者」「煉獄」「人命救助法」「チャンピオン」）を特集。

七月　同月号《世界》で大江健三郎と対談「短編小説の可能性」。変革期の文学形式、開いた短編と閉じた短編、二十世紀的短編の特徴、短編小説の危険性などについて論じあう。そのなかで、短編小説について、次のように語っている。

〈短編小説の強さは、実にすき間なく、つながっているように見えた日常を、毛の抜けた鶏のように変えてしまうところにある。だから、保守的な政治家にとってと同様、進歩的な政治家にとっても、短編小説はたえず危険視され恐れられる可能性があるわけだ。その危険性こそ、短編小説の生命なのだから……〉

二十六日、長編小説『**榎本武揚**』を中央公論社から刊行。この作品について、のちに秋山駿のインタビュー「私の文学を語る」（《三田文学》一九六八年三月号）で、次のように語っている。

〈拠りどころを捨てようとした当時の新知識の悲劇を書きたかったのですが、それがもっぱら転向小説とかなんとかにとられちゃって、べつに転向やなんか問題にしたわけではなかったのです。あのとき共和国という思想をもつということは拠りどころを捨てることで、たいへんなことだったと思うのです。アジアで最初の共和国でしょう。（略）国際講和で認められたのですから。一時的ですけれども、独立国が出来たのですか

ら。（略）短命でしたけれども。（略）拠りどころ主義者によって、歴史がどう歪められていくかの典型的なケースです〉

八月　同月号《群像》で花田清輝、大江健三郎と鼎談「前衛文学とは何か」（実施日五月十一日）。戦後文学の前衛性、内部世界と外部世界の統一、政治的前衛と文学的前衛、前衛と伝統、イメージについてなどを論じあう。安部公房は、〈文学を自己否定するものがどこかにないと前衛的な発想は出てこない〉といい、〈作家が文学だけで世界を維持していけるという妄想が生きのびているということは、前衛的な発想が出てき得ない〉と日本の文壇を評している。

同月号《映画評論》で「けものたちは故郷をめざす」のシナリオを書き、映画化を企画していた恩地日出夫と対談「作家と情熱」。安部公房は〈資金があったら、「けものたちは故郷をめざす」と「第四間氷期」は是非自分で映画化したいと思っている作品〉と語っているが、どちらも未製作（なお、同誌には恩地日出夫のシナリオ「けものたちは故郷をめざす」が併載されている）。

八日、立山での日本生活教育連盟夏季研究集会で講演。

九月　七日、軽井沢千ヶ滝の白木牧場内にある貸別荘で映画シナリオ「第四間氷期」脱稿。

十月　二十日、評論集『**砂漠の思想**』を講談社から刊行。「あとがき」で、〈この文集は、いわば私の創作手口の公開である〉と記している。

十一月　季刊《世界文学》創刊号（冨山房発行）の座談会「戦後アメリカ文学　ヘンリー・ミラーとその他の作家たち」（小島信夫、石一郎、佐伯彰一、大橋健三郎、大橋吉之輔、高橋正雄）に出席。メイラーとミラー、セックスを書くことの意味、ヘミングウェイとフォークナー、他人の発見などについて論じあう。安部公房は、他人と隣人の相違という問題は二十世紀文学、特に戦後の文学の大きな問題ではないか、と述べている。

十二月　十日、十七年前の処女作『**終わりし道の標べに**』の全面的な改稿をすませ、冬樹社から刊行。「あとがき」に、次のように記す。

〈あらためて読み返してみて、やはりこの作品を、私の出発点として認めざるをえないという気持になった。作家はつねに処女作に帰るものだなどという、宿命論的な言い方を、私はあまり好まないが、この作品が、いまなお私の仕事をつらぬいて通っている、重要な一本の糸のはじまりであることを、否定することは出来

ない。（略）私の最初の分身を、いまは心よく迎え入れてやりたいと思う。――そう、これが私の処女作なのである〉

初刊本真善美社版巻頭の献辞も、冬樹社版では次のように改めている。

〈《亡き友に》

記念碑を建てよう。

何度でも、繰り返し、

故郷の友を殺しつづけるために……。〉

二十四日、桐朋学園大学短期大学部学長生江義男、千田是也らと記者会見し、翌一九六六年四月から同学園短期大学部に演劇コースを開設することを発表。

二十七日、自宅に三島由紀夫、奥野健男らを招き、豚の丸焼きを囲むガーデン・パーティを開く。

この年、「砂の女」（チェコスロヴァキア、イギリス）、「第四間氷期」（ソビエト）、「デンドロカカリヤ」（チェコスロヴァキア）が、それぞれ翻訳された。

一九六六（昭和四十一）年　四十二歳

一月　小説「カーブの向う」を同月号《中央公論》に発表。この小説は長編小説「燃えつきた地図」の最終部となる。

同月号《新劇》の座談会「新俳優教育の理想像」（生江義男、千田是也、田中千禾夫、加藤衛）に出席。桐朋学園大学短期大学部に新設される演劇コースをめぐって、新しい俳優教育の在り方を語りあう。

「文藝賞」の選考委員となる（翌年度まで）。

二月　同月号《文藝》で三島由紀夫と対談「二十世紀の文学」。関心を深めている「隣人思想」について、次のように語る。

〈おれが考えている、二十世紀の主題というのは……いや、おれだけの主題かもしれないけれど……やはり、いかにして隣人を、われわれのなかにある隣人思想ね、つまり共同体思想だな、そいつをいかに絶滅するかということなんだ。いろんなヴェールをまとって生き残っている隣人どもを、いかにして抹殺するかということだね。つまり、それは、他人と対立する隣人なんで、いろいろに形を変えて、出没するわけだな。その化物退治が、なんと言ってもおれのテーマなんだな〉

〈他者に対する恐怖が、二十世紀文学の発端だったんじゃないかな。ストリンドベリーだってそうだし。これがどんどん進んで、他者に対する恐怖がなくなるときに、つまり隣人が消えてしまって、それは非常に残酷なんだが、その残酷さが、むしろ一つの基準になるときにね、本当の次の時代が始まるんじゃないかと思うのだ〉

その他、セックスの問題、言語の行動性、アンチ・ロマンとアンチ・テアトル、メトーデの伝統、島尾敏雄の「私小説」の特徴などについて論じあう。

八日、戯曲「おまえにも罪がある」を劇団俳優座が大阪、京都で公演。

十五日、〝われらの文学〟7『**安部公房**』(収録作「他人の顔」「けものたちは故郷をめざす」「飢餓同盟」「赤い繭」「デンドロカカリヤ」、解説大江健三郎)を講談社から刊行。巻末の「私の文学〈消しゴムで書く〉」で、次のように語る。

〈真の作家は、当然のことながら生活の否定者でなければならず、世の奇人たちとは逆に、おのれの生活の軌跡を、意識的に時代から消去しようと努める者のことであるはずだ。くだいて言えば、作家たるものは、つねに透明人間たらんと心掛けねばならないということである〉

〈作家というのは、現実と表現との割れ目にすくう、一匹のクモなのである。自分の軌跡を、ただそのはりめぐらせた透明の糸にたくして、自分は割れ目の陰にひっそりと身をかくす、一匹のクモなのである〉

〈消しゴムで書くというのは、つまり、生活の軌跡を拒絶することであり、考えてみれば、なにもこの文章にかぎらず、ぼくの小説はおおむね消しゴムで書かれたものばかりだった〉

〈ぼくの好きな作家は、たいてい消しゴムをつかって書くタイプに属している。このタイプの作家に共通した、一つの特徴は、世界に対して自己の存在を、真空にちかいほどの大きな負圧として自覚しているということだ。表現と現実のあいだに、裂け目を発見したということは、それほど手強い主題に身をさらしているということでもあり、彼等はその不可能なアリバイ証明のために、全力をあげて消しゴムを使いつづけるのだ。絶望のためでも希望のためでもなく、それ以外に自分の存在理由を回復する途がないからである。
　ぼく個人に関していえば、現在ぼくを引裂こうとしている、その負圧は、他人という存在の一語につきるかもしれない。（略）他人との関係で、日常的な通路を超えたものに辿りつかないかぎり、ぼくは消しゴムの手を休めることが出来そうにない〉
二十六日、ラジオドラマ「詩人の生涯」をNHKラジオで放送（この作品は一九六〇年十一月に「白い恐怖」のタイトルで朝日放送からも放送されている）。
三月　中旬、シナリオ研究所が新宿・厚生年金会館小ホールで開催した連続公開講座で、「映像と言語」について講演。
四月　同月号《全電通文化》の懸賞小説選考会に椎名麟三、関根弘、玉井五一らと出席。桐朋学園大学短期大学部芸術科に演劇コースが創設され、同教授に就任。戯曲論、戯曲論演習を担当。
十八日《解放軍報》文化大革命への積極的参加を提唱。中国文化大革命進行）
二十二日、新宿・紀伊國屋ホールで開催された第二回新潮社文化講演会で「私の創作ノート」を講演。
五月　エッセイ「映画『憂国』のはらむ問題は何か」を《週刊読書人》二日号に。
六月　二十九日、第六回新日本文学賞小説部門選考委員会に井上光晴、野間宏と出席。
七月　自らのシナリオによる映画「他人の顔」完成、公開（監督・勅使河原宏）。一シーンに出演する。
八月　ソビエト・バクーで開かれたAA（アジア・アフリカ）作家会議（八月三十日〜九月一日）に長谷川四郎らと出席。このAA作家会議は、六月にカイロで開かれた臨時会議の決定を受けて開催されたもので、六月二十日〜七月九日まで開かれた北京のAA作家会議と対立して開催された。帰路、家族とともにモスクワ、レニングラード、中央アジア、プラハを旅行する。
九月　長編小説「人間そっくり」を同月号《SFマガジン》に連載開始（十一月号まで）。この作品はテレビドラマ「人間そっくり」を長編小説化したもので、予告表題は「人間もどき」。
十月　一日、ラジオドラマ「時の崖」をNHKラジオで放送。
十三日、砂防会館ホールで開かれた日本文学学校の特別講義「ブレヒトの夕」に千田是也、長谷川四郎、花田清輝らと出席。

十六日、同日号《朝日ジャーナル》で大江健三郎、白井浩司と鼎談「サルトルの知識人論」。アンガージュマンの問題、知識人と作家、コミュニズムとの関連などについて論じあう。

十一月 同月号《群像》の座談会「現代をどう書くか」(小島信夫、安岡章太郎、大江健三郎。実施日九月十七日)に出席。文学の方向と手段、小説を書く意味と目的、小説の機能とエッセイの機能などについて論じあう。

新日本文学会主催の「現代芸術講座」に講師として参加。「ユーモアについて」を講義。

この年、劇団俳優座が劇団員に「上演希望脚本や執筆を依頼したい劇作家について」のアンケートをとる。その結果、〈安部公房73、田中千禾夫59、福田善之23、石川淳23、三島由紀夫23、山崎正和16、宮本研15、椎名麟三14、大江健三郎13、松本清張10、長谷川四郎10〉という回答を得た(未來社『千田是也演劇論集6』一九八二年三月刊)。

この年、「砂の女」(ソビエト、デンマーク)、「他人の顔」(アメリカ)、「完全映画《トータル・スコープ》」(ルーマニア)、「賭」(韓国)が、それぞれ翻訳された。

一九六七(昭和四十二)年　四十三歳

一月 同月号《中央公論》でミシェル・ビュトールと対談「ぼくたちの現代文学」。現代文学と探偵小説とのつながり、戦後文学と作家の責任、現代の不安の根源は何か、新遊牧時代の文学などについて語りあう。

十日、〝現代文学の発見〟8『**存在の探究　下**』(収録作「壁」、解説埴谷雄高)を學藝書林から刊行。この巻には、島尾敏雄の「摩天楼」「夢の中の日常」も収録されている。埴谷雄高は解説のなかで、まったく独自な超現実的作品を創出するこの二人の作家の手法について、〈島尾敏雄が可能性の世界を感覚的に辿りながら裏返しをしてみせるのと違って、安部公房は論理的な裏返しを自己の方法としている〉と指摘している。

十五日、小説集〝日本SFシリーズ〟5『**人間そっくり**』(収録作「人間そっくり」「鉛の卵」)を早川書房から刊行。

二月 二十六日、夜新宿の酒場ゴードンで、三島由紀夫、米クノップ社の編集長シュトラウスと会う。その席で突然三島が中国文化大革命に対するアピールを出そうといい出し、公房も同意。ただちに二人で川端康成、石川淳に電話。賛同を受けて記者会見の日時、会場まで決める。そのプロセスを、当夜公房に同行した雑誌《話の特集》編集長矢崎泰久が語っている（「《話の特集》と仲間たち——雑誌狂時代」⑪《編集会議》二〇〇二年三月号）。

二十八日、内幸町帝国ホテルで、川端康成、石川淳、三島由紀夫と四名で「中国文化大革命に関し、学問・芸術の自律性を擁護する」抗議声明を発表。〈日本の知識階級が静観しているのはひきょうに感じた〉という三島由紀夫の発議によるもの。針生一郎によれば、この声明を知った時、花田清輝は下を向いて〈ひどいな〉と言った。野間宏は〈こんなことじゃ安部君はダメになるなあ〉と言ったという（「贋月報」『安部公房全集6』新潮社、一九九八年一月）。

三月　十五日、戯曲「友達」を劇団青年座が上演。この作品は小説「闖入者」を戯曲化したもの。

上演パンフレットに寄せた三島由紀夫の評——

〈「友達」は、安部公房氏の傑作である。

この戯曲は、何といふ完全な布置、自然な呼吸、みごとなダイヤローグ、何といふ恐怖に充ちたユーモア、微笑にあふれた残酷さを持ってゐることだらう。

一つの主題の提示が、坂をころがる雪の玉のやうに累積して、のっぴきならない結末へ向ってゆく姿は、古典悲劇を思はせるが、さういふ戯曲の形式上のきびしさを、氏は何と余裕を持って、洒々落々と、観客の鼻面を引きずり廻しながら、自らも楽しんでゐることだらう。

まことに羨望に堪へぬ作品である〉

二十九日、日本文学学校研究会で、武井昭夫と映画「アルジェの戦い」について公開対談。

四月　《全電通文化》の懸賞小説選考会に、長谷川四郎、椎名麟三、玉井五一らと出席。

五月　同月号《中央公論》の座談会「われわれはなぜ声明を出したか」（川端康成、石川淳、三島由紀夫）に出席。

六月　同月号《新日本文学》の投稿欄「各人各説」に、「敵との友情」を投稿し、「友達」に関する批評に対して、〈新日文の批評が、しばしば読む前から分かっているような動脈硬化におちいっていることを、心から残念に思います〉と記す。

夏、家族とともに軽井沢千ヶ滝の白木牧場内にある貸別荘で過す。

七月　五日、《朝日新聞》夕刊コラム「標的」に〈多面体〉という匿名で随時エッセイを寄稿（十二月二十一日まで）。

八月　五日、〝日本の文学〟60『石川淳』（中央公論社刊）の解説を執筆。同付録《月報》の石川淳との対談「石川淳の人と文学」で、散文意識、批評と批評の拒否、文学の土着性、石川文学のオートマチズムなどについて語りあう。

九月　十五日、〝日本文学全集〟50『**現代名作集　下**』（収録作「デンドロカカリヤ」、解説山本健吉）を新潮社から刊行。

十八日、第三回谷崎潤一郎賞の選考委員会が開かれ、戯曲「友達」、大江健三郎『万延元年のフットボール』の二作に授賞が決まる。

二十日、戯曲「榎本武揚」を劇団雲が上演。

また、戯曲「榎本武揚」を《中央公論》十月号に発表。「作者の言葉」を付し、長編小説「榎本武揚」戯曲化の動機について、次のように記す。

〈あらためて、戯曲の形を借りた続編を書くつもりになったのは、小説に対する批評が、ほぼ出そろった頃だったように思う。批評に賛否両論は、べつに不思議でもなんでもないが、一部の否定的意見のなかには、いささか特異なアレルギー反応と見なされるものがあり、大いに興味をそそられたものである〉

〈ぼくはもともと、榎本に対するアレルギー反応を批判するつもりで、あの小説を書いたのだから、してやったりと、ほくそえんでいればよかったのかもしれない。しかし、批評家の一部が、こうまで登場人物化してくれたことを、黙って見のがしておく手もあるまいと思い、これらの批評家諸君に、せめて地獄（舞台）で榎本武揚と直接対面してもらうことにしたわけである〉

三十日、〝純文学書下ろし特別作品〟『**燃えつきた地図**』を新潮社から刊行。巻頭に〈都会――閉ざされた無限。けっして迷うことのない迷路。すべての区画に、そっくり同じ番地がふられた、君だけの地図。／だから君は、道を見失っても、迷うことは出来ないのだ〉というエピグラフを付す。

同書《付録》に佐々木基一、勅使河原宏との鼎談「〝燃えつきた地図〟をめぐって」がある。また同書函裏に三島由紀夫、大江健三郎、ドナルド・キーンの評がある。

安部公房はこの長編小説について、のちに次のように語っている。

〈『砂の女』『他人の顔』『燃えつきた地図』の三作を）一応三部作という形で、失踪前駆症状にある現代を書いてみました〉（秋山駿のインタビュー「私の文学を語る」《三田文学》一九六八年三月号）

十月 十九日、〝日本現代文学全集〟103『**田中千禾夫 福田恆存 木下順二 安部公房集**』（収録作「幽霊はここにいる」「城塞」、解説奥野健男、中田耕治）を講談社から刊行。

二十日、丸の内の東京會舘で開かれた谷崎潤一郎賞の授賞式と記念パーティに出席、〈演劇賞はほかにありますが、文学賞の対象に芝居がなったのはうれしい〉と語る。

十一月 二日、《読売新聞》のインタビュー記事「著者訪問」で、『燃えつきた地図』のテーマである都会人の孤独について、〈現代人が疎外された生活をしいられていることが問題にされ、そこからの回復が論議されているが、なぜ疎外こそ人間の歴史を展開させてきた原動力だと考えないのだろう。現代人は、農耕時代の情緒を否定できないでいる〉と語り、記者は〈新しい情緒、未知の感性をひき出すために、読者の古い情緒を刺激し、抵抗を起こさせることが作家の義務だ、と安部さんは考えているそうだ〉と結んでいる。

同日、戯曲「どれい狩り（改訂版）」を劇団俳優座が上演。

二十日、同日号《日本読書新聞》のインタビュー「国家からの失踪――『燃えつきた地図』安部公房氏」で、日常から逃げる男、名前のない世界へ、家出少年の自由と孤独などについて語る。

三十日、戯曲集『**戯曲 友達・榎本武揚**』を河出書房から刊行。

十二月 同月号《潮》の〝特集・私の好きな日本人――歴史のなかの隣人たち〟で、尾崎秀樹のインタビュー「榎本武揚の英雄拒否」に答え、英雄誕生のプロセスを次のように語っている。

〈英雄が形成されていくというのは、まんべんなく理念が国家という体制に到達して初めて強い理念が生まれるわけです。たとえばジプシーの歌は浪花節と同じですよ。えんえんと語りなんです。ところが、英雄伝説が一つもない。たしか、エスキモーにもないそうで

すね。やはり、国家という形体で民衆が統一されたときに出てくるんで、国家形体をとらないうちは、英雄は出ないんです〉

二十一日、三島由紀夫、奥野健男と銀座・出井で会食。「榎本武揚」の上演で、芸術祭・文部大臣賞を受賞。

この年、「砂の女」（ドイツ、フィンランド、フランス、台湾）、「他人の顔」（ソビエト）、「デンドロカカリヤ」（ハンガリー）がそれぞれ翻訳された。

一九六八（昭和四十三）年　四十四歳

一月　小説「子供部屋」を同月号《新潮》に発表。

十九日、《朝日新聞》夕刊に、エッセイ「白鳥殺しの歌」を寄稿。

三十日、新宿・紀伊國屋ホールで開催された第一三回新潮社文化講演会で「反小説私見」を講演。

二月　同月号《映画芸術》で野坂昭如と対談「無思想の逃亡者と実存的共和国」。終戦時の体験、五族協和、見殺しにした傷あと、文学と映画などについて語りあう。

十二日、〝日本文学全集〟85『**安部公房集**』（収録作「第四間氷期」「赤い繭」「魔法のチョーク」「棒」「イソップの裁判」「無関係な死」「時の崖」「他人の顔」、解説V・ウィンケルヘフェロヴァー、注解小田切秀雄）を集英社から刊行。

十八日、「砂の女」がフランスで一九六七年度最優秀外国文学賞を受賞（日本人として初）。

三月　同月号《三田文学》で〝安部公房特集〟。秋山駿のインタビュー「私の文学を語る」。デビュー当時の頃、私が読んだ小説、自作『燃えつきた地図』、大江健三郎、三島由紀夫などについて語る。

四月　十日、劇団青年座が「友達」を再演。

二十日、小説集『**夢の逃亡**』（収録作「夢の逃亡」「異端者の告発」「牧草」「薄明の彷徨」「唖むすめ」「犬」「名もなき夜のために」）を徳間書店から刊行。「後記」で、次のように記す。

〈ここに収められた作品は、すべて昭和二十年代に書かれたものである。なかには、私自身、読み返してみるまでその存在さえ、すっかり失念していたものさえあるほどだ。

当時の私は、濃霧の中をさまよっているような状態だった。（略）あの時代の霧はまた格別だった。書くことによって、私はその霧を切り抜け、しかし書かれた結果については、どうでもよかったのかもしれない。あれは戦後だった。そして、私の青春の最後の数年間だった〉

五月　十日、〝現代文学の発見〟2『**方法の実験**』（収録作「赤い繭」、解説佐々木基一）を學藝書林から刊行。

六月　一日、自らのシナリオによる映画「燃えつきた地図」が完成、公開（監督・勅使河原宏）。

十日、〝現代文学大系〟66『**現代名作集4**』（収録作「時の崖」、解説奥野健男）を筑摩書房から刊行。

八月　二十日（ソ連・東欧五カ国軍、チェコスロヴァキアに侵入。プラハなど全土占領）

二十九日、《読売新聞》〝木曜インタビュー〟安部公房氏にきく「チェコ問題と人間解放」。

九月　二十三日、戯曲「榎本武揚」を劇団雲が再演。

十月　同月号《中央公論》の荻原延寿との対談「鎖を解かれた言葉たち」で、社会主義の転換、チェコ「二千語宣言」の意味、サルトルの問題提起、創造する人間の言葉などについて語りあう。

〈現代社会構造の感覚的把握〉をめざす現代構造研究所（所長三島彰、理事長小石原昭）が発足、参与に就任。

十一月　五日、〝日本の文学〟73『**堀田善衛　安部公房　島尾敏雄**』（収録作「他人の顔」、解説村松剛）を中央公論社から刊行。《付録》で、堀田善衛、島尾敏雄と鼎談「秋宵よもやま話」。互いに知りあった頃、共産党、《新日本文学》、戦後文学と《近代文学》のことなどについて語りあう。

十六日、ラジオドラマ「男たち」をＮＨＫＦＭ〝芸術劇場〟で放送。

十二月　二日、桐朋学園短期大学部芸術科演劇コース専攻科第二期生による、第二回試演会を同校内で上演。自作の「詩人の生涯」を演出・指導。

四日、ＮＨＫ教育テレビの座談会「政治体制と自由」（森恭三、勝田吉太郎、古田光）に出席、チェコ問題を論じあう。

十三日、《東京新聞》夕刊の「作品の背景」で、『燃えつきた地図』を取りあげ、〈探偵小説の二大原則からは見事落第してしまった〉という自作について語る。

二十日、新潮文庫『**他人の顔**』（解説大江健三郎）を刊行。

この年、「砂の女」（ポーランド、ルーマニア、韓国）、「幽霊はここにいる」（ドイツ）、「闖入者」「使者」（ソビエト）がそれぞれ翻訳された。

一九六九（昭和四十四）**年**　四十五歳

一月　桐朋学園短期大学部芸術科演劇コースで「ミュージカルについて」を講義。

十日〝現代文学の発見〟6『**黒いユーモア**』（収録作「棒」、解説花田清輝）を學藝書林から刊行。

十八日（東京大学安田講堂に機動隊導入）

二月　十五日、京都会館第一ホールで京都府文化財団保護基金、京都新聞社主催による文化講演会が開催され、「現代の意味」を講演。

四月　九日、ミュージカルス「可愛い女」を桐朋学園短期大学部芸術科演劇コースの第二期生卒業公演として、六本木・俳優座劇場で上演（演出・千田是也）。

三十日、〝世界SF全集〟35『**日本のSF**（**短篇集**）**現代篇**』（収録作「人魚伝」、解説福島正実）を早川書房から刊行。

五月　十五日、〝現代日本文学大系〟76『**石川淳　安部公房　大江健三郎集**』（収録作「S・カルマ氏の犯罪——壁」「赤い繭」「バベルの塔の狸」「闖入者」「鉛の卵」「無関係な死」「時の崖」「詩人の生涯」、解説磯田光一）を筑摩書房から刊行。

二十日、新潮文庫『**壁**』（収録作「壁——S・カルマ氏の犯罪」「赤い繭」「洪水」「魔法のチョーク」「事業」「バベルの塔の狸」、解説佐々木基一）を刊行。

同月、『**赤い繭**』をプレス・ビブリオマーヌから三七五部限定出版。

七月　桐朋学園短期大学部芸術科演劇コース専攻科の第一回自主公演を同校講堂で上演。自作の戯曲「鞄」を演出・指導。この作品はラジオドラマ「男たち」を戯曲化したもの。

二十日（アポロ11号、月面着陸に成功）

二十一日、《朝日新聞》夕刊で名古屋大学教授早川幸男（物理学専攻）と対談「月と冒険・科学・組織」。アポロ11号の月面着陸がもたらす学問的意義、未来への夢などについて語りあう（名古屋市中区のABCクラブにて）。

八月　十七、十八日、新宿・紀伊國屋ホールで、秋に同ホールで自ら演出・上演する三部作のオムニバス・ドラマ「棒になった男」（第一景「鞄」、第二景「時の崖」、第三景「棒になった男」）の宣伝を兼ねた講演と芝居の会を開催、桐朋学園短期大学部芸術科演劇コースの学生による「鞄」を試演。

九月 九、十月号《波》に、談話の主旨をまとめた「根なし草の文学」を掲載。〝根なし草〟の文化、拒絶反応を期待する立場、反国家アレルギーの克服などについて語る。

同月号《国文学 解釈と鑑賞》で〝戦後世代の文学――安部公房・大江健三郎・吉本隆明〟を特集。

二十日、戯曲『**棒になった男**』を新潮社から刊行。「後記」に次のように記す。

〈第一景の「鞄」を演ずる男、第二景の「ボクサー」、第三景の「棒」になる男――以上の役だけは、各景を通じ、かならず同一の俳優によって演ぜられなければならない。

この三つの役を演ずる俳優が、一見無関係に見える各景を有機的に結びつけ、隠された内部の主題をあらわにする、鎖の役目をしてくれるだろう。たとえば、各景の副題として、それぞれ「誕生」「過程」「死」と名付けることも可能になる〉

〈文章よりも、文体に重きをおいた演出が必要である〉

この作品の第三景「棒になった男」はラジオドラマ「棒になった男」を戯曲化したもの。

十月 同月号《海》で桐朋学園短期大学部芸術科演劇コースの学生たちとの、芸術表現とは何かをめぐるシンポジウム「問いと答えの間」に出席。

二十日、新宿・紀伊國屋書店でサイン会。

三十日、〝日本文学全集〟39『**中村真一郎 福永武彦 安部公房 石原慎太郎 開高健 大江健三郎**』（収録作「赤い繭」「なわ」「無関係な死」「時の崖」、解説磯田光一）を新潮社から刊行。

十一月 一日、戯曲「棒になった男」三部作を新宿・紀伊國屋ホールで自ら演出・上演（十七日まで）。舞台美術の真知夫人が紀伊國屋演劇賞を、主演の井川比佐志が芸術大賞（文部大臣賞）を受賞。

尾崎宏次は〈独自性のあふれる秀抜な舞台で……悲劇、喜劇のいりくんだ挑戦の劇である〉（《読売新聞》十一月五日夕刊）と絶賛。

同月号《悲劇喜劇》で尾崎宏次と対談「劇作家の椅子」。異端の意味と構造、自作の演出、芸術的表現などについて次のように語る。

〈ぼくはほとんど正規の勉強していないでしょう。だから、小説なんか知らないのに小説書いちゃう。芝居も同じことだな。演劇的教養ゼロ。文学的教養ゼロ。でも人間や世界の意味を知りたかった。だから、小説だとか、芝居の構造を通じて、仮説を立ててみたんだろう。いわゆる教養あるプロなんてどうも信用できないな〉

〈ぼくの演出で、自作の最高の演出ができるとは思っていません。ぜんぜん思ってない。そうじゃなくて、一つの演出の方向みたいなものが試せるんじゃないかという気がするんだ。最近の演出には、イマジネーションの凝縮というか、集中というか、どうもエネルギーに欠けたところがある。その辺のところで、しきりに演出意欲をそそられてしまって、つい手を出してしまったんだな〉

同月刊行を開始した『久生十蘭全集』(三一書房刊)の監修委員の一人となる。

十二月 二十日、〝日本短編文学全集〟48『**野間宏 花田清輝 堀田善衛 安部公房**』(収録作「闖入者」「夢の兵士」、解説小田切秀雄)を筑摩書房から刊行。

『**魔法のチョーク**』の特別総雁皮紙本をプレス・ビブリオマーヌから四一五部限定出版。

この年、「砂の女」(オランダ、ハンガリー)、「燃えつきた地図」(アメリカ、ソビエト)、「他人の顔」(イギリス、フランス)、「第四間氷期」(ハンガリー)、「人間そっくり」(ソビエト)、「友達」(アメリカ)が、それぞれ翻訳された。

一九七〇(昭和四十五)年　四十六歳

一月 同月号《海》でスイスの作家マックス・フリッシュと対談「国境とはなにか」。現代とは何か、教育的演劇からの脱出、文学に対する映画の影響力などについて語る。

「女流新人賞」(中央公論社)の選考委員となる。

三十日、『**安部公房戯曲全集**』(収録作「制服」「どれい狩り」「快速船」「幽霊はここにいる」「可愛い女」「巨人伝説」「城塞」「おまえにも罪がある」「友達」「榎本武揚」「棒になった男」、「初演目録」)を新潮社から刊行。

二月 十日、調布市立図書館の〝市民大学講座〟で講演「人間の価値」。自分自身の問いから自分自身の答えなど、人間の生き方について語る。

十二日、〝新潮日本文学〟46『**安部公房集**』(収録作「砂の女」「他人の顔」「燃えつきた地図」「デンドロカカリヤ」「棒」「水中都市」「時の崖」「友達」、解説佐々木基一)を刊行。同集《月報》に「わが文学の揺籃期——一寸後は闇」を執筆、次のように記す。

〈作品は作者の属性ではない。作者こそ、むしろ属性であり、作品という函数を決定する、一つの変数以上のものではないはずだ。だから作者がみだりに自作について語ったりすべきではないだろう。まして、作品の周辺に、自分の素顔をのぞかせたりすべきではない。作品を一つの存在たらしめれば、それで作者の役割はほぼ完了してしまうはずなのである〉

〈一寸後は闇——むろんぼくの記憶力の悪さのせいもあるだろう。しかしそれが、ぼくの文学に対する根本の態度であり、また、方法の基本になるものであることも、否定しえない事実なのである。ペンよりもむしろ、消しゴムを使って書かなければならないのだ。書くのではなく、消していかなければならないのだ。私小説や、回想録の類は、価値を云々するまえに、本来存在しえないものなのである。(仮面の使用に、疲労を感じるとき、それは作者が読者に敗北したときだ)〉

〈ぼくにとって、古典や伝統をふくめたすべての規範が、まったくむなしく感じられるのは、なにも意地や反撥だけではないのである。一寸後は闇……それよりもさらに遠い、輪郭さえ見分けがたい暗黒に、出発の手掛かりを見つけ出すことなど出来るわけがないではないか。古典と対比して自作を評価されたりするとき、ぼくは自分が漆黒の奈落に落ち込んでいくような、不安と恐怖をおぼえずにはいられない。

現在を、原型をとどめぬまでに消化しつくすこと、それだけがぼくの歩行がもつ意味のすべてなのである。一寸後は闇……そのさらに背景は、すでに存在の外にある〉

三月 二日、戯曲「幽霊はここにいる(改訂版)」を劇団俳優座が上演。石沢秀二は劇評で〈俳優座舞台は、これが現代前衛劇の基盤的傑作の一つであることをはっきり示すできばえとなった〉(《朝日新聞》三月十一日夕刊)と絶賛する。

十四日(大阪で万国博開幕)

同博自動車館で、シナリオを書いた上映時間二十分の特撮ミュージカル映画「一日二四〇時間」を、四面特殊スクリーンで上映（監督・勅使河原宏）。

三十一日（よど号事件起る。赤軍派九名が日航機を乗っ取り、朝鮮民主主義人民共和国へ亡命）

同月、**『魔法のチョーク』**の限定特別版の限定特別版をプレス・ビブリオマーヌから限定二六部出版。この特別版は前年十二月に刊行された限定四一五部の内から製作された。

四月　一日、〝現代日本の文学〟47『**安部公房　大江健三郎集**』（収録作「けものたちは故郷をめざす」「魔法のチョーク」「デンドロカカリヤ」「闖入者」、「評伝的解説」野口武彦他）を学習研究社から刊行。同集付録《月報》のジョン・ネーサンとの対談「伝統と反逆」で、次のように語る。

〈言葉っていうのは、伝統以前のものじゃないかな。伝統という概念も、反伝統の概念に支えられなければ、意識されえないものでしょう。つまり、正統としての伝統が本流にあって、異端（前衛）がどこかで支流として発生するんじゃなく、まだ正統でも異端でもない、ある混沌としたものから、正統と異端が同時に分化する。まあ言葉というのは、まるで精密機械のような構造をもっていて、地球の表面のいろいろな場所によって違っているけど、ぼくが驚くのは、その相違点よりも、言語のもっている原理的な普遍性なんだな。（略）これだけ精密な言語形成は、農耕社会というものすごい長い歴史がなかったら、おそらくできなかったろう〉

さらに伝統偏重論への異議を語りながら、言語の問題、神話の問題へと意見を展開させていく。

〈一般に伝統を論ずる人は、言語のオリジナルな独自性を強調しすぎるんだよ。独自性は確かにあるし、それなりに洗練されてもいるだろう。でも、ぼくらを驚かせるのは、独自性じゃなく、むしろその共通性じゃないかと思う。人間の言語使用の痕跡は、すくなくとも五十万年以上昔にさかのぼることができる。しかし、伝統概念（独自性）がさかのぼれるのは、せいぜい五千年くらいのものじゃないかな。

言葉とくらべると、だいたい伝統概念なんてはるかに歴史の浅いものなんだ。たとえば、ジプシーはほとんど伝統の概念をもっていない。ジプシーには神話がない。恋の歌しかもっていないんだ。神話を規定するのは時間の観念でしょう。だから、神話の英雄はつねに過去に出現して未来を約束するという形で現われる。ところが、ジプシーには千年前も百年前も、きのうも、

きょうも、あしたも、同じ日が流れていく。だから、恋愛の歌しかないんだ〉

〈とにかくぼくは伝統が嫌いだし、英雄が嫌いだ。伝統と英雄、国家とスーパーマン、こいつは何時でもひとつのメダルの裏と表でしょう〉

十五日、〝ブラック・ユーモア選集〟5『**日本篇（短篇集）**』（収録作「なわ」）を早川書房から刊行。

十八日、桐朋学園短期大学部芸術科演劇コースで「言語の崩壊と空間認知の関係、俳優でなく、演劇芸術家へ」を講義。

五月　二十五日、新潮文庫『**けものたちは故郷をめざす**』（解説磯田光一）を刊行。

六月　五日、放送ドラマをまとめた〝現代文学の実験室〟①『**安部公房集**』（収録作「耳」「棒になった男」「円盤きたる」「人間そっくり」「詩人の生涯」「日本の日蝕」「煉獄」「人命救助法」「吼えろ！」「羊腸人類」「審判」「目撃者」「白い朝」「おとし穴」、「収録作品放送目録」）を大光社から刊行。「あとがき」に自作の放送ドラマについて、次のように語る。

〈ぼくは自分の作品に、小説だとか、ドラマだとか、シナリオだとか、そんな区別は与えたくない。出来ることなら、単に「作品」とだけ呼ぶことにしたいとさえ思うのだ〉

〈「棒になった男」「人間そっくり」「詩人の生涯」は、それぞれ同名の小説（注「棒になった男」の小説タイトルは「棒」）と対応しているし、また舞台にもかけられている。「日本の日蝕」は、短編「夢の兵士」を前身に持ち、後に「巨人伝説」として舞台化されている。「羊腸人類」は、短編「盲腸」の展開であり、いずれ舞台化してみたい作品の一つだ（戯曲「緑色のストッキング」一九七四年へも発展）。「人命救助法」は、大橋寸也君の演出で、そのまま見事に舞台化されてしまった〉

〈「煉獄」はむろん「おとし穴」の原型であり、一つの作品が、メディアによってどう変わるかの例として、あえて両者ともにとりあげてみた。（略）「円盤来たる」と「白い朝」は、近い将来、このまま舞台にかけてみるつもりでいる。

というわけで、ここに集められた作品は、すべてジャンルやメディアを超えて流動するイメージの核であり、定着の場所を求めて飛んでいる、羽のある種子のようなものとして受け取っていただきたいと思うのだ。

定着の場所は、なにも劇場や、映画館や、ブラウン管などといった、決まりの場所だけとは限るまい。これはまがりなりにも一冊の本であり、本にとって可能な舞台は、けっきょく読者の想像力のなか以外にはありえないのだから〉

八月　日本で開かれる「国際ＳＦシンポジウム」の実行委員の一人に就任。

九月　下旬、フランクフルトで開催された国際書籍見本市に出席のため渡欧。ストックホルム、パリ、ロンドンなどで「日本文化」について講演。帰路ロンドンでハロルド・ピンターと会い、十月中旬帰国。映画製作に意欲を持ちはじめる。

二十五日、新潮文庫『**飢餓同盟**』（解説佐々木基一）を刊行。

このころ三島由紀夫は、安部公房の文学について、次のように語っている。

〈僕は安部公房の文学は好きだけれども、安部公房が、つまり、インテリの問題を、譬喩として提示する仕方は僕の方法ではないんだ。つまり、インテリの問題というのは、譬喩にしちゃえば、どんな譬喩にでもなるんだ、ほんとうは。だけど小説というものは、僕は譬喩にしないというところで頑張らなければいけないような気がするんだ。どうしても。それがとってもむずかしいところで、御伽噺を作るならまた別だけれどもね〉（武田泰淳との対談「文学は空虚か」《文藝》一九七〇年十一月号）

十一月　一日、〝日本文学全集〟66『**現代名作集４**』（収録作「時の崖」、解説奥野健男）を筑摩書房から刊行。

同月号《婦人公論》で発表された〝第十三回女流新人賞〟の選評で、次のように語っている。

〈あらためて書きたいことは、何もない。それにしても、投稿者諸嬢は、なぜこうも自己の美徳に酔いしれるのだろうか。もし文学が、こういう次元から始まるものだとしたら、多分わたしは文学など、まるっきり関心を持たずに終わっていたことだろう。

最近わたしは、よく夢をみる。覚めても細部まではっきり残る、鮮明な夢をみる。面白い夢は、かならずメモしておくことにしているが、自分でも不思議なのは、その内容についてほとんど身に覚えがないということだ。いくら記憶をたぐってみても、うまく対応してくれる体験が、まるで見つけ出せないのである〉

〈この、体験の夢化作用とでもいうべき傾向が、ここ半年ばかりとくに目立つのは、わたしが現在執筆中の作品に、かなり深入りしているせいだと思う。（略）夢化作用のエネルギーが、内部にみなぎり活性化してきたときに、はじめて創造へのパスポートが与えられ、作品の受胎期もはじまるのではないだろうか〉

十日、新潮文庫『**第四間氷期**』（解説磯田光一）を刊行。

二十四日、桐朋学園短期大学部芸術科演劇コース第四期生の第二回試演会を、同校講堂で上演。自作の戯曲「鞄」を演出・指導する。

二十五日（三島由紀夫、楯の会会員とともに陸上自衛隊市ヶ谷駐屯地東部方面総監室に乱入、割腹自殺）

この年、「第四間氷期」（アメリカ）、「赤い繭」「夢の兵士」（ソビエト）が翻訳された。

一九七一（昭和四十六）年　四十七歳

一月　十五日、戯曲『**幽霊はここにいる**（改訂版）』を新潮社から刊行。

同月号《国文学　解釈と鑑賞》で〃七〇年代の前衛・安部公房〃を特集。

野間宏、小島信夫、安岡章太郎、大江健三郎、高橋和巳、江藤淳らと講談社〃現代の文学〃全三十九巻・別巻一の編集委員になる。

同月、『**時の崖**』をプレス・ビブリオマーヌから四三五部限定出版。

三月　〃創作ノート〃「周辺飛行」を《波》三・四月号に連載開始（一九七五年六月号まで四十四回）。

三日、新潮社クラブで演劇研究会を開始（毎週水曜日）。参加者は田中邦衛、井川比佐志、山口果林、大西加代子ら。

五月　三十一日、〃世界SF全集〃27『**安部公房**』（収録作「第四間氷期」「人間そっくり」「R62号の発明」「赤い繭」「闖入者」「人肉食用反対陳情団と三人の紳士たち」「永久運動」「魔法のチョーク」「デンドロカカリヤ」「詩人の生涯」「完全映画《トータル・スコープ》」「盲腸」「鉛の卵」、解説奥野健男）を早川書房から刊行。

六月　〈撮影は三日半。井川君の訓練期間を入れると二年がかり〉という自主製作による16ミリ映画「時の崖」（上映時間三十一分）完成。最終シーンのダウンさせられたボクサーの目を調べるドクターの手として自らも出演。

七月 二日、同映画を東和映画試写室で試写。

十五日、新潮文庫『**幽霊はここにいる・どれい狩り**』(収録作「制服」「どれい狩り」「幽霊はここにいる」、解説清水邦夫)を刊行。

同日、〝新日本文学全集〟44『**大江健三郎 安部公房開高健**』(収録作「デンドロカカリヤ」「壁――S・カルマ氏の犯罪」「赤い繭」「洪水」「魔法のチョーク」「事業」「水中都市」「棒」「無関係な死」「時の崖」、解説秋山駿)を新潮社から刊行。

三十一日、シアターメイツのサロンにゲストとして千田是也と出席。

八月 四日、自作の戯曲「ガイドブック」の稽古開始。

九月 十日、〝書下ろし新潮劇場〟『**未必の故意**』を刊行。この作品はテレビドラマ「目撃者」を戯曲化したもので、予告題名は「嘘」。

同日、「未必の故意」を劇団俳優座が上演。

「未必の故意」の劇評――

〈実話の再生であっても、その人間関係が、舞台に息づかないこともあるが、「未必の故意」のように、舞台の虚構のなかに、うまく嵌めこまれると、実話とは別次元のドキュメンタリー・ドラマにもなりうる〉

〈このドラマに一貫しているのは、島民の連帯感の背景にある日本人が共通してもっている、精神構造の指摘にほかならない。日本人の、ともすれば体制順応的な事なかれ主義に対する鋭い諷刺ともとれるだろう〉

〈人間の処理が、情緒を拒否している。それだけに冷たいが、その冷たさこそ、模擬裁判仕立ての構成の、非人間的な関係を鮮明にすることに役立っているといえよう。(略)この年の秀作である〉(藤田洋「未必の故意」《国文学 解釈と鑑賞》〝特集=演劇館・三島由紀夫と安部公房〟一九七四年三月号)

十四日、「ガイドブック」をプロデュース・システムで十一月に演出・上演するための記者会見を、新宿・紀伊國屋ホールでおこなう。

三十日、〝カラー版日本文学全集〟48『**埴谷雄高 安部公房**』(収録作「榎本武揚」、解説加賀乙彦)を河出書房新社から刊行。

十一月 四日、戯曲「ガイドブック」を新宿・紀伊國屋ホールで演出・上演(二十三日まで)。

十五日、評論集『**内なる辺境**』を中央公論社から刊行。

十八日、〝現代の文学〟13『**安部公房**』（収録作「他人の顔」「第四間氷期」「友達」「榎本武揚」、「巻末作家論」高野斗志美）を講談社から刊行。

二十九日、同日号《週刊読書人》の扇田昭彦のインタビュー「小説・戯曲・俳優の間」で、チェーホフがスタニスラフスキーと組んでおこなった〝俳優時代〟、メイエルホリドらの〝演出家時代〟と、それに終止符をうったブレヒト……それらを克服する独自の演劇論〝安部システム〟について語る。

〈つまり俳優が芯であるか、戯曲が芯であるかというと、そこに自己矛盾があるわけだ。俳優というのは、何といっても即興性、つまり二回置換えのきかない即時性が魅力だね。ところが戯曲というのはコースを引いてしまう——完全な矛盾だよ。この両者をどう統一するかがこれからの課題なんだ〉

〈ぼくがやろうとしていることは俳優の魅力を引き出し、かつ戯曲に求められているものをちっとも失わないという、その両面をどう統一していくかというところに主題があるわけだ〉

このころから演出家千田是也との間に演劇グループ〝安部公房スタジオ〟結成をめぐって齟齬《そご》が生じはじめる（千田是也「安部公房との行きちがい」未來社『千田是也演劇論集7』一九八一年六月刊）。

十二月四日、桐朋学園短期大学部芸術科演劇コースで「人間をいかに認識するか」を講義。

この年、「未必の故意」の公演、自ら演出した「ガイドブック」の戯曲で、芸術選奨文部大臣賞を受賞。

またこの年、「砂の女」（メキシコ、ポルトガル）、「他人の顔」「友達」「鞄」「時の崖」「棒になった男」「詩人の生涯」（ドイツ）、「第四間氷期」（イギリス）、「燃えつきた地図」（スウェーデン、フランス）、「鉛の卵」「人魚伝」「棒」「無関係な死」「闖入者」（チェコスロヴァキア）が、それぞれ翻訳された。

一九七二（昭和四十七）年　四十八歳

一月　一日、同日号《図書新聞》〝戦後派作家対談〟⑬で、古林尚と対談「共同体幻想を否定する文学」。安部公房の文学の軌跡をたどりつつ、帰属概念への抵抗、『無名詩集』のこと、共産党員時代の活動、《人民文学》《新日本文学》のこと、新しいフロンティアなどについて論じ、晩年友人関係にあった三島由紀夫について次のように語る。

〈三島君という人は、珍しく対話のできる男でね。やはりかけがえのない存在だったと思います。対話ということは、なかなか成りたちにくい。三島君が人格的にエゴイストじゃなかったせいだと思う。他者の眼にいつでも自分をチェンジする男だった。だから対話が成りたった。一年に一ぺんぐらいしか会わなかったけど。ぼくは彼が自衛隊に行くなんて、まったくこっけいだった。ぼくがこっけいだと思っているということを、彼もちゃんと知っていてね。

だのに、みんな三島君を意外と硬直した男のように言うね。ぼくの知っている限りでは、あんな柔軟な感受性を持った人間も珍しいんだが。しかし文学的には、けっきょくはあそこまで硬直してゆかざるを得なかった、最後の何年かの緊張とゆきづまりは、おそろしいものだと思う〉

〈だから思想に殉じたんじゃなくて、思想を自分に殉じさせたということだ。ふつう、とかく思想に殉ずるという形でとらえがちだけど、必ずしも思想に殉ずるんじゃなく、思想を自分に殉じさせるということだってあるでしょう。むしろそのほうが多いんじゃないかな〉

同月号《海》でドナルド・キーンと対談「文学と普遍」。文学の特殊性と具体性、日本語の翻訳、ホログラフへの展開、安部公房の戯曲と能・狂言との関係、伝統などについて語りあう。

十五日、十六日、桐朋学園短期大学部芸術科演劇コース〝安部ゼミ〟の実技を新宿・紀伊國屋ホールでおこなう。

二月　十九日（連合赤軍、浅間山荘に籠城）

四月　二日、NHK教育テレビの座談会「現代の科学に組みこまれた人間——異端と正統」（大島長造、小原秀雄、鈴木晃、千葉康則）に出席。

八日、戯曲「幽霊はここにいる」を東ドイツ・ドレスデン市のザクセン地方劇場が上演（ザクセン地方劇場は巡回公演が主で、同公演は二年間にわたってザクセン各地で上演された）。東ドイツの新聞は〈この芝居を観たあとでは、ブレヒトもマルセル・マルソーもアジアで演劇を学んだにちがいない〉などと絶賛する。

十日、安部公房・堤清二ほか現代構造研究所編『**現代日本人**』を毎日新聞社から刊行。現代日本人と社会の欠くことのできない共通テーマについて所員と討論を行い、夫婦の問題、核家族、都市国家日本の展望、モラル、国家などについて論じあう。安部公房は同研究所（所長三島彰、理事長小石原昭）参与として各討論に参加している。

十三日、桐朋学園短期大学部に提出していた休職願いが、受理される。

五月　二十日、『**安部公房全作品**』全十五巻を新潮社から刊行開始（最終巻の刊行は一九七三年七月）。

六月　二日、新宿・紀伊國屋ホールで開催された第六十六回新潮社文化講演会で『箱男』の取材ノートというべき「現代乞食考」を講演。

十五日、同日号《新刊ニュース》で佐々木基一と対談「私の文学観　演劇観」。海外批評にみる日本社会、書くことへの自問、職業作家と本卦還りなどについて語りあう。

七月　十九日、オムニバス形式で劇化した「人命救助法」「赤い繭」「デンドロカカリヤ」の三作を大橋也寸がプロデュース・システムで演出・上演（新宿・紀伊國屋ホール）。

九月　同月刊《国文学》臨時増刊号で〃安部公房――文学と思想〃を特集。同号で磯田光一と対談「人間・共同体・芸術」。他者を裁くための正義、共同体における背信と逃亡、政治における心情とテクノロジー、地方性の二重構造などについて論じ、連合赤軍について次のように語る。

〈赤軍派に似ているのは、新撰組だな。（略）近藤勇と土方歳三が徹底的に、総括システムで「総括、総括」でリンチして、上のほんとの侍、全部殺しちゃった。最後に土方と近藤――あれは両方とも百姓だからな――が残って、そのときにはじめて、新撰組というものは内的に確立するわけだ。新撰組伝説は全部、内ゲバ神話だな〉

十一月　九日、「友達」がホノルル市コーマ劇場で上演。

十八日、ラジオドラマ「燃えつきた地図」をNHK名古屋〃文芸劇場〃で放送。この作品は原作提供のみ。

同日から二十五日まで、東京、京都で日本ペンクラブ主催の日本文化研究国際会議が開かれ、「明治以後の日本文学」などのシンポジウムに出席。

この年、イギリスのペンギン・ブックス社から刊行された三島由紀夫、ジェフリー・ボーナス編『New writing in Japan』に「赤い繭」「棒」が収録される。「序文」で三島由紀夫は安部公房の文学について、次のように記している。

〈安部は彼の長編小説『砂の女』『他人の顔』『燃えつきた地図』『第四間氷期』の翻訳によって、すでに世界に名を知られている。このアンソロジーに載った二作は、彼の初期作品であるが、後の長編小説で展開、拡張される主題群のかなり圧縮された作品としてたぶん読まれるはずである。たとえば「赤い繭」の主題は『燃えつきた地図』で完成されたフルスケールのキャンバスに描かれる長編小説の最初の素描である。

安部はカフカに影響された。しかし彼が、日本古典文学の伝統からの繋がりを絶ったのは事実であるとしても、彼は前世紀の日本の作家の多くが通った道（日本の作家は古典との関係を断ち切ったあと、かわりに西洋の近代的作品と親密な関係を持った）を通らなかった。むしろ自分自身を理知的な隠者とすることで、いわば文学的無風地帯をとおって彼自身の個人的な道を歩もうと試みたのである。

安部の作品には文体の透明感とともに、非常に個性的なニュアンスがある。一見、埴谷と同じ左翼思想に安部の類似点があるようだが、安部の顕著な詩的感受性の要素は、埴谷の特徴である歴とした危険な憂鬱とまったくの対称関係にある、空虚で乾燥した真昼のきらめきであることは明らかである。実際、千年前の『源氏物語』以降の日本文学の歴史において、伝統的な日本文学の高い「湿潤」性を彼ほどうまく根絶させた作家を見つけることは難しいだろう。安部文学の文章の簡潔さと金属的な響きにもかかわらず、私は彼の日本語を「よい日本語」として評価するおよそ最初の一人であるかも知れない〉（小埜裕二訳「翻訳・三島由紀夫英文新資料」《新潮》一九九三年十二月号）

またこの年、「砂の女」（イタリア）、「第四間氷期」（フィンランド）、「幽霊はここにいる」（ポーランド）、「燃えつきた地図」「赤い繭」「棒」（イギリス）、「子供部屋」（ソビエト）、「水中都市」（ノルウェー）が、それぞれ翻訳された。

一九七三（昭和四十八）**年**　四十九歳

一月　演劇グループ〝安部公房スタジオ〟を結成・主

宰し、演劇の新たな創造を開始する。参加俳優は田中邦衛、仲代達矢、井川比佐志、新克利、宮沢譲治、伊東辰夫、佐藤正文、山口果林、大西加代子、条文子、丸山善司、伊東裕平ら。田中、井川、佐藤、山口らは俳優座を退団して参加。

十一日、結成記者会見を渋谷・山手マンション地下の安部公房スタジオ事務所兼稽古場でおこなう。

結成の意図について、のちに次のように語っている。〈たとえば新劇で通用している演技に対する抵抗感。(略) 本来「言葉がデジタル(解釈)で肉体がアナログ(感覚)」であるはずだね。ところが新劇では肉体の動きまでデジタルの代用品化してしまっている。それが芝居嫌いの人間に抵抗感を引き起こす。そこをまず崩してみたいという気持ちがあった。そんなことを俳優たちと話しているうちに乗ってくれる連中が出てきて、それならというので動き始めたわけだ〉(インタビュー「創造のプロセスを語る」《CROSS OVER》第八号、一九八〇年四月発行)

同月、**『手について』**をプレス・ビブリオマーヌから九七五部限定出版(発行日の記載はなく、〈昭和四十八年初冬〉となっている)。

二月　三日、渋谷の安部公房スタジオ事務所兼稽古場で、披露レセプション。石川淳、有吉佐和子、田中千禾夫らが来賓として出席する。

三月　三十日、〝純文学書下ろし特別作品〟**『箱男』**を新潮社から刊行。

同書函裏に石川淳、ドナルド・キーンの評がある。また、《付録》に、編集部がまとめた〈書斎にたずねて〉が付され、同作品について、次のように語っている。

〈『他人の顔』や『燃えつきた地図』、今度の『箱男』もそうだけど、ぼくの作品に都市を舞台にしたものが多いのは、とくに都市の現実からイメージを喚起されたというより、ぼくにとって関心のある人間を内側からよく見たら、その人間が必ず都市に住んでいたと言った方がいいかもしれない。どのみち小説を書くという作業は、誰か他人のなかに入り込むことだからね〉

〈ただぼくが非常に憎悪感を覚えるのは、都市的なものに対してそれを否定したり、また否定的発言に便乗しようとする人間なんだ。都市を否定できる人間というのは、どこかに自分の場所を持っている人間、旧い農村構造の中で安定していられる人間なんだ〉

さらに、都市と農村における人間関係の構造の相違、人間の帰属の問題、『箱男』のモチーフについて、次のように語る。

〈都市が諸悪の根源であるという考え方があるけれど、本来、都市というのは人間に自由な参加の機会を約束していたはずの場所なんだよ。たとえば、一人の人間が一日のうちに出会う人間の数にしたって、農村に比べると問題にならない量だろう。人間と人間が組み合わさることによって何かが生れる、その組み合わされ方の多様化は、絶対に人間にとって可能の展開なんだよ〉

〈農村構造というのは、そのもとへと人間の帰属を強制するわけだが、人間の歴史はその帰属をやわらげる方向に進んできた。しかし、最終の帰属として国家が残った。ここだけは破れないんだな。法律もモラルもすべて帰属したワクの中だけにある。しかしいま、その最終的な国家への帰属自身が問われ始めているわけだ。帰属というものを本当に問いつめていったら、人間は自分に帰属する以外に場所がなくなるだろう。ぼくにとってそれが書くということのモチーフだけれど、特に今度の書下ろし『箱男』では、それを極限まで追いつめてみたらどうなるかということを試みてみたわけだ〉

〈人間が最後の帰属を拒否したらどうなるかということは、これはやはり歴史としてもそれを問われ始めている時代なんだ。歴史上、亡びなかった正統なんて、まだ一つもないからね〉

なお、『箱男』の執筆には、この作品の冒頭に記された〈箱の製法〉通り、安部公房自身もダンボールで箱男の被りものを作り、実際に庭内を歩きまわった。約三〇〇枚の作品脱稿までに、原稿用紙三〇〇〇枚以上を反古にしたという。

四月 一日、〝増補決定版 現代日本文学全集〟補巻38『**安部公房 島尾敏雄集**』(収録作「デンドロカカリヤ」「赤い繭」「S・カルマ氏の犯罪──壁」「闖入者」「変形の記録」「棒」「鉛の卵」「無関係な死」「時の崖」「詩人の生涯」「幽霊はここにいる」「人間そっくり」、解説「移動空間の人間学」磯田光一、森川達也)を筑摩書房から刊行。

二十日、桐朋学園短期大学部芸術科演劇コースで「大脳組織と反復作業」を講義。

五日、新宿・紀伊國屋ホールで開催された第七十六回新潮社文化講演会で近況を語る「周辺飛行」を講演。

二十三日、〝現代日本文学英訳選集〟12『**安部公房短編集**』（収録作「啞むすめ」「犬」「夢の兵士」「時の崖」、A・ホルバト「作家について」）を原書房から刊行。

五月　十六日、桐朋学園短期大学部芸術科演劇コースで「演技は記号に非ず」を講義。

十五日、〝書下ろし新潮劇場〟『**愛の眼鏡は色ガラス**』を刊行。

二十五日、ドナルド・キーンとの対談集『**反劇的人間**』を中央公論社から刊行。

六月　四日、戯曲「愛の眼鏡は色ガラス」を安部公房スタジオ第一回本公演として、自らの演出で上演。この上演は渋谷・西武劇場オープニング記念公演。上演パンフレットに、《波》七三年三月号に執筆した〈周辺飛行〉⑰「無題」を「演技におけるニュートラル」と改題して再掲、《アベ・システム》といわれる独自の演劇論を披瀝。その演技指導の基本をなす「ニュートラル」については、のちに次のように語っている。

〈ニュートラルな状態に置くということは、文学的な演技を排除するということなんだ。つまり、生理に還元するということだね。

ただ、困るのは、「生理で演じる」と僕が言うと、バカな批評家は、怨念とか何とか、体をくねらせて、要するにヒステリーの状態にすぎないものを生理と解釈するわけだ。

だから、「生理と言いながら、おまえのところはガラス細工じゃないか」と言って攻撃したりする。しかし、ヒステリックなものは、むしろ生理の意味化なんだ。意味過剰症がヒステリーなんだよ。生理に見えて、実は生理じゃない。ぼくはそういうものはいやなんだ〉（インタビュー「都市への回路」《海》一九七八年四月号）

また、「安部公房スタジオ」創設の動機、自作の舞台芸術について、次のように語っている。

〈自分が台本だけを書くということがどうしても腑に落ちなくなって、本当にやりたいのは舞台を作ることではないかと感じはじめた。それが〈スタジオ〉を作る動機だったろう。実際に始めてみると、ますます自分にとって必要なことだったと気付いたわけだ。台本を書くことだけなら、ある程度小説で済む〉

〈セリフ中心の作品が書きたくて台本を書いていたわけじゃないんだね。むしろ舞台を作りたいという衝動がひそんでいて、それがぼくを台本に向かわせたのかもしれない。だから僕の舞台はぜんぜん文学的じゃないだろう。言葉の世界と、反言葉の世界が、たがいに鬩《せめ》ぎ合っている。小説でも、言葉を通じて反言葉的なものを表現しようとしている。それと反言葉的なもので、いかに言語の世界に迫るかという衝動が同時にあって、これが僕の中でバランスをとっているんだな。舞台の上で僕に必要なのは、言葉よりもむしろ俳優の肉体なんだよ〉（前出「都市への回路」）

安部公房スタジオのオープニングを飾った「愛の眼鏡は色ガラス」は好評を博し、入場券にプレミアムが付くほどだった。一九七七年九月七日、安部公房スタジオが旭川市で公演した折、安部公房はいとこの飯沢英彰に〈「愛の眼鏡」の切符にプレミアムがついた。やっと母を安心させる手紙が書ける〉と冗談をいったという（飯沢英彰「系図―出合い―親しみ―別れ」、前出郷土誌《あさひかわ》一九九三年七月発行）。当時母ヨリミは東京在住の妹康子の家にいた。

十日、中公文庫『**榎本武揚**』（長編小説。解説ドナルド・キーン）を刊行。

二十二日、桐朋学園短期大学部芸術科演劇コースで「文学における生理的基礎」、二十三日、「俳優表現における生理的表現」、三十日、「演技と生理性と距離の問題」を連続講義。

七月　同月号《悲劇喜劇》で宇佐見宣一のインタビュー「安部公房」。〃アベ・システム〃に基づく基礎訓練、演技論などについて語る。

三十日、新潮文庫『**水中都市・デンドロカカリヤ**』（収録作「デンドロカカリヤ」「手」「飢えた皮膚」「詩人の生涯」「空中楼閣」「闖入者」「ノアの方舟」「プルートのわな」「水中都市」「鉄砲屋」「イソップの裁判」、解説ドナルド・キーン）を刊行。

八月　同月号《海》でヤン・コットと対談「現代演劇の回路」。メシアを求める時代、状況に対する人類学理解、文学者と演劇、反伝統のむずかしさなどについて語りあう。

九月　ラジオドラマ「耳」（五六年十一月、文化放送）、「棒になった男」（五七年十一月、同）のオリジナル放送テープをレコード化し、大島勉・鳥山拡監修『ラジオ・ドラマ――音と沈黙の幻想』に収録、発売（発売元日本コロムビア）。

十一月　十九日、自訳のハロルド・ピンター作「ダム・ウェイター」および自作の戯曲「鞄」、新作「贋魚」

を、安部公房スタジオ本公演として新宿・紀伊國屋ホールで演出・上演（二十三日まで）。

同月、『洪水』をプレス・ビブリオマーヌから五八五部限定出版。

この月から十二月にかけて、アメリカの現代文学研究家ナンシー・S・ハーディンの数次にわたるインタビューを受ける。ハーディンはのちにそのインタビューを「安部公房との対話」と題して《ユリイカ》一九九四年四月号の〝特集安部公房――日常のなかの超現実〟に、エッセイとともに発表。インタビューのなかで、作家が生み出す作品の基準について、次のように答えている。

〈ぼくが他の作家を判断する基準はひとつしかありません。作家が自分の素材を完全にコントロールし、作家自身の能力を越える生命をそれに与えているか、ということです。別の言い方をすれば、ある作品がその作者を越えてはじめて、よい作品だといえる。

自作についても同じです。（略）ぼくがいいたいのは、作品は少なくとも作者よりも優れていなければならないということです〉

なお、文末の長岡真吾の「訳者付記」によれば、世界中を旅しているハーディンが安部公房から受けた印象は、〈これほど聡明な人にあったことがない〉で、インタビューでのハーディンの英語を、安部はほとんど理解していたが、答えはすべて日本語だったので、それを英訳したものを再び日本語に翻訳したという。

十二月　十四日、桐朋学園短期大学部芸術科演劇コースで「演劇の成立の基盤について」を講義。

十四日、戯曲「鞄」、ハロルド・ピンター作「ダム・ウェイター」（安部公房訳）を安部公房スタジオ会員に向けて、第一回安部公房スタジオ内公演として渋谷・安部公房スタジオで演出・上演（十七日まで）。

この年、「第四間氷期」（オランダ）、「無関係な死」（ソビエト）が翻訳された。

一九七四（昭和四十九）年　五十歳

一月　『洪水』をプレス・ビブリオマーヌから五八五部のうち、九五部を限定特別版として出版。
三月　同月号《国文学　解釈と鑑賞》で〝演劇館・三島由紀夫と安部公房〟を特集。
四日、戯曲「贋魚」「時の崖」を第二回安部公房スタジオ内公演として渋谷・安部公房スタジオで演出・上演（九日まで）。

四月 二十五日、対談集『**発想の周辺**』（対談者石川淳、三島由紀夫、大江健三郎、M・ビュトール、M・フリッシュ、乾孝、岡本太郎、萩原延寿、佐々木基一、磯田光一、針生一郎、伊藤整、尾崎宏次、芥川比呂志、石原慎太郎、勅使河原宏）を新潮社から刊行。

五月 十七日、戯曲「友達（改訂版）」を安部公房スタジオ本公演として渋谷・西武劇場、大阪・毎日ホールで演出・上演（六月二十七日まで）。

二十五日、新潮文庫『**無関係な死・時の崖**』（収録作「夢の兵士」「誘惑者」「家」「使者」「透視図法」「賭」「なわ」「無関係な死」「人魚伝」「時の崖」、解説清水徹）を刊行。

六月 『**事業**』をプレス・ビブリオマーヌから三九五部限定出版。

八月 二十五日、新潮文庫『**R62号の発明・鉛の卵**』（収録作「R62号の発明」「パニック」「犬」「変形の記録」「死んだ娘が歌った」「盲腸」「棒」「人肉食用反対陳情団と三人の紳士たち」「鍵」「耳の値段」「鏡と呼子」「鉛の卵」、解説渡辺広士）を刊行。

九月 二十三日、花田清輝死去。

十月 同月号《悲劇喜劇》で〝安部公房特集〟。同号で川本雄三のインタビュー「安部公房氏に聞く」。安部公房スタジオでの稽古、言語と感情、「ガイドブック」をめぐる話題などについて語る。

一日、新宿・紀伊國屋ホールで開催された第九十四回新潮社文化講演会で「周辺飛行」と題して「緑色のストッキング」について講演。

十五日、〝書下ろし新潮劇場〟『**緑色のストッキング**』を刊行。この作品は小説「盲腸」、テレビドラマ「羊腸人類」を戯曲化したもの。

同日、ハヤカワ文庫『**人間そっくり**』（収録作「人間そっくり」「鉛の卵」）を刊行。

同日、小説をアニメ化した川本喜八郎による自主製作のアニメーション映画「詩人の生涯」を公開。一九七四年度毎日映画コンクールで大藤信郎賞受賞。

十一月 同月号《芸術生活》で西江雅之と対談「日本人の言語と感性」。角田忠信の「日本人の音認識論」、情緒と感性、情緒を超えた芸術の原理などを語りあう。

九日、戯曲「緑色のストッキング」を安部公房スタジオ本公演として新宿・紀伊國屋ホールで演出・上演（三十日まで)。

十七日、《ニューヨーク・タイムズ・マガジン》が〝安部公房特集〟を組み、公房を〈三島由紀夫亡きあと、日本で最も有名で最大の才能と独創力を誇る作家〉と紹介する。

十二月 六日、桐朋学園短期大学部芸術科演劇コースで「言語と脳の働き」を講義。

この年、「箱男」(アメリカ)、「完全映画《トータル・スコープ》」「子供部屋」(ポーランド)、「プルートのわな」(韓国)が翻訳された。

一九七五(昭和五十)年　五十一歳

一月 十七日、デンマーク放送でラジオドラマ「詩人の生涯」を放送(十九日に再放送)。

二十三日、戯曲『緑色のストッキング』で第二十六回読売文学賞(戯曲賞)を受賞。田中千禾夫の選評に〈視聴覚的技術の応用〉、〈空間時間の常識的な約束無視〉、〈舞台転換の新しい手段〉、〈人物の自在な変身〉など、〈並々ならぬ知識と技法を駆使した注目すべき作品〉とある(《読売新聞》二月一日夕刊)。

二十五日、桐朋学園短期大学部芸術科演劇コースで「一般的な俳優の問題と演劇を一般的にみる角度」を講義。

三十日、新潮文庫『**石の眼**』(解説奥野健男)を刊行。

二月 十五日、東京・大手町の読売新聞社における読売文学賞授賞式に出席。

五月 一日、『歴史の視点　下巻』(日本放送出版協会刊)で色川大吉、小木新造と鼎談「総括二　歴史としての現代」。六〇年安保と七〇年安保の思想課題、混迷の都市と農村、日本文化論、日本人などについて論じあう。

五日、〝書下ろし新潮劇場〟『**ウエー　新どれい狩り**』を刊行。この作品は、未完の小説「奴隷狩」を、戯曲「どれい狩り」「どれい狩り(改訂版)」「ウエー(新どれい狩り)」と発展させたもの。

十二日、戯曲「ウエー(新どれい狩り)」を安部公房スタジオ本公演として西武劇場で演出・上演(六月九日まで)。

十三日、米コロンビア大学から〝ドクター・オブ・ヒューメイン・レターズ・オノリス・カウサ〟(名誉人文科学博士)の称号を受け、渡米(アメリカ大使館は安部公房が日本共産党員だったことを理由に、「好ましくない人物」としてビザの発給を躊躇したが、結局二週間の滞在とニューヨーク市外には出ないという条件付きで許可した。ただし、ナンシー・シールズの「保護」のもとに旅行する二十四時間の特免を許可され、ウィスコンシン州マディソンを訪れた)。日本の作家が外国の大学から人文科学関係の名誉博士の称号を受けたのは、公房が初。

二十一日、ニューヨーク日本協会のジャパン・ハウス・レクチャーでドナルド・キーンと対談。

七月 十日、中公文庫『**内なる辺境**』(解説ドナルド・キーン)を刊行。

二十一日、戯曲「鞄」「贋魚」「ダム・ウェイター」を第三回安部公房スタジオ内公演として渋谷・安部公房スタジオで演出・上演(八月二日まで)。

八月 二十五日、新潮文庫『**終りし道の標べに**』(解説磯田光一)を刊行。

九月 一日、国際東洋学者会議で講演。

十一月 十四日、新宿・紀伊國屋ホールで、開催された第一〇七回新潮社文化講演会で、近況を語る「周辺飛行」を講演。

二十四日、戯曲「幽霊はここにいる(改訂版)」を安部公房スタジオ本公演として新宿・紀伊國屋ホールで演出・上演(十二月十四日まで)。

二十五日、掌編集『**笑う月**』(収録作「睡眠誘導術」「笑う月」「たとえば、タブの研究」「発想の種子」「藤野君のこと」「蓄音機」「ワラゲン考」「アリスのカメラ」「シャボン玉の皮」「ある芸術家の肖像」「阿波環状線の夢」「案内人」「自己犠牲」「空飛ぶ男」「鞄」「公然の秘密」「密会」)を新潮社から刊行。〝夢のスナップショット〟と名づけられた『笑う月』は、《波》に連載された四十四回の〝創作ノート〟「周辺飛行」から十六編を選出して加筆・改題しさらに新稿「笑う月」を加えたもの。

この年、「第四間氷期」(ドイツ)、「友達」(ポーランド)、「箱男」「幽霊はここにいる」「城塞」「どれい狩り」(ソビエト)、「赤い繭」「魔法のチョーク」「棒」「無関係な死」(台湾)が、それぞれ翻訳された。

一九七六(昭和五十一)年　五十二歳

三月 同月号《ユリイカ》で〝特集・安部公房——故

郷喪失の文学〟。同号で武満徹と対談「歴史を棄てるべき時」。進歩論への疑問、表現としての肉体、共同体と文化、現代小説とプロットとの闘いなどについて語りあう。

四月 三十日、新潮文庫『**人間そっくり**』（解説福島正実）を刊行。

五月 十七日、戯曲「棒になった男」、自主製作の16ミリ映画「時の崖」を第四回安部公房スタジオ内公演として渋谷・安部公房スタジオで演出・上演、上映（六月五日まで）。「不定期刊行物『葉書通信』の予告をかねて」を、《安部公房スタジオ・会員通信》№1に寄稿、次のように抱負を記す。

〈ぼくらが目ざしているのは、一般的なよき演劇ではない。ぼくが文学で邪道を選んだように、演劇の世界でもやはり邪道を選びたい。それを必要とする人間にとってだけ価値がある、独自で固有な世界にこだわりつづけたい〉

六月 二十五日、戯曲「幽霊はここにいる（改訂版）」を西武大津ショッピングセンター内西武ホール、オープニング記念公演として再演（二十七日まで）。

九月 十五日、〝現代文学大系〟77『**安部公房 小島信夫集**』（収録作「他人の顔」「赤い繭」「水中都市」「棒」「鉛の卵」「無関係な死」、ラジオ・ドラマ「詩人の生涯」、解説ドナルド・キーン）を筑摩書房から刊行。

十月 同月号《レコード芸術》でドナルド・キーンと対談「安部公房氏と音楽を語る」で、オペラが嫌いな理由、クワルテットの魅力、現代の作曲家などについて語りあう。

七日、渋谷・西武劇場で〝安部公房の世界〟を開催。映画「砂の女」「おとし穴」を上映。

八日、桐朋学園短期大学部に「一身上の都合による」退職願いを出し、受理される（退職は翌一九七七年三月）。

十三日、戯曲「案内人（GUIDE BOOK II）」を安部公房スタジオ本公演として渋谷・西武劇場で演出・上演（三十一日まで）。

中村真一郎の「戯曲『案内人』」評——

〈世界の構造が同時に夢の構造になるという発想を最近、最も鮮やかに示したのは、安部公房の「案内人」という戯曲である。これは芝居としては、俳優諸君の可能性の従来にない解放を目指した試みであったが、文学としては全体を夢の展開で作りあげているので、この夢の構想力の自由な——つまり「人間の条件」を無視した——変貌の連続は、古典的な写実主義における「戯曲」というものとは別のものになってい て、そのまま新しい「小説」のイメージの発展の法則を現しているといっても、全然、間違っていない。小説における想像力の展開を、現実の論理でなく夢の論理に従わせることのなかに、小説形式の未来の可能性のひとつを発見しようとしている私にとっては「案内人」は文学としては戯曲の形を藉りた小説に見える〉

（「小説の昨日と明日——安部公房の戯曲」《毎日新聞》十一月十七日夕刊）

十一月 三日、NHK教育テレビでドナルド・キーンと対談「型をやぶる」で伝統について語りあう。

この年、「箱男」（スウェーデン）、「時の崖」「使者」（ポーランド）、「洪水」「魔法のチョーク」「事業」「バベルの塔の狸」（韓国）が翻訳された。

一九七七（昭和五十二）年　五十三歳

一月 一日、同日発行《安部公房スタジオ・会員通信》No.2の「他では出来ない……」に次のように記す。

〈五年前、『ガイド・ブック』でスタートを切ったスタジオの仕事も、昨年の『案内人』（ガイド・ブック2）で、一応それなりの実を結ぶことが出来たように思う。少くも見通しはついた。困難ではあっても、他では出来ない仕事だけをして行きたい。今秋に予定している西武劇場での公演も、しぜん『ガイド・ブック3』ということになるわけだ。

現在追い込み中の書下し長編『密会』を脱稿し次第、すぐに稽古に戻るつもりでいる〉

同月号《波》で石川淳と対談「言葉・文化・政治」。記憶と変形、「私の中の日本人」、日本人と祖国、言葉狩りなどについて語りあう。

五月 十一日、アメリカ芸術科学アカデミー外国人名誉会員に選ばれる。

六月 三日、〝音＋映像＋言葉＋肉体＝イメージの詩〟という新しい舞台空間を創造する「イメージの展覧会」を安部公房スタジオ本公演として池袋・西武美術館で、作曲（シンセサイザー）・演出・上演（八日まで）。この作品は戯曲「贋魚」と掌編「鞄」「公然の秘密」を構成したもの。

九月　六日、「イメージの展覧会」を札幌と旭川で再演。

十月　一日、同日発行の《安部公房スタジオ・会員通信》№3の「通信」欄に、近況を次のように記す。

〈九月六日午前八時、小説「密会」を最終的に脱稿。四年半ぶりの長編小説である。同五十分に家を出て羽田に向う。「イメージの展覧会」の北海道公演のためである。機上にて一時間ほど仮眠。目をあけているふりをするのがやっとの状態。

それでも、札幌・旭川、ともに予想を上まわる大成功で、長編小説を書上げた後にくるある独特な虚脱感はしばらく忘れることが出来た。多忙も精神衛生上、薬になってくれることがある。

　数少ない旅公演ではあるが、そのたびに思うことは安部スタジオ固有の観客層が、どこに行っても存在してくれていることだ。われわれの特殊性が、普遍に通ずる特殊であることが確められ、勇気づけられる〉

「イメージの展覧会」に寄せられた観客の感想――

〈肉体の不可思議さを思い知った。なんと表現して良いかわからない程、胸が高ぶっている。この興奮がさめる時が来ぬようこのまま消え入りたいようだ〉

〈立体、天然色の小説の中にいるような痛快感を受けました〉

〈グループがスタイルを持っているために、この力によって、舞台がエロティックになったと思う。とても面白かった。人生にはプレイが大事だと思った〉

　三十日、新潮文庫『**夢の逃亡**』（収録作「牧草」「異端者の告発」「名もなき夜のために」「虚構」「薄明の彷徨」「夢の逃亡」「唖むすめ」「あとがき」、解説渡辺広士）を刊行。

十一月　二日、戯曲「ウエー」がジェームズ・ブランドンによりハワイのケネディ・シアターで上演。

五日、戯曲「水中都市（GUIDE BOOK III）」を安部公房スタジオ本公演として渋谷・西武劇場で、作曲・演出・上演（二十七日まで）。上演パンフレットに次のように記す。

〈小説は考えて書くものではない。書くことによって考える作業である。

　同様に、舞台表現も、戯曲をもとに演出されるものではなく、俳優をつかって舞台空間に戯曲を創り出す作業のような気がしてならない。つまり戯曲は舞台の出発点なのではなく、到達点なのかもしれないということだ。春の「イメージの展覧会」は、ついに最後まで戯曲なしで稽古を進めた。戯曲の完成は舞台が仕上がった時だった。今度の「水中都市」も、一ヵ月後に初日をひかえ、台詞らしいものは五景の頭の数ページがあるだけである。しかし舞台は空間の底から徐々に育ち、形を予感しはじめている。戯曲が完成するのはやはり開幕の日ということになるのだろうか。

ぼくはしだいに自分の舞台を、舞台によってしか語れなくなりはじめている。考えてみると、小説の場合もやはり同じことなのだ〉

十二月 五日、〝純文学書下ろし特別作品〟『**密会**』を新潮社から刊行。巻頭に〈弱者への愛には、いつも殺意がこめられている――〉というエピグラフを付す。また同書函に著者の言葉、函裏にドナルド・キーン、大江健三郎、倉橋由美子の評を付す。『密会』について、安部公房の次の談話がある。

〈この小説のエピグラフとして僕は、「弱者への愛には、いつも殺意がこめられている」という言葉を置いたけれども、それが最後には裏返されて、「弱者の幸せには、いつも殺される期待がこめられている」という感じに逆転していった。「弱者への愛には、いつも殺意がこめられている」と言っている立場と、小説を書いている僕の立場とは、ちょうど裏表なんだな。書きながら感じたんだが、強者である「馬人間」を仮に主人公とすると、この小説はやはり、僕の眼で書いたのではなく、僕が自分の眼にはしたくない眼でこの世の中を書いたということになる。ある意味で、「もの凄く美しく地獄を書こうとした」とも言えるし、また、ユートピアを裏から書いたとも言える〉（「裏からみたユートピア」《波》一九七七年十一月号）

九日、新宿・紀伊國屋ホールで開催された第一二六回新潮社文化講演会で、「『密会』のうちそと」を講演。

この年、「燃えつきた地図」（台湾）が翻訳された。

一九七八（昭和五十三）年　五十四歳

一月 十六日、同日号《週刊読書人》で渡辺広士のインタビュー「構造主義的な思考形式――『密会』を刊行した安部公房氏に聞く」。種の問題と社会の問題、普遍的な神話の構造、戦後文学に対する疑問などについて語る。

二十六日、渋谷・安部公房スタジオ内で写真展「カメラによる創作ノート」を開催。『密会』の取材写真である長崎の〝軍艦島〟の廃墟のスナップ写真など五〇点のモノクロ作品を展示。写真について、次のように語る。

〈僕自身にとって写真はそんなにややこしい問題じゃない。僕は、時間の中で変形してゆく空間、結果だけ求めているときには、ないにも等しいような変形のプロセス、それに非常に関心をもっている。（略）写真というものは、そういう関心にとってはまことに都合のいい道具なんだ。だから、いわゆる芸術写真風なものよりも、僕にとってはむしろ自分の意識しないような瞬間の切り取り、つまりスナップ・ショットが、何よりも重要な行為なんだ。写真のシャッターを押したということによって、不思議にその情景、空間が自分の中に残ってくれるんだな、何故か〉（インタビュー「都市への回路」《海》一九七八年四月号）

二十七日、戯曲「友達」をミルウォーキー・パフォーミング・アーツ・シアターの専属劇団がミルウォーキー市の同劇場で上演。オープニングのため真知夫人同伴で渡米（この公演は好評を博し、三月五日まで上演される）。

二月 十七日、ハロルド・ピンターの戯曲「ダム・ウェイター」（安部公房訳）を第五回安部公房スタジオ内公演として渋谷・安部公房スタジオで再演（二十六日まで）。

三月 十二日、TBSテレビ〝すばらしき仲間〟「男の檜舞台」（武満徹、黒川紀章）に出演。

十五日、戯曲「イメージの展覧会」、自主製作の16ミリ映画「時の崖」を豊橋、名古屋、大阪、小倉で再演・上映。

四月 同月号《海》のインタビュー「都市への回路」（「カメラによる創作ノート」を付す）で強者と弱者、逆進化の逆説、生理的想像力、現代小説の陥穽、マルケスとポー、デジタルとアナログ、祭りへの不信などについて語る。また独得な比喩について、インタビュアーと次のように対話している。

〈――比喩を用いられるとき、生理的な感覚に訴える言葉が非常に目立ちますね。『密会』の場合ですと、「ミルクを焦がしたような匂いは、娘の体臭らしい」「貝殻の内側のような白い腋の下」「トマトの皮のように中が透けて見える、無邪気でちぐはぐな微笑」等々、枚挙にいとまがありません〉

〈安部　あれにいちばん時間をくうんだよ。比喩の実体が確実に見えてくるまで待たなければいけない。一つ的確なものを見つけるために、何日もかかったりする。（略）たとえば〝幸福〟というような言葉を使うのにすごく抵抗を感じる。「彼は幸福だった」と書くためには、パロディとしてでなければ書けない。（略）幸か不幸か人間というのは五感しか持っていない。そして五感で切り出されるものは、ある意味では非常に限界がある。それにくらべて、言葉による概念はすべて多様で精密だ。しかし、いくら精密でも、もう一度それを単純な五感の次元に引き戻してやらないと、イメージとしては共有しにくいということがある。五感というひどく原始的で、能力からするとかなり低いものに、どうやって概念以上のものを定着させるかということが、ものを書く上で一番苦しい作業じゃないかな。出てきた結果はひどく単純だけどね〉

二十三日、戯曲「人命救助法」を第六回安部公房スタジオ内公演として渋谷・安部公房スタジオで作曲・演出・上演（五月二日まで）。

写真家アンリ・カルチエ・ブレッソンが安部公房スタジオを訪問。

六月　同月号《潮》の高野斗志美との対談「匿名性と自由の原点の発想」で、市民から私民へ向かう戦い、なぜ無名性を主張するか、転換期とロビンソン・クルーソーの思想などについて語りあう。

三日、戯曲〝イメージの展覧会 PART II〟「人さらい」を安部公房スタジオ本公演として池袋・西武美術館で作曲・演出・上演（七日まで）。

十六日、戯曲「水中都市（GUIDE BOOK IV）」を大津・名古屋・大阪で再演。

八月　五日、〝新潮現代文学〟33『**砂の女・密会**』（収録作「砂の女」「密会」「デンドロカカリヤ」「赤い繭」「洪水」「魔法のチョーク」「事業」「詩人の生涯」「無関係な死」「棒になった男」、解説中村真一郎）を刊行。解説のなかで中村真一郎は「安部公房の文学の特質」について、次のように記している。

〈彼の作品はひとつの比喩の装置であって、そこに各人はおのれの魂を沈めて、自分の夢を見ることになる。そしてその夢を見つめることで、自分の意識に目覚めるのである〉

また、劇作家としての安部公房について、

〈安部公房は、現代日本を代表する、そして現代日本

の性情や風俗やのスタニスラフスキー的実現を全く拒絶する、稀有な劇作家として存在している〉

〈イメージの自由な展開は、やはり必然的に台本というものから、舞台空間を解放させないではいられない。安部公房は自ら劇作家と演出家との区別を取り払い、役作りというものから人格的再建の梯子を外してしまった。それは純粋イメージであり、それこそ彼の文学の成熟した姿である〉

と、評している。

九月　十八日、ラジオドラマ「R62号の発明」をNHKラジオ〝中学校国語　名作をたずねて〟で放送。

十月　十三日、戯曲「S・カルマ氏の犯罪（GUIDE BOOK Ⅳ――「壁」より）」を安部公房スタジオ本公演として渋谷・西武劇場で作曲・演出・上演（二十九日まで）。上演パンフレットに「稽古ノート」の一部を掲載。

自作小説の舞台化について、《海》のインタビュー（前出「都市への回路」）で、次のように語っている。

〈――安部さんは昭和二十年代末から芝居を書き始められましたが、かつての芝居の作り方と劇団を作られてからの作り方というのは、全然違うといっていいのですか。

安部　違うね。あの頃は文学の延長で書いていたけれども、いまはやはり、反文学をかなりはっきり意図している。特に『ガイド・ブック』のシリーズから意識的に始めたと思う〉

〈――安部さんの芝居には、御自身の小説、あるいはその一部を、新たに芝居として書き直されたものがありますね。（略）その場合、安部さんの中で、芝居と小説のあいだの関係はどうなんですか。

安部　戯曲の『水中都市』と小説の「水中都市」にだって、イメージの共通点はある。しかし、この二つはまったく違うものになっているはずだ。この二つの「水中都市」の相違くらいの広い距離が、アナログ的なものとデジタル的なものの間には存在していると思う。安易にその溝を埋めてしまうのは、ひどく怖しいことだと思うんだ〉

十八日、早稲田大学演劇博物館創立五十周年記念行事〝演劇講座〟で、「言葉と肉体のあいだ」を講演。

この年、「他人の顔」（オランダ）、「箱男」（ハンガリー）が翻訳された。

一九七九（昭和五十四）年　五十五歳

一月　同月号《海》のロブ＝グリエとの対談「アレゴリーを超えて」で、時間と空間、演劇と映画、文章の朗読などについて語りあう。

二十八日、フジテレビの〝紀行ドキュメント〟「榎本武揚」に出演。

三月　十日、中公文庫『**反劇的人間**』（ドナルド・キーンとの共著）を刊行。

五月　四日〜二十四日、安部公房スタジオを率いて渡米。〈JAPAN TO-DAY〉の催しの呼び物として、戯曲〝イメージの展覧会〟「仔象は死んだ」をセントルイス、ワシントン、ニューヨーク、シカゴ、デンバーで作曲・演出・上演。上演パンフレットに「私の劇場」を執筆、次のように記す。

〈この作品は、私が全面的に演劇活動に参加しはじめてから七年目にして到達した一つの帰結点であり、同時に出発点でもある。

完成された戯曲形式という文学的な輸血によって、演劇が開かれた表現形式として再生したことは否定しえない事実だろう。しかし同時に、多かれ少なかれ物語性に主導権をゆずらざるをえなくなった。俳優さえも、物語のよき運搬人として評価されるのがならわしである。

言葉による文学でさえ、すでに意味や解釈で片づけられることを拒否しているこの時代に、演劇だけがなぜそんな状態に甘んじていられるのか、腑におちない。文学は文学にまかせて、演劇は——生きのびようとするなら——もっと自立を主張すべきではないだろうか。

たしかに意味づけや解釈は、べんりな包装紙である。それで包装してしまえば、どんな感動も、ポケットにしまって安全に持ち搬ぶことができる。しかし二度と繰返しのきかない俳優の行為は、つねに現在進行形の形でしか存在しえず、ポケットにしまえる便利さとは異質のものであるはずだ。（真の俳優はつねに原因であって結論ではありえない。）

この作品との出会いなしには、決してあなたが体験も想像もしえなかった世界、そんな世界をいまここで共有してみたいのだ〉

この上演は好評を博し、ことに前衛演劇の砦といわれるニューヨークの二日目の公演では観客が通路から階段、ミキサー室にまであふれる。各紙の劇評も絶賛。安部公房は、〈文化の独自性よりも、普遍性の方が現代において要請されているのだ、ということを体験できたということは、大きなことだった〉と語っている（《安部公房スタジオ・会員通信》№8、一九七九年六月十日発行）。

六月　同月号《国文学　解釈と鑑賞》で〝安部公房の現在〟を特集。インタビュー「内的亡命者の文学」で共感する同時代の文学、中南米の文学、マルケスなどについて語る（このインタビューは《海》編集長塙嘉彦がおこなっている）。

十一日、国際交流基金の招きでフィンランドでの「ラハティ国際作家セミナー」に出席のため真知夫人とともに成田を出発、モスクワ経由で十四日、コペンハーゲン着、矢内原伊作らと合流、十七日、ヘルシンキ着、十九日、ラハティで「現代の文学」について講演。二十二日、帰国。

二十四日、〝イメージの展覧会〟「仔象は死んだ」を安部公房スタジオ本公演として神奈川県青少年センター、渋谷・西武劇場で上演（本邦初演、七月八日まで）。

二十五日、『**安部公房の劇場　七年の歩み**』を安部公房スタジオから刊行（制作創林社）。同書は《波》に連載した「周辺飛行」のなかから、演劇、稽古に関する部分を抜粋した独自の「演劇ノート」を付す。

八月　十九日、NHKテレビ〝若い広場〟（二十六日、九月二日放映）の一コーナー〝マイ・ブック〟に出演。ボリス・ヴィヤン『赤い草』、マルケスの『百年の孤独』などについて語る。

九月　十四日、自主製作による映像作品「仔象は死んだ」完成（カラー、上映時間五十四分）。渋谷ビデオ・スタジオで試写。

二十五日、国際交流基金日本研究者セミナーで、外国人留学生への講演とシンポジウム「変貌する社会の人間関係」。農村から都市へ、危険だった「他者」、未知の「他者」への通路などについて語る。

この年、「箱男」（フランス）、「密会」「おまえにも罪がある」（アメリカ）、「第四間氷期」（ユーゴスラヴィア）、「洪水」（イギリス）が、それぞれ翻訳された。

一九八〇（昭和五十五）年　五十六歳

一月「フォト&エッセイ——都市を盗る」を同月号《芸術新潮》に連載開始（一九八一年十二月号まで二十四回）。

三日、ラジオドラマ「R62号の発明」をNHKラジオ〝ドラマ・日本SF名作シリーズ第三夜〟で放送。この作品は原作提供のみ。

二十五日、新潮文庫『**燃えつきた地図**』（解説ドナルド・キーン）を刊行。

二月 小説「ユープケッチャ」を同月号《新潮》に発表。この作品は長編小説「方舟さくら丸」（初題「志願囚人」）のプロローグとして書かれたもの。

二十一日、NHKテレビ〝歴史への招待〟「戊辰戦争・榎本艦隊北へ」に出演。

二十六日、同日号《週刊プレイボーイ》の談話記事「行動する作家安部公房が若者に与える〝予感的〟メッセージ」で、「反抗」について、次のように語る。

〈反抗のなかに含まれる深い意味をつかむために、若者はつねに自分を鞭《むち》打つ必要がある〉

〈反抗は本来個人的でいいのかもしれない。集団化した反抗は、どうしても風俗化しやすいからね。現在のように反抗に対する外圧が弱いと、反抗も簡単な流行現象になる。あれは嫌だな〉

〈あくまでも反抗を風化させまいとすれば、よほどの情熱とエネルギーがなければね〉

〈反抗をつらぬくためには、ただ突っ張るだけじゃ駄目なんだ。たとえばユーモアだってないと困る。ユーモアというのは、物事を客体化して、自分をもう一度見直す批評の精神でしょう〉

〈ユーモアというのは、言葉による人間関係の調節だね。血を流さずに相手と切り合う技術なんだ。だから、それだけ相手に深く踏み込むこともできる〉

四月 同月刊《CROSS OVER》第八号のインタビュー「創造のプロセスを語る」で、自主製作した映画「時の崖」の背景、微視的なイメージの積分、台本の新しいスタイル、国家の意味、現在執筆中の小説などについて語る。以下は、シナリオについてのコメント（なお同誌にはシナリオ「時の崖」が併載されている）。

〈ハコ書きというのは、まず枠《わく》を作って、細部を埋めていく。大衆小説の発想と似ているね。あれでは芸術作品なんか出来っこない。死んだ細胞で生きている総体を創れるわけがないだろう。

いいシナリオは、デテールのリアリティから出発しなければならない。もちろん目標に明確な主題が置かれていることは前提だ。（略）細部を優先して、そのために主題が犠牲になってもかまわない。それでもかまわないんだよ、芸術というものは〉

六月 十五日、インタビュー・講演集『**都市への回路**』（安部公房撮影による写真三〇葉を付す）を中央公論社から刊行。

二十七日、池袋・西武百貨店ホール・スタジオ200で講演「日本人の右脳閉塞状況」。アナログ脳とデジタル脳、日本人の母音反応、情緒認識と錯覚などについて語る。

十一月 同月号《波》の中野孝次との対談「カフカの生命」で、カフカをいつ読んだか、提示された世界、解釈の無意味などについて語りあう。カフカについて――

〈カフカはひとつの世界を提出した、そのオリジナルな世界はカフカが書かなければ存在しなかった。本当の世界は無限に解釈できるけれど、解釈しつくされることはない。（略）カフカは世界そのものの存在を提出しえた、途方もない作家だったと思う〉

〈とにかく世界を提出するということは作家にとって並大抵なことではない。方法とか見方ではなく、世界を提出するということ。書くために書いていたのではなく、作品に書かされていたような気がする〉

――そして、ドストイエフスキーと対比して、次のように語る。

〈カフカは文学史上にそそり立つ作家だったと思う。ドストイエフスキーに比べてもどちらがより大きい世界像を提出したか、簡単にはいえない。世界像ではドストイエフスキーの方かもしれない。でも世界の提示の確実さはカフカじゃないかな。時間が経てば経つほどカフカの大きさが分ってくる〉

十二月 一日、自主製作映画「時の崖」「仔象は死んだ」を池袋・西武百貨店ホール・スタジオ200で試写会（九日まで十四回上映）。

五日、新宿・紀伊國屋ホールで開催された第一六二回新潮社文化講演会で「永遠のカフカ」を講演。

この年、「他人の顔」（ポルトガル）、「密会」（イギリス）が翻訳された。

一九八一（昭和五十六）**年**　五十七歳

二月　二十三日、《毎日新聞》夕刊の談話記事「長編小説『志願囚人』に悪戦苦闘中」で、近況を語る。
二十五日、新潮文庫『**砂の女**』（解説ドナルド・キーン）を刊行。
《PLAYBOY日本版》の「ドキュメント・ファイル大賞」の選考委員となる。

五月　二十二日、東京プリンスホテルでおこなわれた第一回「PLAYBOYドキュメント・ファイル大賞」贈呈式に選考委員の一人として出席、スピーチをのべる。

十月　二十一日、戯曲「友達」をフランスのルノー＝バロー劇団がパリで上演。観劇のためパリに赴く。

十一月　十一日、一橋大学小平校舎、十四日、東京大学駒場校舎でそれぞれ講演「異端審問を拒否する時」。ナショナリズムの意味するもの、帰属意識と異端選別、大都市の構造と寄生虫文化などについて語る。

この年、「砂の女」（スウェーデン、ユーゴスラヴィア）、「他人の顔」（チェコスロヴァキア）、「赤い繭」（フランス）、「壁」（中国）が翻訳された。

一九八二（昭和五十七）**年**　五十八歳

一月　「読売文学賞」の選考委員、および「木村伊兵衛賞」（《アサヒカメラ》）の選考委員となる。

十月　二十五日、新潮文庫『**箱男**』（解説平岡篤頼）を刊行。

この年、「他人の顔」（ブルガリア）、「魔法のチョーク」（イギリス）が翻訳された。

一九八三（昭和五十八）**年**　五十九歳

一月　「新潮社日本文学大賞（学芸部門）」の選考委員となる。
三日、NHKテレビ〝新春インタビュー〟で堤清二と対談「ロボット社会と人間」。
十三日、上智大学イベロアメリカ研究所主催のガルシア・マルケス、ノーベル文学賞受賞記念講演会で、「ガルシア・マルケスをめぐって」を講演。
二月　同月号《アサヒカメラ》で写真家ベルナール・フォーコンと対談「ベルナール・フォーコンの世界」。二日、《読売新聞》で「読売文学賞」の発表。選考委員の一人として「随筆・紀行賞」を受賞した黒田末寿『ピグミーチンパンジー』の紹介文を書く。
四月　このころからワープロを使いはじめる。
五月　二十五日、新潮文庫『**密会**』（解説平岡篤頼）を刊行。二十七日、帝国ホテルで行われた第三回「PLAYBOY ドキュメント・ファイル大賞」贈呈式に選考委員の一人として出席、スピーチをのべる。
七月　同月号《波》で堤清二と対談「創作におけるワープロ」。
九月　一日、平河町・都市センターホールで「第三十一回アジア・アフリカ人文科学会議」が開催され、「第十部会」の基調講演を行う。演題は「伝統と変容」。
この年、「幽霊はここにいる」をルーマニア・ブカレストで上演。また「燃えつきた地図」（ブルガリア）が翻訳された。

一九八四（昭和五十九）年　六十歳

一月　同月号《すばる》で栗坪良樹のインタビュー「錨なき方舟時代」。満州の気候、風土の問題、敗戦時の植民地の体験と〝実存主義〟、国籍を問わない文学、近作などについて語る（実施日一九八三年十月二十七日）。一日、《福島民報》ほかで大江健三郎と対談、「明日を開く文学」。ジョージ・オーウェルの近未来小説『一九八四年』にちなんで、危機状況を破る明日の文学、オーウェルの警告、文化破壊の植民地支配などについて語りあう（時事通信社配信）。
五月　二十四日、新潮社版〝純文学書下ろし特別作品〟『方舟さくら丸』（仮題「志願囚人」）の第一稿五二〇枚脱稿。
六月　二十二日、戯曲「おまえにも罪がある（改訂版）」を劇団俳優座が創立四十周年記念公演として上演。
七月　二十五日、新潮文庫『**笑う月**』（解説尾辻克彦）を刊行。
十一月　三日、戯曲「幽霊はここにいる」をモスクワ芸術座で上演。

十五日、〝純文学書下ろし特別作品〟『方舟さくら丸』を新潮社から刊行（この作品は、はじめてワープロで執筆された）。

同月号《波》の筑紫哲也との対談「核時代の『方舟』」で、次のように語る。

〈筑紫　出発時点での主題はどのようなものだったのですか。

安部　人間が完全な自由を得る状況とは、という命題の追求から始まったんです。人生というものを一つの〝監獄〟と考えた場合、人間は〝監獄〟に対する不安や恐怖を抱かなくなったときにはじめて完全な自由を獲得できる。つまり、自ら進んで囚人となることを志願すれば、より完全な自由を手中にできるという逆説。それが主題の原型ですね。結局、今は誰もが自分のために、自分に合った形での〝入獄〟を志願している時代だと思うんだ。志願囚人の時代だね。全部ではないけど時代の先兵としての右翼少年のイメージもあった。そんなイメージを温めているうちに、時代も少し動いたし、僕自身の中でいろいろ変わるところもあって、今度の作品では、「志願囚人の自由」から、「自分のコントロールの喪失を決して自覚しない自由」というところまで主題が拡大していったわけです〉

二十三日、札幌、二十四日、仙台の書店で『方舟さくら丸』のサイン会と講演をおこなう（以後、三十日、神戸、十二月一日、大阪・京都、四日〜十一日、東京）。

十二月　三日、《東京タイムズ》のインタビュー「著者と語る」で、七年ぶりの新作『方舟さくら丸』について、さらに次のように語っている。

〈いま〝生き延びる〟ということが風俗も含めて潮流になっている。生きるということに似ているけど、生きることと生き延びることは対極的なんだ。他人が死ぬから生き延びるということになる。他人の死滅の中で生き延びるというのはきな臭い。サバイバルという着想の中にもものすごい虚無と世紀末のロマンチシズムがある。これが今度の主題だ〉

〈『砂の女』を書いた時より、はるかに吹きさらしの中に、今、時代も個人もさらされている。僕の感じでは、核爆発が起きたら困るというのじゃなくて、実はもう起きてしまったという未来完了形を、現代は生きている。死をどう生きるかということしか、僕らに残されていないのじゃないか。生きることを期待したら、

その時もっとひどいウソが始まる〉

〈一日という円環。一年という円環。いろいろな円環の保障がわれわれの日常だ。この保障でまず人は安心する。その安心を前提にして不安や危険への旅立ちがあり、精神文化が始まる。虫（注、自分の糞を餌にして自足する架空の虫ユープケッチャのこと）だけ考えるとなさけなく絶望的に見えるけど、その絶望の客体化が絶望を超えている〉

〈希望が虚妄なら絶望だって虚妄だという魯迅の考え方がとても好きだ。絶望を語るのは希望を語るひとつの形式なんだと思う。ベケットもそうだった。いまになったらベケットというのがすごくよく分かる〉

八日、東京・中野の料亭「ほとゝぎす」で、埴谷雄高、野間宏、武田百合子（泰淳夫人）と会食、旧交をあたためる。

十八日、十九日、《毎日新聞》夕刊のインタビュー「『方舟さくら丸』を書いた安部公房氏に聞く」で、小説を書くプロセスについて、〈小説家はまずモチーフを持ち、それを肉付けしていくと思うだろ？　実は順序が逆なんだ。最初にディテールがあり、それがだんだん栄養を吸収し、ふくらんでいって、プロットなり主題なりが浮かんでくる〉と、語っている。

この年、「密会」「燃えつきた地図」「夢の兵士」「棒になった男」（ポーランド）、「赤い繭」「洪水」「棒」（アメリカ）、「友達」「壁――S・カルマ氏の犯罪」（ソビエト）が翻訳された。

一九八五（昭和六十）年　六十一歳

一月　同月号《新潮45》のインタビュー「生きることと生き延びること」を箱根の山荘で受け、『方舟さくら丸』のテーマ、核シェルターの思想などについて語る。
十四日、同日から十七日まで四夜にわたって、NHK教育テレビの〝訪問インタビュー〟（インタビュアー・斎藤季夫）で、「核時代の絶望・なわばりと国家」「旧満州・青春原風景」「小説は無限の情報を盛る器」「前衛であり続けること」などを、箱根の山荘、渋谷の安部公房スタジオで語る。
二月　一日、〝日本の文学〟87『**他人の顔**』をほるぷ出版から刊行。
八日、広島、九日、山口、十日、福岡、十一日、熊本

の書店で『方舟さくら丸』のサイン会と講演をおこなう。

二十八日号《女性セブン》の〈著者インタビュー〉「この世がご破算になるかもしれない絶望の時代に、人間が生きることの意味を問う――安部公房『方舟さくら丸』」で、『方舟さくら丸』について語ったあと、文庫に収録されている自作のうちから次の作品を「自選十冊」として選ぶ。『他人の顔』『壁』『けものたちは故郷をめざす』『第四間氷期』『幽霊はここにいる・どれい狩り』『無関係な死・時の崖』『燃えつきた地図』『砂の女』（以上、新潮文庫）、『榎本武揚』『内なる辺境』（以上、中公文庫）。

三月　二十七日、同日号《リベラシオン》のコリーヌ・ブレのインタビュー「子午線上の綱渡り」で、新作『方舟さくら丸』、次作として執筆予定である「スプーン曲げの少年」などについて語る。

四月　同月号《芸術新潮》のインタビュー「『方舟さくら丸』に乗せる名画は――核シェルターの中の展覧会」。

五月　四日、NHK教育テレビで渡辺格《いたる》と対談「物質・生命・精神そしてX」。

十二日、同日から、十月に大阪で開催される毎日新聞社主催の国際シンポジウムでおこなう講演にむけて、「日記メモ」（「もぐら日記」）をつけ始める。

六月　同月号《すばる》の栗坪良樹のインタビュー「御破算の世界――破滅と再生」で、『方舟さくら丸』、国家、スプーン曲げの少年などについて語る。

上旬、北欧四カ国とアイスランドを旅行。スウェーデンでシェル・オーケ・アンデションと「友達」の映画化について打ち合わせをおこなう。

十月　八日、九日、大阪商工会議所国際会議ホールで開催された大阪青年会議所、毎日新聞社、毎日放送共催・第六回国際シンポジウム〝人間と科学の対話〟で、「技術と人間」を講演。

一九八四年にアメリカ・ニュージャージー州で創設された「イセ文化基金」の保管人（Trustee）の一人となる。

この年、「密会」（フランス、ソビエト）、「砂の女」（中国）、「壁――S・カルマ氏の犯罪」「魔法のチョーク」「事業」「バベルの塔の狸」（フランス）、「赤い繭」（イタリア、ドイツ）、「棒」（イタリア）、「洪水」（ドイツ、フランス）、「人肉食用反対陳情団と三人の紳士たち」（ドイツ）、「鞄」「時の崖」「棒になった男」（ソビエト）がそれぞれ翻訳された。

一九八六（昭和六十一）年　六十二歳

一月　同月号《海燕》の小林恭二のインタビュー「御破算の文学」で、破滅願望と再生願望、言語のパラドックス、集団化の危険性、文学の果すべき役割などについて語る（実施日一九八五年十一月一日）。

十二日、同日から十七日までニューヨークのパブリック・ライブラリーで開催された第四十八回国際ペンクラブ大会にゲスト・オブ・オナーとして中上健次と共に招待され出席。テーマは「国家としての想像力」。滞米中、強度な体調不調を自覚する。七転八倒の苦しみだった、という。

十六日、ニューヨークの生活情報誌《OCS NEWS》の求めで演劇評論家大平和登と対談。意識が低すぎたペン大会、演劇の儀式化に抵抗するため、しばらく演劇を断つ心境などについて語る。

四月　九日、同日号《ルオトル・ジョーナル》のコリーヌ・ブレのインタビュー「『明日の新聞』を読む」で、特殊な『密会』の世界、登場人物などについて語る。

二日、戯曲「水中都市」を中国・北京中央戯劇学院小劇場で試演（演出石沢秀二）。

二十五日、《朝日新聞》夕刊のインタビュー「文学はどこへ」で「国家」と「散文精神」について、次のように語る。

〈散文以外のあらゆる芸術は国家の安定に奉仕しやすい部分がある。ところが散文はどうしても、弁証法を含んでいるから、拡散のメカニズムが働く。だから独裁政権は本質的には散文を嫌う。それだけに国家が国家以上の集団を望まない、という問いかけができるのは散文だけなんだ〉

また、次のようにも言う。

〈国家は、儀式とは手を結ぶから、儀式が拡大すると散文は失われてゆく。儀式というのはインスタント凝縮剤で、何か一つ儀式を形成すると、途端に集団は安定する〉

五月　五日、自ら考案した簡易着脱型のタイヤ・チェーン〝チェニジー〟が、ニューヨーク市で開かれた第十回国際発明家エキスポ'86で、銅賞を受賞。十一月から日本国内で発売。

十三日、戯曲「棒になった男」をパン・アジアン・レパートリー劇団がニューヨークのブロードウェイにあるプレイハウス46で上演。

十九日、《毎日新聞》夕刊のインタビュー「ヘテロ精神の復権」で、ヘテロ（異質）化の衰弱についてふれ、現代における文学の役割として、〈(言語の)ヘテロ化のメカニズムと衝動を活性化させることではないか〉と語る。

九月 十日、エッセイ、インタビューなどをまとめた**『死に急ぐ鯨たち』**を新潮社から刊行。

二十五日、二十六日、日本ユネスコ協会連盟・朝日新聞社共催の「ユネスコ再活性化の道を考える」'86東京国際円卓会議に出席。初日にフランスの作家セルバンシュレベールとともに基調報告をおこなう。

二十八日、日本母性保護医協会の東北ブロック大会で「医学と人間」について講演。動物行動学者ローレンツの学説、ピッカートンのハワイ・クレオールの研究、言語の構造、遺伝子と言語などについて語る。

十月 五日、**『安部公房　映画シナリオ撰』**（収録作「壁あつき部屋」「不良少年」「砂の女」「他人の顔」「燃えつきた地図」）を創林社から刊行。

この年、「砂の女」（ノルウェー）、「方舟さくら丸」（ソビエト）、「闖入者」（ブルガリア）が翻訳された。

一九八七（昭和六十二）年　六十三歳

二月 一日、〝昭和文学全集〟15**『石川淳　武田泰淳　三島由紀夫　安部公房』**（収録作「壁──S・カルマ氏の犯罪」「バベルの塔の狸」「赤い繭」「洪水」「魔法のチョーク」「事業」「箱男」「友達」「緑色のストッキング」、解説平岡篤頼）を小学館から刊行。

カセット・ブック**『R62号の発明』**（ドラマタイズ、佐藤慶他出演＝一九八〇年一月三日、NHKラジオで放送された作品のオリジナル・テープ。解説渡辺広士）を新潮社から刊行。音源提供NHK。

六日、丸の内・東京會舘でおこなわれた第三十二回青少年読書感想文全国コンクールの表彰式に出席。

九日、十日、NHK教育テレビの〝ETV8〟の「安部公房・文明のキーワード・世紀末の現在」、「安部公房・文明のキーワード・コトバはヒトを滅ぼすか」（聞き手養老孟司）に出演。

八月　二十五日、新潮文庫『**友達・棒になった男**』（戯曲集、収録作「友達」「棒になった男」「榎本武揚」、解説中野孝次）を刊行。
　この年、「方舟さくら丸」「友達」（フランス）、「カーブの向う」（ソビエト）、「夢の兵士」（アメリカ）が翻訳された。

一九八八（昭和六十三）年　　六十四歳

一月　二十二日、信濃町・千日谷会堂でおこなわれた「石川淳と別れる会」で「弔辞」を読む。その冒頭で次のように述べる。
〈いわゆる弔辞をのべるつもりはありません。弔辞というものは、ナメクジにかける塩のようなものです。危険なもの、不穏なものを消してしまうための呪文にすぎません。
　石川さんには危険で不穏な存在のままでいてほしい。石川さんが亡くなったという実感がまるで湧いてこない、この気分をそのままに維持しておきたいのです。文壇という村構造に異議申したてをつづけ、潜水作業中の孤独な作家に酸素を送る仕事を引き受けた石川さんになお休息は許されない。石川さんのポンプから送られてくる救命用酸素を待つ者はいまなお跡を絶たないのです〉
二月　八日、新潮社の新旧作家懇親会で島田雅彦と対談。
十二月　五日、新潮文庫『**カーブの向う・ユープケッチャ**』（収録作「ごろつき」「手段」「探偵と彼」「月に飛んだノミの話」「完全映画《トータル・スコープ》」「チチンデラ　ヤパナ」「カーブの向う」「子供部屋」「ユープケッチャ」、解説菅野昭正）を刊行。
　この年、「箱男」（イギリス）、「方舟さくら丸」（アメリカ、イギリス、中国）、「夢の兵士」（フランス）が翻訳された。

一九八九（昭和六十四・平成元）年　　六十五歳

四月　二十五日、新潮文庫『**緑色のストッキング・未必の故意**』（収録作「未必の故意」「愛の眼鏡は色ガラス」「緑色のストッキング」「ウエー（新どれい狩り）」、解説ドナルド・キーン）を刊行。

九月　七日、横浜市麻生区民センターホールで、映画「時の崖」を上映（リュウ企画、九日まで）。

十九日、エドモント・ホテル内マーブルで安部公房が起案者となったクレオールの研究会「プロジェクトα（仮称）」の第一回研究会を開く。出席者は角田忠信、田中優子。この会は、日本語はクレオール言語ではないかという仮説を証明しようと企画されたが、この第一回の研究会だけで終了している。

十二月　九日、日本スウェーデン合作映画「友達」が完成。〝東京国際ファンタスティック映画祭'89〟正式上映作品として銀座テアトル西友で上映（監督シェル・オーケ・アンデション）。

二十二日、《朝日新聞》夕刊のインタビュー「余白を語る」で、未完の長編小説「飛ぶ男」（仮題「スプーンを曲げた少年」）の構想などについて語る。

この年、「砂の女」（スペイン）、「詩人の生涯」（フランス）、「方舟さくら丸」（イタリア）、「ノアの方舟」（ドイツ）、「赤い繭」「魔法のチョーク」「棒」「イソップの裁判」「無関係な死」（オランダ）が翻訳された。

一九九〇（平成二）年　　六十六歳

この年から「大佛次郎賞」（朝日新聞社）の選考委員になる。

七月　箱根の山荘で倒れ、長女真能ねり（医師）に救命される。東海大学病院に二カ月入院。入院中の二十八日母ヨリミ死去（九十一歳）。

十月　二十五日、新潮文庫『**方舟さくら丸**』（解説J・W・カーペンター）を刊行。

〝フランクフルト日本年〟（フランクフルト・ブック・フェア）で催された「日本文学はヨーロッパにとって何を意味するか」のシンポジウムに大江健三郎、古井由吉らと参加。

十七日―十九日、《朝日新聞》夕刊で、大江健三郎と対談。三島由紀夫のこと、演劇、共同体、マルケス、クレオール、国家、分子生物学、SFなど幅広く論じあう。

この年、「他人の顔」「燃えつきた地図」（ルーマニア）が翻訳された。

一九九一（平成三）年　六十七歳

一月　連作長編小説「カンガルー・ノート」を同月号《新潮》に連載開始（七月号まで）。

二十五日、新潮文庫『**死に急ぐ鯨たち**』（エッセイ集、解説養老孟司）を刊行。

四月　銀座の宝石店で開かれていた漫画家牧野圭一の「ジュエリー展」で、鳥人をあしらった〝飛ぶ男〟のタイピンを買う。

九月　十一日、戯曲「榎本武揚」を銀座セゾン劇場がプロデュース・システムで上演。

十一月　同月号《エスクァイア日本版》の、田中聡志のインタビュー「歴史に学ぶべからず」で、榎本武揚、「カンガルー・ノート」などについて語る。

二十五日、長編小説『**カンガルー・ノート**』を新潮社から刊行。

十二月　同月号《波》の談話記事「われながら変な小説」のなかで、次作への意欲を次のように語る。

〈いま、つぎの小説『翔ぶ男』にとりかかったところ。それが終わったら、懸案の「アメリカ論」だな。

やはりアメリカって、おもしろいよ。コーラにしても、ジーンズにしても、妙な伝染力を持っている。モスクワでも、北京でも、青年たちがあっという間に感染させられてしまった。浅薄だけではすまされない、何かがあるよ。永遠の幼児性というか、独特な魔力がひそんでいる。伝統によらない、あるいは学習によらない、みなしご文化の磁力じゃないか。その辺のところを書いてみたいんだ。

たとえば言語の場合、今まで学習によって身につけるものだと、ほとんどの言語学者が考えてきた。ひどい誤解なんだよ。たしかに完成した固有言語は、教育と学習によるものだろう。でもなぜ固有言語が可能になるのかの説明にはなっていない。実は固有文法の下に、その土台としての普遍文法を見透すべきなんだ〉

――つづけて、「アメリカ論」の骨子となる反伝統的な「クレオール文化」について、次のように語る。

〈ハワイ大学の言語学者ピッカートンの研究は、さらに具体的な展開をみせている。ハワイの二世から後の世代が使っているクレオール言語を調査して、英語とは違う独自の文法を持った言語であることを発見したのだ。（略）一世には理解できず、二世になって突然形成された言葉、親のない言葉。こうした言語がなぜ発生したかというと、ハワイ移民の一世の労働は苛酷で、働いて帰ってくると、もうくたくたで、子供たちの面倒を見るゆとりもない。しぜん子供たちは家の外で、自分たちだけで小さなコロニーを作るしかない。幸いハワイは気候がいいから、可能だったのだろう。そして自動的にプログラムの触発がおこなわれる。

こんなふうに《親なし文化》がありうるということ。これがぼくの「アメリカ論」の骨子なんだ。チョムスキー風に言えば、学習無用の普遍文化。コカ・コーラやジーンズなどで代表される、反伝統の生命力と魅力をもう一度見直してみたい〉

この年、「デンドロカカリヤ」「手」「棒になった男」（アメリカ）、「鞄」（メキシコ）が翻訳された。

一九九二（平成四）年　六十八歳

一月　同月号《新潮》で養老孟司と対談「迷路を縫って」。『カンガルー・ノート』について、臨死体験、超能力とマジック、入眠期の幻覚、二つの進化論、執筆中の小説「飛ぶ男」に「スプーン曲げの少年」の草稿が収斂されたことなどについて語りあう。

二月　同月号《新刊ニュース》で河合隼雄と対談「境界を越えた世界——小説『カンガルー・ノート』をめぐって」。小説の読み方、良識を越えた世界、非インテリのリアリティ、言語を超える普遍性などについて語りあう（実施日九一年十二月三日）。

五月　同月号《THE 21》の談話記事「気になる著者との60分」で、小説の構想、作品の生まれてくる〝時〟などについて、次のように語る。

〈僕は、小説の構想を練っているときが、一番楽しい。ある対象物が見えてくる。じーっと見ていると、次第にそれが動き出すんだ。その動きを確認してから、どういうふうに動いたかを書いていくのが、僕のやり方なんだよ。対象が動いてくれるまでは、辛いけれど、とにかくじっと待たなければならない。動きが悪いときは、これはどこかがおかしいということで、もう一度書き直してみる。まだ動かない、あ、やっと動き出した。そこでようやく書きはじめる。僕の小説を読むと、人物や情景が視覚的に浮かんでくるというのも、

対象の動きを追いかけることで、作品が生まれてくるからだろう〉
〈小説を書くという行為には、ある種、自分のまわりに城塞を張り巡らすというような意味がある。作者という臆病者が何か恐いものから逃げ回っているようなものだね。だから、やっぱり書かずにはいられない。日常感覚のなかに潜む恐怖感や不安感、好奇心やユーモアや淋しさといったような、固定化、一般化できない瞬間を目の奥に焼き付けて、それを描写するのが小説というものだと思う。

大事なのは、その作家でなければ描けない世界やオリジナルな発想があること、ある瞬間をピタッと把握すること、リアリズムを超えた次元の探索といったことではないだろうか。その意味で、カフカみたいな作家がもう何人か出てきてほしいな〉

この月、国際物語学会（代表世話人田中優子）の会員となる。

九月　十四日、アメリカ芸術科学アカデミー名誉会員証授与式に出席、東京のアメリカ大使館でアマコスト大使から授与される。

十月　八日、一九九二年度モンデッロ賞（イタリア）授賞の通知を受ける。

十九日、築地・朝日新聞社でおこなわれた大佛次郎賞贈呈式に選考委員の一人として出席。

十二月　二十五日、深夜、神奈川県箱根町の山荘で執筆中、脳内出血による意識障害を起し、伊勢原市の東海大学病院救命救急センターに運ばれる。

この年、「箱男」（ドイツ、イタリア）、「魔法のチョーク」「鉛の卵」（イタリア）、「詩人の生涯」（アメリカ）が翻訳された。

一九九三（平成五）年　六十九歳

一月　小説「さまざまな父」を同月号と二月号《新潮》に発表。

十六日、経過が良好であったので、東海大学病院を退院。

二十日、高熱と意識障害のため多摩市の日本医科大学付属多摩永山病院に救急車にて再入院。

二十二日、解熱し一時は回復したにもかかわらず就寝中の午前七時一分、急性心不全のため、同病院で死去。

二十三日、《朝日新聞》が社説でその死を悼む、「国籍を超えた『安部文学』」。

二十四日、午後六時より自宅で通夜。

二十五日、午前十時三十分から自宅で告別式。

二十七日、『砂の女』をはじめ、安部公房の主要作品すべてをロシア語に翻訳したモスクワ大学の日本文学研究家グリーブニン教授は、訃報に接して安部文学について記者のインタビューに次のように語っている。

〈安部氏は日本では異質の作家、余りにも西欧的な作家と見られているようだが、これは正しくないと思う。安部は芥川龍之介の道を歩み、日本文学を世界文学の大河に導いた。二人とも民族的な特質に重点を置かず、人類全体の関心である人間の孤独、不確かさといった問題をえぐっている〉(「精神的支えだった安部公房氏」《日経産業新聞》同日夕刊)

死後一カ月してワープロのフロッピー・ディスクのなかから、執筆中の長編小説「飛ぶ男」一六二枚、一九八五年五月十二日から十二月六日までの「もぐら日記」二四〇枚などが発見された。

四月　同月号《新潮》で〝安部公房追悼特集〟。同号に未完の遺作「飛ぶ男」を掲載。大江健三郎は、「返礼」(「新年の挨拶」⑯、《図書》四月号)のなかで、安部公房について〈安部さんは世界的にいってもこの時代のいちばん尖鋭な「意識」だった〉と記す。

六月　同月号《すばる》で〝特集安部公房を読む〟。

七月　同月発行の郷土誌《あさひかわ》で〝追悼特集安部公房〟。

二十七日、東京都文化振興会、東武グループ共催の文芸講座〝昭和の文学〈戦後〉作家と作品〟で、佐伯彰一が「安部公房」を講じる。

九月　二十二日、真知夫人が自宅で急死。急性心筋梗塞と思われる。

十月　二十日、〝新潮カセット〟安部公房講演『**小説を生む発想――『箱男』について**』を刊行。

十一月　同月刊の《へるめす》第四六号で〝特集安部公房・フロッピー・ディスクの通信〟。同誌に「もぐら日記」を掲載。

二十五日、〝新潮電子ライブラリー〟『**飛ぶ男**』を刊行。

十二月　十四日、同日から落語家立川志の輔が青山スパイラルガーデンで「志の輔・落語イリュージョン」を催し、「赤い繭」「人間そっくり」を落語化(十九日まで)。

この年、「幽霊はここにいる」「未必の故意」「緑色のストッキング」（アメリカ）、「赤い繭」「洪水」「魔法のチョーク」「事業」「闖入者」（中国）、「おまえにも罪がある」（ロシア）が翻訳された。

一九九四（平成六）年

一月　十日、講談社文芸文庫『**砂漠の思想**』（エッセイ集、解説沼野充義）を刊行。

二十日、〝新潮電子ライブラリー〟『**砂の女**』を刊行。

二十二日、小説集『**飛ぶ男**』（収録作「飛ぶ男」「さまざまな父」）を新潮社から刊行。

同日、「安部公房を偲ぶ会」を長女真能ねりが調布市仙川の自宅で開く。また同日から二十八日まで、旭川市東鷹栖支所・公民館で「安部公房を偲ぶ展」を開催。

二月　二十日、〝新潮電子ライブラリー〟『**闖入者**』を刊行。

四月　十三日、十四日、NHK教育テレビ〝ETV特集〟で「安部公房が捜しあてた時代①一九九三『飛ぶ男』より」、「同②一九四八『終りし道の標べに』より」を放映。

十五日、〝新潮日本文学アルバム〟51『**安部公房**』を刊行。

八月　同月号《ユリイカ》で〝安部公房——日常のなかの超現実〟を特集。

この年、「燃えつきた地図」（ドイツ）、「他人の顔」（スペイン）、「無関係な死」「使者」「闖入者」「変形の記録」「誘惑者」「デンドロカカリヤ」「賭」「カーブの向う」（フランス）が翻訳された。

一九九五（平成七）年

一月　十日、講談社文芸文庫『**〈真善美社版〉終りし道の標べに**』（解説リービ英雄）を刊行。

二十二日、旭川市の国劇ビル地下一階会議室で、郷土誌《あさひかわ》が三十五周年記念企画として、「安部公房と旭川」展を開催（二十八日まで）。

二月　一日、新潮文庫『**カンガルー・ノート**』（解説ドナルド・キーン）を刊行。

六月　三島由紀夫の蔵書資料のなかに『**他人の顔**』が

あり、扉には「芸術的小説」「悲劇性、個性の探究」「社会革命の代りに顔を比べる話」など三島の感想が記されているという《朝日新聞》六月十二日夕刊)。

十月　二十八日、〝松竹百年映画祭〟で映画「壁あつき部屋」を上映（銀座・セントラル3)。

十二月　十五日、『**砂の女**』を新潮社CD－ROM版『新潮文庫の100冊』(アンソロジー）に収録、刊行。

この年、「砂の女」(ブラジル)、「カンガルー・ノート」(フランス）が翻訳された。

一九九六（平成八）年

一月　二十三日、旭川市中央図書館二階で、安部公房回想展実行委員会が「'96安部公房回想展」を催す（二月四日まで)。

三月　二日、日本映画監督協会創立六十周年記念フェスティバル「監督たちが選んだ日本映画100本」で、映画「砂の女」を上映（池袋・文芸座2)。

二十四日、この日から四月二十一日まで、アメリカのコロンビア大学ドナルド・キーン日本文化センター（ハルオ・シラネ所長、企画責任者バーバラ・ルーシュ同大学教授）が、同センター十周年記念行事として、多彩な〝安部公房記念回顧展〟と〝安部公房記念シンポジウム〈安部公房二十世紀の感性を創造し破壊する者〉〟を開催。

同日、映画「砂の女」「他人の顔」「おとし穴」を上映（ブロードウェイ、キャサリン・バック・ミラー・シアター)。

二十七日、映画「砂の女」上映および勅使河原宏監督とのディスカッション（リンカーン・センター、フィルム・ソサエティ)。

四月　十六日、戯曲「友達」をパン・アジアン・レパートリー劇団が上演。

十八日、ドナルド・キーン日本文化センター十周年記念晩餐会と安部公房記念シンポジウム前夜祭を、コロンビア大学ロウ記念図書館円形ホールで開催。

十九日、この日から二十一日まで、シンポジウム「安部公房　二十世紀の感性を創造し破壊する者」を、コロンビア大学ケロッグ会議場で開催。シンポジウムに参加したのは、日本、アメリカ、チェコ、ポーランド、メキシコ、ドイツ、フランス、デンマーク、台湾などの安部公房研究家など約四十名。各シンポジウムのメイン・テーマおよび講演者、講演題目は、次の通り。
ドナルド・キーン「開会の辞」
〝安部公房の生涯と作品〟
真能ねり(日本)「父の生涯と作品」
ヴラスタ・ヴィンケルヘーフェロヴァー(チェコ)
「チェコの安部公房」
オロフ・リディン(デンマーク)
「安部公房の思い出」
(議長＝ポール・アンドラー、討論＝佐伯彰一)
〝病める世界との対峙　安部公房と作家の使命〟
ミコワイ・メラノヴィッチ(ポーランド)
「安部公房　病める文明の大いなる寓喩」
トマス・シュネルベッヒャー(ドイツ)
「物質主義者とその亡霊　安部公房の物語と理想郷」
河野多恵子(日本)
「安部と三島の対話」
(議長＝マリリン・T・モリ、討論＝ドナルド・キーン)
〝安部公房の晩年　未来への孤高の模索〟
小山鉄郎(日本)
「安部のアメリカ像　親なき子らの国家」
クリストファー・ボルトン(アメリカ)
「安部に見る科学的言語による詩作　新たな美的話法」
マリリン・T・モリ(アメリカ)
「流謫の情景　安部公房の『カンガルー・ノート』」
(議長＝ジュリエット・W・カーペンター、討論＝ジョン・W・トリート)
二十日、〝安部公房　戯曲家、演技者、革新的パフォーマンス〟
ヘンリック・リプシッツ(ポーランド)
「ポーランドにおける安部の『友達』と安部スタジオの思い出」
ナンシー・シールド(旧姓ハーディン。アメリカ)
「安部スタジオ見聞　十年間の回顧」
安保大有(日本)
「安部公房とピランデッロ」
辻井喬(日本)
「安部公房と安部スタジオの思い出」
ドナルド・キーン(アメリカ)

「安部戯曲の翻訳」
（議長＝マリー・J・コーウェル、討論＝ヴラスタ・ヴィンケルヘーフェロヴァー）
〝安部スタジオ・メソッドの実演〟
（出演）井川比佐志、マリー・J・コーウェル、伊藤裕平、大西加代子、佐藤正文、佐藤映湖
（議長＝ピーター・グリリ）
〝安部のレンズ　映画、写真作品〟
ジュリー・ブロック（フランス）
「仮面製作者としての安部公房　小説、映画『他人の顔』」
ケイコ・マクドナルド（アメリカ）
「勅使河原宏による『他人の顔』」
ウィリアム・B・パーカー（アメリカ）
「暗室に封じ込められた世界　『箱男』における写真の存在論的側面」
（議長＝ジョン・ネーサン、討論＝リチャード・ペナ、ポール・アンドラー、テド・マック）
二十一日、〝安部公房の政治哲学〟
辻井喬（日本）
「安部の戦前ファシズム／戦後アメリカニズム批判」
佐伯彰一（日本）
「安部公房の政治学　その基本的政治理念を求めて」
アンドリュー・ホルバト（カナダ）
「欧州正統派の普遍的異端としてのユダヤ人日本の非正統派作家が追い求めた絆」（代読）
（議長＝ジョン・W・トリート、討論＝スーザン・ソンタグ、フィリップ・ロス、オロフ・リディン）
〝世界における安部作品の購読と教育〟
（講演者）ヴラスタ・ヴィンケルヘーフェロヴァー、ギリェルモ・クワルトッチ（メキシコ）、チュン・チャオ・チェン（台湾）、ミコワイ・メラノヴィッチ、ジョン・W・トリート
（議長＝ドナルド・キーン、討論＝マリリン・T・モリ）

なお、記念祭開催中に、「安部真知による〝写真家としての安部公房〟」、「安部作品の原稿と初版本」、「安部公房の生涯と文学」と題する遺品などの展示、安部真知による舞台装置、衣裳などの舞台美術、オブジェの展示のほか、安部公房作曲の音楽、武満徹、黛敏郎などが作

曲した安部公房作品の演奏会（四月二十日）、日本スウェーデン合作映画「友達」、安部公房製作の短編映画「仔象は死んだ」の上映（四月二十一日）などが催された。

八月　七日、演出家大橋也寸が安部公房の五編の長編小説「砂の女」「燃えつきた地図」「他人の顔」「箱男」「方舟さくら丸」を劇化した「サクラのサクラ体験（安部公房をめぐる戦後50年を劇化する）」を両国・シアターΧ《カイ》で上演（十日まで）。

九月　七日、かもねぎショット公演「夢十夜〜箱」で「箱男」をモチーフにした「箱男への試み」（出演中嶋鱒夫）を、東京芸術劇場小ホール2で上演（八日まで）。

十月　同月号《ダ・ヴィンチ》第三〇号の「解体全書——大作家を15分でマスターする」で安部公房を掲載。

二十六日、銀座の画廊ウィルデンスタン東京で、《芸術新潮》に連載された「都市を盗る」など五十五点の作品を展示する〝安部公房写真展〟を開催（十一月二十九日まで）。同展を構成した福のり子は、公房の写真について、次のように語っている。

〈日頃私たちの目には映りにくいもの、日常のなかに存在しながら、見えないもの……あるいは確かにそこにあるのに、私たちが心理的に見ようとしないものを（略）あるがままに写真でとらえて提示することで、私たちひとりひとりにそれをまず「見る」きっかけを与え、そこからなにか新しい意味を、私たち自身が見付け出すことを促している〉（「安部公房——見ることへの挑戦」同展カタログ）

この年、「第四間氷期」（ポーランド）、「デンドロカカリヤ」「R62号の発明」「盲腸」（イタリア）が翻訳された。

一九九七（平成九）年

三月　〝安部公房新発見小説〟として、「老村長の死（オカチ村物語㈠）」「白い蛾」「悪魔ドゥベモウ」の三編が同月号《新潮》に掲載される（解説真能ねり）。

同月号《文藝春秋》のグラビア頁〝作家の書斎〟⑰で〈安部公房〉。

同月刊、郷土誌《あさひかわ》第三七五号で、〝特集・旭川ゆかりの作家安部公房〟。

七月　十日、〝新潮社創業百周年記念出版〟として、ドナルド・キーン監修『**安部公房全集**』全二十九巻・別巻一（書誌）の刊行が開始される。全集は「ジャンル別にせずに安部公房の創造の軌跡が明らかになるよう編年体」で編成され、すべての著作、未発表作品が収録される。第一巻『一九四二・十二―一九四八・五』にはノートに書かれた未発表の詩編、小説、ガリ版刷りの私家版詩集『無名詩集』などを収録。

八月　同月号《国文学》で、〝特集＝安部公房ボーダーレスの思想〟。

九月　七日、二十日、二十一日、二十八日、〈安部公房スタジオ・プロジェクト'97〉が〝安部公房・演劇の仕事（シンポジウム＋レクチャー＋上映）〟を、草月会館で開催。各日のシンポジウム、上映は次の通り。

七日、〝安部公房と映画〟

シンポジウム「『おとし穴』の頃」（司会：草壁久四郎、出席者：勅使河原宏、井川比佐志、大野宣）

映画上映「おとし穴」

二十日、〝安部公房と演劇〟

講演「劇作家安部公房」（ドナルド・キーン）

シンポジウム「安部公房と演劇」（司会：石沢秀二、出席者：尾崎宏次、清水邦夫、森秀男）

二十一日、〝安部公房スタジオの目ざしたもの〟

シンポジウム「安部公房スタジオの演技術」（司会：石沢秀二、出席者：井川比佐志、田中邦衛他）

上映「ウエー」（公演未公開フィルム）

二十八日、〝安部公房とその可能性〟

講演「甦る安部公房」（辻井喬）

シンポジウム「安部公房と未来への可能性」（司会：巽孝之、出席者：鴻英良、難波弘之、コリーヌ・ブレ）

上映「仔象は死んだ」（公演未公開フィルム）

なお、同期間中、森下スタジオで〈安部公房スタジオ〉で実践されていた演技システム「安部システム」のワークショップが、旧劇団員によって紹介された（十七日〜十九日、二十三日〜二十七日）。

十月　同月号《公評》に、中田耕治が安部公房の私信八通を公開「安部公房の手紙」。いずれも一九四八年十月―十二月までのもので、『名もなき夜のために』執筆状況などが認められている。

一九九八（平成十）**年**

一月　六日、東京・調布市文化会館で、同市文化・コミュニティ振興財団、朝日新聞社主催による「安部公房展」を開催（二月十五日まで）。

三月　八日、ロシア国立オムスクドラマ劇場が来日。浜松フォルテ・ホールで小説『砂の女』を二人芝居に脚色した劇「砂の女」を上演（出演はロシアの男優ミハイル・オクニョフ、日本の女優荒木かずほ）。浜松につづいて東京芸術劇場小ホールでも上演。この作品は一九九七年三月、ロシアで開催された演劇祭「黄金のマスク」で上演（監督ウラジーミル・ペトロフ）、荒木とオクニョフはそれぞれ主演女優賞、同男優賞を受け、ペトロフは最優秀演出家賞を受賞している（十二日〜十七日）。

五月　十九日、新国立劇場が中劇場で「幽霊はここにいる」を上演（三十一日まで）。

十月　十七日、「草月とその時代1945〜1970」展を芦屋市美術博物館で開催。「世紀」に関する資料を展示（十一月二十九日まで。この展示会は十二月五日〜翌一月十日まで、千葉市美術館でも開催）。

一九九九（平成十一）**年**

二月　十四日、NHK教育テレビ〈芸術劇場〉で、新国立劇場が上演した「幽霊はここにいる」（一九九八年五月）の舞台を放映。

六月　同月号《太陽》の特集〝作家のスタイル――優雅なわがまま・贅沢な時間〟「カメラに首ったけ　安部公房」で、生前撮影したスナップ写真を紹介。

二〇〇〇（平成十二）**年**

五月　十五日、「秘蔵資料にみる戦後美術の証言」展を草月美術館で開催。「世紀」刊行の小冊子など、世紀の会に関する資料を展示（六月二十四日まで）。

十二月　十日、**『安部公房全集**（一九九〇・一―一九

九三・一)』の最終巻(第二十九巻)を刊行。

二〇〇一(平成十三)**年**

三月 十七日、人形劇団ひとみ座が俳優座劇場で人形劇「少女と魚」を上演(二十二日まで)。

二〇〇二(平成十四)**年**

三月 十日、講談社文芸文庫〝戦後短篇小説再発見〟10『**表現の冒険**』(収録作「棒」、解説清水良典)を刊行。

II 演劇・映画・放送作品目録

一、「劇団安部公房スタジオ」は、一般の観客を対象におこなった「本公演」と、日頃の研究成果を会員のみに公開した「安部公房スタジオ内公演」との二種類の公演をおこなっていたが、「スタジオ内公演」の詳しいスタッフおよびキャストは割愛した。

二、いわゆる小劇場系劇団およびその他の劇団による小規模公演は、《上演目録》の最後に、参考までに一括記載した。

三、大学の演劇科による卒業公演などは除外した。

四、戯曲、シナリオ、放送台本は初出のみ記した。

五、上演目録にある種々の差別的語句については、初出のママとした。

演劇上演目録

制服（三幕七場）劇団青俳
一九五五（昭和三十）年三月十日〜二十一日　新橋・飛行館ホール
演出＝倉橋健、装置＝北川勇、照明＝穴沢喜美男、効果＝吉田貢、音楽＝石丸寛、舞台監督＝浅野良一
配役＝制服の男（チンサア）・高原駿雄、女房・和田愛子、青年（朝鮮人）・織本順吉、ひげ・西村晃、ちんば・梅津栄、学生・岡田英次、刑事・木村功、郵便配達夫・醍醐弘之（客演）
〔備考〕戯曲の初出は《群像》一九五四年十二月号（五景）。この上演時に〈三幕七場〉に改稿。

どれい狩り（五幕十八場）劇団俳優座
一九五五（昭和三十）年六月十七日〜七月十日　六本木・俳優座劇場
演出＝千田是也、装置＝北川勇、照明＝篠木佐夫、効果＝中村準一、衣裳＝千田是也、舞台監督＝河路昌夫
配役＝閣下・浜田寅彦、その娘・杉山徳子、飼育係・永井智雄、秘書・仲代達矢、探検家・小沢栄、女中・中村たつ、運転手・仲谷一郎、ウエーの男・稲葉義男、ウエーの女・菅井きん、大臣・松本克平、大臣夫人・中村美代子、警官A・溝井哲夫、警官B・木村悌、人夫A・山崎直樹、人夫B・矢野宣、放送局員A・中野伸逸、放送局員B・平田守、狂人・武内亨、その付添・岸輝子、先生の声・野村昭子
続演―七月二十一日〜二十七日　大阪産経会館　引き続き八月一日まで、京都、名古屋、静岡を巡演
〔備考〕戯曲の初出は《新日本文学》一九五五年七月号（五幕十八場）。《新劇》一九六七年十二月号に改訂版〈七景〉を発表。戯曲「どれい狩り」は、《文藝》一九

五四年十二月号、一九五五年三月号に分載された未完の小説「奴隷狩」を戯曲に発展させたもの。のち戯曲「ウエー 新どれい狩り」へも発展する。

快速船（三幕十八場）青俳
一九五五（昭和三十）年八月二十四日～三十一日 大阪・産経会館
演出＝倉橋健、装置＝安部公房、貫井宗春、照明＝穴沢喜美男、効果＝吉田貢、音楽＝林光、舞台監督＝根津真
配役＝ガイコツ・木村功、波子・文谷千代子、ニセ物屋・清村耕次、詩人・西村晃、女房・岡林敏子、肉屋・織本順吉、おかみ・原泉（客演）、チイ子・上里田みどり、小僧・梅津栄、志野・高原駿雄、十七号の女・和田愛子、女記者・川尻則子、女議員・坂田薫、民生委員・林聖子、海運局員・織田政雄、その女房・淡京子、医者・加藤嘉、なぐられる男・加勢和昭、マダム・淡京子、青年・川合伸旺、その恋人・林聖子、ペンキヤ・園井啓介、ガード・川合伸旺、船の男・岡田英次、受付の女十六号・淡京子、客・織田政雄、受付の女十七号・坂田薫、客・加藤嘉

続演―九月三日～十七日 新橋飛行館ホール
〔備考〕戯曲の初出は〈三幕十七場〉だが、新潮社『安部公房戯曲全集』（一九七〇年一月刊）で〈三幕十三景〉に改稿された。

幽霊はここにいる（三幕十八場）俳優座
一九五八（昭和三十三）年六月二十三日～七月二十二日 六本木・俳優座劇場
演出＝千田是也、美術＝安部真知、照明＝穴沢喜美男、音楽＝黛敏郎、効果＝中村準一、振付＝栗山昌良、舞台監督＝河盛成夫
配役＝深川啓介・田中邦衛、大庭三吉・三島雅夫、大庭ミサ子・秋好光果、大庭トシエ・岸輝子、箱山義一・袋正、久保田・矢野宣、鳥居兄・山本清、鳥居弟・関口銀三、竹村（竹）・浜田寅彦、吉田・三戸部スエ、本物の深川・山崎直衛、ファッション・モデル（女）・川口敦子、中村たつ、ファッション・モデル（男）・佐伯宰、近藤洋介、市民A・菅井きん、市民B・野村昭子、市民C・尾瀬俊子、市民D・横森久、市民E・中野伸逸、市民F・福田豊土、市民G・井川比佐志

〔備考〕戯曲の初出は《新劇》一九五八年八月号。一九七一年一月に改訂版『幽霊はここにいる』を新潮社より刊行。俳優座の初演時に、岸田演劇賞、テアトロン賞など受賞。

最後の武器 シュプレヒコール　新劇協議会有志

一九五八（昭和三十三）年八月二十日　日比谷野外音楽堂

演出＝千田是也、音楽＝林光、美術＝朝倉摂、振付＝後藤栄夫、栗山昌良

出演＝岸輝子他、俳優座養成所生徒など

〔備考〕合唱劇「最後の武器」は、ヴァイゼンボルンの「ゲッチンゲン・カンタータ」を安部公房が翻案したもので、第四回原水爆禁止世界大会最終日のアトラクションとして上演。二百名近くが出演した。

幽霊はここにいる（再演）俳優座

一九五九（昭和三十四）年五月三日～三十日、沼津、静岡、神戸、大阪、京都、名古屋の地方公演の後、六月一日～九日　六本木俳優座劇場

〔備考〕演出、スタッフ、キャストとも初演時と同じ。

最後の武器（再演）東京労演、劇団協議会共催

一九五九（昭和三十四）年八月十二日　日比谷野外音楽堂

演出＝千田是也、音楽＝林光、美術＝朝倉摂、振付＝後藤栄夫、栗山昌良

出演＝岸輝子、永田靖他

〔備考〕〝演劇人平和の集い〟として開催。

可愛い女（ミュージカル）（二幕十六景）大阪労音（大阪労音十周年記念公演）

一九五九（昭和三十四）年八月二十三日～三十日　大阪・朝日フェスティバルホール

作曲＝黛敏郎、演出＝千田是也、指揮＝岩城宏之、演奏＝シャンブル・サンフォネッタとウエストライナーズ、賛助出演＝坂口新、河辺公一、伊部晴美、小宅勇輔、小出信也、福井功、美術＝安部真知、照明＝穴沢喜美男、振付＝飛鳥亮、舞台監督＝長沼広光

配役＝可愛い女・ペギー葉山、金貸し・立川澄人、刑事・横森久、頭目・栗本正、技術指導員・田島辰夫、女秘書A・山岡久乃、女秘書B・月まち子、婦人部長・栗本尊子、その部下A・加納純子、その部下B・

平石真理生、その部下C・尾瀬俊子、シノビ班長・三沢郷、タタキ班長・嵯峨善兵、モサ班長・永井一郎、泥棒通信員・中村義春、見張り・小林トシ子、その部下A・奥村淑子、その部下B・中谷和子、その他二期会合唱団、三期会、俳優座養成所九期生他

〔備考〕このミュージカルは大阪労音がプロデュース・システムで上演。台本の「可愛い女」の初出は一九五九年六月発行の季刊《現代芸術》第三号。NHK大阪でラジオ放送（一九五九年九月二十七日中継録音）。《放送作品目録》参照。

巨人伝説（二幕十六場）俳優座

一九六〇（昭和三十五）年三月三日〜十五日　大阪・朝日会館　ほかに神戸（十六日〜十九日）、京都（二十一日）、名古屋（二十三日）、郡山（二十六日）、仙台（二十八日）、福島（二十九日）で巡演

演出＝千田是也、装置＝安部真知、照明＝篠木佐夫、映画製作＝勅使河原宏、効果＝中村準一、音楽＝林光、舞台監督＝河盛成夫

配役＝大貫忠太・松本克平、簡易食堂の女主人・岸輝子、その息子敬一・中谷一郎、戸田音吉・武内亨、木村忠広・永井智雄、脱走兵士・福田豊土、青年A・滝田裕介、青年B・神山寛、青年C・田中邦衛、娘A・市原悦子、娘B・秋好光果、老人・矢野宣、若い女房・楠田薫、住職・関口銀三、セールスマン・中野伸逸

続演―四月四日〜三十日　六本木・俳優座劇場

〔備考〕戯曲の初出は《文學界》一九六〇年三月号。戯曲「巨人伝説」は《テレビドラマ》一九五九年十二月号掲載のテレビドラマ「日本の日蝕」を戯曲へも発展させたもの。上演予告時のタイトルは「また汽笛が……」。NHK（ラジオ）第二放送で舞台中継（一九六〇年四月二十六日）。《放送作品目録》の「巨人伝説」「日本の日蝕」の〔備考〕欄参照。

僕は神様（ミュージカル・プロジェクション）

一九六〇（昭和三十五）年三月三十一日　草月会館ホール

音楽＝林光、絵＝真鍋博、歌＝広村芳子

出演＝北条美智留、河井坊茶、信欣三、芦田伸介、松本克平、七尾玲子他

〔備考〕「僕は神様」は、中部日本放送が一九五九年九月一日に放送したラジオ・ミュージカルス「ぼくは神

様」のテープをそのまま再生。テープに合わせて、真鍋博のスライドを映写したもの。草月アート・センター主催の「草月コンテンポラリー・シリーズ 作曲家集団3月の会〈林光〉」で上演。《放送作品目録》参照。

石の語る日　訪中日本新劇団
一九六〇（昭和三十五）年十月二十六日　上海戯曲学院
演出＝千田是也
参加者＝永田靖、浜田寅彦、神山寛、山崎直衛、矢野宣、岸輝子、大塚道子、野村昭子、岩村久雄、増見利清、倉林誠一郎、田村悳
〔備考〕戯曲の初出は《世界》一九六〇年十二月号。村山知義を団長、千田是也を副団長として、俳優座、文学座、民芸など全員七十一名で九月に訪中。上海戯曲学院で上演。

石の語る日　関西新劇人の会（本邦初演）
一九六〇（昭和三十五）年十一月九日　大阪・中央公会堂
演出＝道井直次、音楽＝林光
出演＝木下サヨ子、野田嘉一郎、北見唯一、遠山二郎、原田貞夫、中西弘光

制服（一幕五場）青俳
一九六〇（昭和三十五）年十一月三十日〜十二月五日　六本木・俳優座劇場
演出＝倉橋健、塩田殖、音響＝石丸寛、照明＝篠原久、効果＝田村悳、衣裳＝今井淑子、舞台監督＝川島陽
配役＝制服の男・木村功、女房・倉原理子、ひげ・川合伸旺、ちんば・水谷勇、青年・蜷川幸雄、学生・清村耕次、刑事・青木義朗
〔備考〕改訂版「制服」（三幕七場）を使わずに、《群像》一九五四年十二月号の初出版「制服」一幕五場の戯曲を上演。

赤い繭（パントマイム・舞踏とオーケストラ・シュプレヒコール・コーラス・モノローグ・電子音響との新しい試みによる舞台のための〈赤い繭〉）
一九六〇（昭和三十五）年十二月八日　草月会館ホール
音楽＝諸井誠、演出＝塩瀬宏、装置・美術＝真鍋博、照明＝今井直次、指揮＝若杉弘、演奏＝東京混声合唱団・室内オーケストラ

舞踏＝ヨネヤマ・ママコ、朗読＝水島弘、芥川比呂志
〔備考〕草月アート・センター主催の「草月コンテンポラリー・シリーズ　作曲家集団12月の会〈諸井誠〉」で上演。

お化けの島（十景）

一九六〇（昭和三十五）年十二月二十五日　サンケイホール
演出＝長与孝子他、音楽＝河辺公一、アンサンブル・フリージヤ他
出演＝南美江、ヨネヤマ・ママコ、千葉信男、熊倉一雄他
〔備考〕〝クリスマスこども大会〟として上演された十景の子ども向けミュージカル・コメディ。NHKラジオ、テレビで中継放送。《放送作品目録》参照。

石の語る日（十八場）俳優座

一九六一（昭和三十六）年一月二十二日から、一月、二月、三月、四月の毎週日曜日の夜、〝日曜劇場〟として六本木・俳優座劇場で上演。三月二十七日〜三十日都市センターホール　ほかに名古屋、前橋で巡演
演出＝千田是也、美術＝真鍋博、照明＝篠木佐夫、音楽＝林光、振付＝栗山昌良、効果＝田村悳、舞台監督＝増見利清、下野武彦
配役＝大内雄太郎（クリーニング店店主）・小沢栄太郎、その妻・岸輝子、店員A・小笠原良智、店員B・明田川世栄一、店員C・望月通治、店員D・小川治彦、市長・山崎直衛、市長秘書・河内桃子、総務部長・中野伸逸、税務署長・松本克平、税務署員・近藤洋介、警察署長・平幹二朗、民商会長・千田是也、事務局員江田・袋正、女事務員・大塚道子、書記・田部誠二、民商会員（植木屋）・浜田寅彦、民商会員（菓子屋）・野村昭子、民商会員（パーマ屋）・杉山徳子、三河屋（酒屋）・永田靖、民主主義擁護連合オルグ佐藤・永井智雄、新聞記者・若林政、御用聞き・太田正孝、市民・平幹二朗、尾瀬俊子、佐羽由子、和田一壮、サラリーマン・若林政、志賀洋子、近藤洋介、桜井とし子、和田一壮、組織労働者・中村孝雄、橋本晴子、太田正孝、佐羽由子、堀川雄一、未組織労働者・中野伸逸、三倉紀子、工藤堅太郎、野村昭子、明田川世栄一、農民・浜田寅彦、三池オルグ・堀川雄一、演説会司会者・桜井とし子、製糸工場労働者・三倉紀子、橋本晴

子
〔備考〕戯曲の初出は《世界》一九六〇年十二月号。この俳優座上演の戯曲は、決定稿として《テアトロ》一九六一年三月号に発表されたもの。

制服　関西芸術座
一九六一（昭和三十六）年六月十四日～二十一日　大阪・朝日生命ホール
演出＝道井直次

お化けが街にやって来た（ミュージカル・コメディ）
大阪労音四月A例会
一九六二（昭和三十七）年四月四日～六日、九日～十日
大阪・サンケイホール
演出＝安部公房、観世栄夫、作曲・指揮＝外山雄三、装置＝高田一郎、照明＝今井直次、映像製作＝安部真知、和田勉、和田恵美
配役＝メイコ・中村メイコ、教授・木内清治、新聞記者・袋正、その恋人・富士栄喜代子、実業家・関口銀三、実業家夫人・松内和子、発明家・横森久、発明家夫人・中村たつ、秘書・岡村春彦、新聞売・中村美代子
〔備考〕中村メイコ急病のため一月例会が四月例会に延期になった。なお、児島美奈子編『内田栄一　全表現活動ビブリオグラフィ１９３０～１９９５』（薔薇の詩刊行会、一九九五年四月刊）に〈作……安部公房（ということになっているが、実際は内田栄一自身によるゴースト・ライティング）〉という記述があるが、残された台本には安部公房による数多くの書き込みが見られる。

城塞（二幕）俳優座
一九六二（昭和三十七）年九月二日～十一月十八日　六本木・俳優座劇場、十一月二十四日～十二月十三日　都市センターホール　ほか九州、四国、中国地方巡演
演出＝千田是也、装置＝伊藤熹朔、照明＝篠木佐夫、効果＝中村準一、衣裳＝若生昌、舞台監督＝下野武彦
配役＝男・武内亨、男の妻・大塚道子、男の父・永井智雄、従僕・浜田寅彦、踊り子・木村俊恵
〔備考〕戯曲の初出は《文藝》一九六二年十一月号（二幕十景）。

人間そっくり　劇団人間座

一九六二（昭和三十七）年十月二十四〜二十七日　新宿・厚生年金会館ホール

演出＝岡田豊、美術＝池田龍雄、音楽＝今井重幸、照明＝篠原久、効果＝深川定治、矢淵太郎、衣裳＝長谷川嘉子、舞台監督＝秋山英昭

配役＝小説家・山谷三吉（初男）、その妻・鶴川啓子、寺信、男・松井辰雄、火星人・さくらんぼグループ男・久木念、女・五月晴子、アナウンサーの声・林泉

〔備考〕一九五九年三月発行の季刊《現代芸術》IIに掲載されたテレビドラマ「人間そっくり」を上演。

乞食の歌──合唱のためのバラード

一九六二（昭和三十七）年十一月十二日　東京文化会館大ホール

演出＝観世栄夫、作曲＝林光、装置＝安部真知、照明＝秋本道男

配役＝男の唄・横森久、男のマイム・観世栄夫、農夫・照内敏晴、妻・大方斐紗子、合唱団

演奏＝Fl・野口龍、Acc・佐藤圭男、Guit・舟山幸一、Cb・大橋敏成、Perc・佐藤英彦

〔備考〕フェーゲラインコール第八回演奏会のプログラムの一つとして〝合唱のためのバラード〟「乞食の歌」が上演された。

乞食の歌　劇団同人会、フェーゲラインコールの共同企画

一九六三（昭和三十八）年二月二十八日〜三月五日　六本木・俳優座劇場

演出＝観世栄夫、音楽＝林光、装置＝安部真知、照明＝秋本道男、効果＝田村憲

配役＝男・辛川三生、農夫・照内敏晴、妻・永田幸代

人間そっくり（一幕）青俳

一九六四（昭和三十九）年十二月八日〜九日　六本木・俳優座劇場

演出＝老川比呂志、美術＝朝倉摂、照明＝立木定彦、効果＝田村憲、舞台監督＝川島陽

配役＝小説家・高津住男、その妻・藤里まゆみ、男・蜷川幸雄、女・正城睦子、火星人の声　アナウンサーの声・蜷川幸雄

〔備考〕劇団青俳「第一回小公演」で上演。テレビドラ

マ「人間そっくり」を老川比呂志が一幕物の戯曲に脚色したもの。安部公房は原作提供のみ。

おまえにも罪がある（九幕）俳優座

一九六五（昭和四十）年一月六日〜二十七日　六本木・俳優座劇場

演出＝千田是也、美術＝安部真知、照明＝吉田豊、効果＝中村準一、衣裳＝河盛成夫、舞台監督＝増田啓路

配役＝隣人男・東野栄治郎、隣人女・岸輝子、男・加藤剛、死体・袋正、女・新田勝江、新聞配達・前島幹雄、買物の女・谷育子、警官A・小美野欣二、警官B・清水紀八郎、警官C・児玉泰次、警官D・新克利（再演は立花一男）

〔備考〕戯曲の初出は学習研究社版〝芥川賞作家シリーズ〟安部公房『おまえにも罪がある』（一九六五年二月刊）。この戯曲は、短編小説「無関係な死」（「他人の死」）を戯曲へも発展させたもの。

おまえにも罪がある（再演）俳優座

一九六六（昭和四十一）年二月八日〜二十四日、大阪、京都

〔備考〕演出＝千田是也ほかスタッフ、キャストは、警官Dを除いて初演時と同じ。

友達（二幕十三場）劇団青年座

一九六七（昭和四十二）年三月十五日〜二十六日　新宿・紀伊國屋ホール

演出＝成瀬昌彦、美術＝安部真知、照明＝穴沢喜美男、音楽＝猪俣猛、振付＝関矢幸雄、効果＝秦和夫、舞台監督＝土岐八夫、製作＝金井彰久

配役＝男・大塚国夫、婚約者・木下育子、祖母・森塚敏、父・溝井哲夫、妻・東恵美子、長男・久保幸一、次男・平田守、長女・中曽根公子、次女・今井和子、末娘・青樹知子、管理人・山岡久乃、元週刊誌のトップ屋・中台祥浩、警官たち・小池栄、中田浩二

〔備考〕戯曲の初出は《文藝》一九六七年三月号。第三回谷崎潤一郎賞受賞。戯曲「友達」は、中編小説「闖人者」（《新潮》一九五一年十一月号）を戯曲へも発展させたもの。

榎本武揚（プロローグと三幕）劇団雲

一九六七（昭和四十二）年九月二十日〜十月六日　大手

町・日経ホール、十月七日〜八日　九段・千代田公会堂、十月二十六日〜二十七日　神奈川県青少年センター

演出＝芥川比呂志、装置＝清家清、音楽＝芥川也寸志、照明＝浅沼貢、効果＝秦和夫、衣裳＝加藤昌宏、演出助手＝樋口昌弘、大橋也寸、舞台監督＝小林克巳

配役＝榎本武揚・高橋昌也、「現代」・芥川比呂志、永井玄番・松村達雄、牢番・野村昇史、海軍士官・山崎努、従卒・森田雄三、贋金造り・三谷昇、殺し・名古屋章、スリ・仲谷昇、坊主・石田太郎、火つけ・阿部良、信号係・橋爪功、箱館士官1・北村総一郎、箱館士官2・柴田昌宏、箱館士官3・柏木隆太、大鳥圭介・渥美国泰、荒井郁之助・西沢利明、浅井十三郎・有川博、牢役人・川村洋二、松平太郎・内田稔、高級役人・杉裕之、大野屋・有馬昌彦、番頭・簗正昭、猿・野村昇史、囚人・飯沼博則、遠藤征慈、岡本富士太、佐古正人、松本伊佐雛、丸岡将一郎、六人部健市

〔備考〕芸術祭・文部大臣賞受賞。戯曲の初出は《中央公論》一九六七年十月号。戯曲「榎本武揚」は、長編小説「榎本武揚」（《中央公論》一九六四年一月号〜六五年三月号）を戯曲へも発展させたもの。

どれい狩り（改訂版）（七景）俳優座

一九六七（昭和四十二）年十一月二日〜十九日　六本木・俳優座劇場、十一月二十日〜二十三日　都市センターホール。ほかに神戸（十二月一日〜三日）、京都（五日〜十日）、大阪（十二日〜二十二日）で巡演

演出＝千田是也、装置＝高田一郎、照明＝篠木佐夫、音楽＝入野義朗、効果＝田村悳、衣裳＝河盛成夫、舞台監督＝田才益夫

配役＝探険家・仲代達矢、飼育係（藤野）・佐伯赫哉、女中・谷育子、娘（女子学生）・岩崎加根子、主人・山本清、運転手・原田芳雄、人夫1・小美野欣二、人夫2・河原崎次郎、ウエー男・関口銀三、ウエー女・牧よし子、青年・新克利、青年の友人A・荘司肇、青年の友人B・清水紀八郎、青年の友人C・赤沢亜沙子、狂人・可知靖之、その付添い・中村美代子

〔備考〕戯曲の改訂版の初出は《新劇》一九六七年十二月号。

友達（再演）青年座

一九六八（昭和四十三）年四月十日〜十四日　大阪・毎日ホール、二十五日〜二十九日　京都会館、五月十六

日〜二十三日　東京・国立劇場小劇場
〔備考〕演出＝成瀬昌彦ほかスタッフは初演時と同じ。配役の初演時との異同は次の通り。婚約者→山本与志恵、長男→中台祥浩、次男→加藤恒喜、元週刊誌のトップ屋→久保幸一、警官たち→児玉謙次、佐藤文紀。

榎本武揚（プロローグと三幕）（再演）劇団雲特別公演
一九六八（昭和四十三）年九月二十三日　東京国立劇場小劇場、十月十四日　北上市民会館、十五日　秋田県民会館、十六日　山形県民会館、十七日　福島市公会堂、十八日　宮城県民会館（文部省芸術祭主催公演として東北地方を巡演したもの）
〔備考〕演出＝芥川比呂志ほかスタッフは初演時と同じ。配役の初演との異同は次の通り。
従卒→小山武宏、囚人→飯沼博則、佐古正人、佐々木敏、西田健、丸岡将一郎、六人部健市、竹内喬。

棒になった男（三景）第一回紀伊國屋演劇プロデュース公演
一九六九（昭和四十四）年十一月一日〜十七日　新宿・紀伊國屋ホール
演出＝安部公房、美術＝安部真知、照明＝秋本道男、音楽＝入野義朗、音響＝高野昌昭、舞台監督＝西木一夫、制作＝紀伊國屋書店
配役〈第一景　鞄〉＝女・市原悦子、客・岩崎加根子、旅行鞄（男）・井川比佐志、通り過ぎる男・芥川比呂志、通り過ぎる女・今井和子〈第二景　時の崖〉＝ボクサー・井川比佐志、セコンド・池谷義則、小林尚臣〈第三景　棒になった男〉＝地獄の男（指導員）・芥川比呂志、地獄の女（新任の地上勤務員）・今井和子、棒になった男・井川比佐志、フーテン男・寺田農、フーテン女・吉田日出子、地獄からの声・芥川比呂志
〔備考〕「棒になった男」の第一景「鞄」の戯曲の初出は《文藝》一九六九年一月号。第二景「時の崖」は《文學界》一九六四年三月号。第三景「棒になった男」は《文學界》一九六九年八月号。公演はプロデュース・システムで、安部公房自ら演出。この時のシンプルな舞台装置そのほかで、安部真知は第四回紀伊國屋演劇賞を受賞。また主役を演じた井川比佐志はその演技で芸術祭大賞（文部大臣賞）を受賞。《放送作品目

録》「棒になった男」の〔備考〕欄参照。

幽霊はここにいる（改訂版）俳優座

一九七〇（昭和四十五）年三月二日～四日、十五日～二十三日　六本木・俳優座劇場、三月九日～十四日　都市センターホール、二十四日～二十八日　日本青年館、ほかに神戸（四月九日～十一日）、大阪（十三日～二十二日）、京都（二十三日～二十八日）で巡演

演出＝千田是也、装置＝安部真知、照明＝秋本道男、音楽＝黛敏郎、振付＝竹邑類、効果＝田村悳、衣裳＝河盛成夫、舞台監督＝田才益夫

配役＝深川啓介・田中邦衛、大庭三吉・三島雅夫、大庭トシエ・岸輝子、大庭ミサコ・榎本みつえ、箱山義一・中吉卓郎、久保田・仲野力永、鳥居兄・山本清、鳥居弟・関口銀三、まる竹・橋本功、本物の深川・児玉泰次、吉田・川上夏代、市民A・佐藤和男、市民B・新克利、市民C・谷育子、市民D・新田勝江、市民E・青田眉子、市民F・加村赳雄、モデル嬢・檜よしえ、宣伝カーのアナウンサー・赤沢亜沙子、幽霊会館事務員・立花一男、ファッションモデル・赤沢亜沙子、新田勝江、檜よしえ、新克利、中寛三、人夫1・立花一男、人夫2・佐藤和男

〔備考〕戯曲の初出その他については、一九五八年六月俳優座公演の〔備考〕欄参照。

未必の故意（十一景）俳優座

一九七一（昭和四十六）年九月十日～十八日　六本木・俳優座劇場、十九日～二十四日　都市センターホール。ほかに横浜（九月二十六日～二十九日）、大阪（十月七日～十三日）、神戸（十四日～十六日）、京都（十八日～二十二日）、名古屋（二十四日～二十六日）、岡崎（二十八日）で巡演

演出＝千田是也、美術＝安部真知、照明＝染谷幸典、効果＝田村悳、衣裳＝河盛成夫、舞台監督＝下野武彦

配役＝消防団長・井川比佐志、ちんば・早川純一、めっかち・立花一男、つんぼ・前川哲男、島民A・矢野宣、島民B・永田靖、島民C・岸輝子、若い女・大西加代子、教師・武内亨

〔備考〕初出は書下ろし新潮劇場『未必の故意』（一九七一年九月刊）。この戯曲はテレビドラマ「目撃者」（RKB毎日、一九六四年十一月放送）を戯曲へも発展させたもの。

ガイドブック　第三回紀伊國屋演劇公演
一九七一（昭和四十六）年十一月四日〜二十三日　新宿・紀伊國屋ホール
演出＝安部公房、美術＝安部真知、照明＝河野竜夫、音楽＝蘭広昭、舞台監督＝早乙女初穂、衣裳製作提供＝西武百貨店、制作＝紀伊國屋書店
配役＝男・田中邦衛、女1・山口果林、女2・条文子
〔備考〕この戯曲には一定の台本はなく、俳優たちのなかから劇的要素を引き出して、新しい演劇空間の構築をはかった作品。

幽霊はここにいる
一九七二（昭和四十七）年四月八日　東独ドレスデン市ザクセン地方劇場が上演。ザクセン地方劇場は巡回公演が主で、のち二年間にわたってザクセン各地を巡演
演出＝R・フォルクマー、和田豊

人命救助法（三景）「人命救助法」制作委員会・紀伊國屋ホール提携公演
一九七二（昭和四十七）年七月十九日〜三十日　新宿・紀伊國屋ホール
演出＝大橋也寸、装置＝勅使河原宏、音楽＝矢野誠、照明＝河野竜夫、舞台監督＝早乙女初穂
配役＝I「赤い繭」、III「デンドロカカリヤ」は、以下II「人命救助法」の全出演者。II「人命救助法」＝声と女房・岸田今日子、ワシオ少年・中野礼子、ワシオの父・新克利、教頭・山崎努、主任・佐久間崇、女事務員・安倍玉絵、専務・佐藤正文、先生甲・山本亘、先生乙・青木頼子、先生丙と守衛・吉井公一
〔備考〕演出家大橋也寸が安部公房の初期の短編小説「赤い繭」「デンドロカカリヤ」を戯曲化、それに「人命救助法」を加えた三部作のドラマ。

友達
一九七二（昭和四十七）年十一月九日〜二十九日　ホノルル市コーマ劇場
演出＝ジェイムズ・アクーバック

鞄　ダム・ウェイター　安部公房スタジオ（第一回安部公房スタジオ内公演）
一九七三（昭和四十八）年二月十四日〜十七日　渋谷・

安部公房スタジオ
演出＝安部公房
〔備考〕「鞄」の初出戯曲は《文藝》一九六九年一月号で、三部作の戯曲『棒になった男』（一九六九年九月刊）の第一景。「ダム・ウェイター」はハロルド・ピンター作を安部公房訳で脚色、のち、《海》一九七五年二月号に掲載。

愛の眼鏡は色ガラス（三十二景）安部公房スタジオ（安部公房スタジオ本公演）
一九七三（昭和四十八）年六月四日～二十八日　渋谷・西武劇場
演出＝安部公房、音楽＝武満徹、美術＝安部真知、照明＝河野竜夫、衣裳製作＝河盛成夫、音響技術＝奥山重之助、特殊小道具製作＝川崎祥恭、舞台監督＝安井武
配役＝白医者・田中邦衛、赤医者・仲代達矢、男・井川比佐志、首吊り男・新克利、旅仕度の男・宮沢譲治、外交員・伊東辰夫、女A・山口果林、女B・条文子、オレンジヘルメットの学生・丸山善司、グリーンヘルメットの学生・伊藤裕平、縞ヘルメットの学生・大西加代子、看護人・佐藤正文、岩浅豊明、自由の女神・宇佐見典子
〔備考〕渋谷・西武劇場オープニング公演。戯曲の初出は書下ろし新潮劇場『愛の眼鏡は色ガラス』（一九七三年五月刊）。

ダム・ウェイター　鞄　贋魚　安部公房スタジオ・紀伊國屋書店提携公演（安部公房スタジオ本公演）
一九七三（昭和四十八）年十一月十九日～二十三日　新宿・紀伊國屋ホール
演出＝安部公房、美術＝安部真知、照明＝河野竜夫、音楽＝蘭広昭、衣裳製作＝河盛成夫、舞台監督＝早乙女初穂
配役「ダム・ウェイター」＝兄貴分・井川比佐志と弟分・伊藤裕平、及び兄貴分・佐藤正文と弟分・宮沢譲治のダブルキャスト。「鞄」＝女と客・山口果林と条文子、大西加代子が交互出演、男・岩浅豊明。「贋魚」＝丸山善司、大西加代子ほか出演者全員
〔備考〕「ダム・ウェイター」「鞄」は第一回安部公房スタジオ内公演の〔備考〕欄参照。「贋魚」は《波》一九七三年十一月号〈周辺飛行〉㉕「贋魚（『箱男』より）」、同十二月号〈周辺飛行〉㉖「無題」を劇化した

作品。

贋魚　時の崖　安部公房スタジオ（第二回安部公房スタジオ内公演）

一九七四（昭和四十九）年三月四日～九日　渋谷・安部公房スタジオ

演出＝安部公房

〔備考〕「時の崖」は《文學界》一九六四年三月号の短編小説を戯曲化し、のち戯曲「棒になった男」三部作の第二景を構成する。

友達（改訂版）（二幕十三場）　安部公房スタジオ（安部公房スタジオ本公演）

一九七四（昭和四十九）年五月十七日～六月一日　九日～十五日及び二十四日～二十七日　渋谷・西武劇場、六月十八日～十九日　大阪・毎日ホール

演出＝安部公房、美術＝安部真知、音楽＝猪俣猛、照明＝河野竜夫、歌唱指導＝テリー・水島、舞台監督＝宮永雄平、演奏＝猪俣猛、中牟礼貞則、渋井博、荒川康男、清水万紀夫、テリー・水島、効果＝秦和夫、リハーサル・ピアノ＝木村明義、衣裳製作＝中村悦子、製作＝西武百貨店文化事業部、阿部義弘事務所

配役＝男・仲代達矢、婚約者・条文子、婚約者の兄・岩浅豊明、父・井川比佐志、母・大西加代子、祖父・佐藤正文、長男・宮沢譲治、次男・新克利、三男・伊藤裕平、長女・条文子、次女・山口果林、末娘・大谷直、警官・丸山善司、管理人・岩浅豊明、コーラス・川喜田正器、杉田明夫、高橋信也、端川悦子、大島洋子

〔備考〕西武劇場オープニング一周年記念公演。この本公演では改訂版の台本を用いた。

緑色のストッキング（十四景）　第六回紀伊國屋演劇公演（安部公房スタジオ本公演）

一九七四（昭和四十九）年十一月九日～三十日　新宿・紀伊國屋ホール

演出＝安部公房、美術＝安部真知、照明＝河野竜夫、音響＝秦和夫、舞台監督＝早乙女初穂、制作＝紀伊國屋書店、制作協力＝安部公房スタジオ

配役＝男（草食人間）・田中邦衛、妻・条文子、息子・伊藤裕平、婚約者・山口果林、医者・岡田英次、助手（学生）・佐藤正文、看護婦・大谷直、老婆（裏方H）・川崎直美、カメラマン（裏方A）・宮沢譲治、イ

ンタビュアー（裏方B）・大西加代子、入院患者（裏方C）・岩浅豊明、その妻（裏方D）・大島洋子、裏方E・丸山善司、裏方F・川喜田正器、裏方G・山田兼司

〔備考〕第二十六回読売文学賞（戯曲賞）受賞。戯曲の初出は書下ろし新潮劇場『緑色のストッキング』（一九七四年十月刊）。この戯曲は、短編小説「盲腸」（《文學界》一九五五年四月号）、テレビドラマ「羊腸人類」（大光社版〝現代文学の実験室〟①『安部公房集』一九七〇年六月刊に所収）を素材とした作品。

ウエー（新どれい狩り）（二幕十二景）安部公房スタジオ（安部公房スタジオ本公演）

一九七五（昭和五十）年五月十二日～六月九日　渋谷・西武劇場

演出＝安部公房、美術＝安部真知、音楽＝蘭広昭、照明＝河野竜夫、効果＝田村悳、振付＝マリー・ジーン・カウエル、衣裳製作＝河盛成夫、舞台監督＝下野武彦、照明オペレーター＝太田盛彦、効果オペレーター＝千葉寿郎、制作担当＝宮武順二

配役＝ウエーの男・風間亘、ウエーの女・大西加代子、主人・宮沢譲治、息子・伊藤裕平、息子の妻・条文子、女子学生・山口果林、飼育係・佐藤正文、助手・丸山善司、家政婦・大谷直、八幡いずみ

〔備考〕西武劇場オープニング二周年記念公演。戯曲の初出は書下ろし新潮劇場『ウエー　新どれい狩り』（一九七五年五月刊）で、改定版「どれい狩り」をさらに全面改定したもの。一九五五年六月俳優座公演の「どれい狩り」の〔備考〕欄参照。

鞄　贋魚　ダム・ウェイター　安部公房スタジオ（第三回安部公房スタジオ内公演）

一九七五（昭和五十）年七月二十一日～八月二日　渋谷・安部公房スタジオ

演出＝安部公房

幽霊はここにいる（改訂版）第八回紀伊國屋演劇公演（安部公房スタジオ本公演）

一九七五（昭和五十）年十一月二十四～十二月十四日　新宿・紀伊國屋ホール

演出＝安部公房、音楽＝黛敏郎、美術＝安部真知、照明＝河野竜夫、効果＝田村悳、振付＝マリー・ジーン・

カウエル、舞台監督＝早乙女初穂、ファッション・ショー＝森英恵、制作＝紀伊國屋書店、制作協力＝安部公房スタジオ
配役＝深川啓介・佐藤正文、大庭三吉・井川比佐志、大庭ミサコ・山口果林、大庭トシエ・大西加代子、箱山義一・宮沢譲治、市長・岩浅豊明、鳥居・伊藤裕平、まる竹・田中邦衛、老婆・大谷直、本物の深川・風間亘、ファッション・モデル・宮沢譲治、川喜田正器、風間亘、条文子、大島洋子、寺田純子、市民A・田中邦衛、市民B・丸山善司、市民C・川喜田正器、市民D・条文子、市民E・寺田純子、市民F・八幡いずみ、市民G・大島洋子、市民H・大谷直、人夫・風間亘、アナウンサー・大島洋子、カメラマン・丸山善司、会館従業員1・丸山善司、会館従業員2・川喜田正器

棒になった男（三景）安部公房スタジオ（第四回安部公房スタジオ内公演）
一九七六（昭和五十一）年五月十七日〜六月五日　渋谷・安部公房スタジオ
演出＝安部公房
〔備考〕同時に自主製作の16ミリ映画「時の崖」を上映。

幽霊はここにいる（改訂版）（再演）安部公房スタジオ（安部公房スタジオ本公演）
一九七六（昭和五十一）年六月二十五日〜二十七日　西武大津ショッピングセンター　西武ホール
制作＝西武百貨店文化事業部、安部公房スタジオ
〔備考〕西武ホールオープニング記念公演。舞台監督が川崎彰に変ったほかは、スタッフ、配役ともに第八回紀伊國屋演劇公演と同じ。

案内人（GUIDE BOOK Ⅱ）（十八景）安部公房スタジオ（安部公房スタジオ本公演）
一九七六（昭和五十一）年十月十三日〜三十一日　渋谷・西武劇場
演出＝安部公房、美術＝安部真知、照明＝河野竜夫、効果＝川村惠、舞台監督＝山崎彰、衣裳製作＝森本由美子、制作＝西武百貨店文化事業部、安部公房スタジオ
配役＝恋人（カードⅢ）・山口果林、偽恋人（カードⅡ）・伊藤裕平、案内人A・佐藤正文、案内人B・大西加代子、案内人C・宮沢譲治、走る女（カードⅠ）・八幡いずみ、カードⅣの男・岩浅豊明、カードⅤの男・風間亘、カードⅥの男・加藤斉孝、カードⅦ

の女・寺田純子、カードⅧの女・条文子、客席から来た患者・伊藤麻子、アナウンスの声・大西加代子
〔備考〕戯曲の初出は《新潮》一九七六年十一月号。

イメージの展覧会（一幕）〈音＋映像＋言葉＋肉体＝イメージの詩〉安部公房スタジオ（安部公房スタジオ本公演）
一九七七（昭和五十二）年六月三日〜八日　池袋・西武美術館
演出・音楽＝安部公房、衣裳＝安部真知、照明＝河野竜夫、舞台監督＝山崎彰、照明オペレーター＝鵜飼守、効果オペレーター＝金子美幸、衣裳製作＝森本由美子、制作＝西武美術館
出演＝山口果林、宮沢譲治、伊藤裕平、丸山善司、岩浅豊明、風間亘、加藤斉孝、沢井正延、金学隆、寺田純子、八幡いずみ、伊藤麻子、平野稚子、夏目京子
続演＝六月十八日〜十九日　西武大津ショッピングセンター　西武ホール
〔備考〕西武ホール開館一周年記念公演。テキストはなく未定稿が『安部公房全集』第二十五巻（一九九九年十月刊）に収録されている。新しい舞台空間を創造する試みとして、作曲（シンセサイザー）、演出をしている。

イメージの展覧会（再演）安部公房スタジオ（安部公房スタジオ本公演）
一九七七（昭和五十二）年九月六日　札幌市共済ホール、九月七日　旭川市ヤマハ・ホール

ウエー
一九七七（昭和五十二）年十一月二日〜十一日　ハワイ、ケネディ・シアター
演出＝ジェームズ・ブランドン

水中都市（GUIDE BOOK Ⅲ）（十五景）安部公房スタジオ（安部公房スタジオ本公演）
一九七七（昭和五十二）年十一月五日〜二十七日　渋谷・西武劇場
演出・音楽＝安部公房、美術＝安部真知、照明＝河野竜夫、音響＝鈴木茂、舞台監督＝山崎彰、衣裳製作＝森本由美子、制作＝西武美術館
配役＝飛娘・山口果林、飛父・岩浅豊明、取調官・宮沢

譲治、時計屋の女主人・八幡いずみ、記者（女主人の夫）・伊藤裕平、同僚A（記者）・加藤斉孝、同僚B（記者）・寺田純子、花屋・沢井正延、警官A・丸山善司、警官B・金学隆、インターン・平野稚子、時計小売業組合理事長・金学隆、街の時計屋1・平野稚子、街の時計屋2・夏目京子、街の時計屋3・伊藤麻子、物理学者・丸山善司

〔備考〕戯曲の初出は《新潮》一九七七年十二月号。戯曲「水中都市」は、短編小説「水中都市」（《文學界》一九五二年六月号）を戯曲へも発展させたもの。

友達　劇団ミルウォーキー劇場

一九七八（昭和五十三）年一月二十七日～三月五日　アメリカ・ミルウォーキー・パフォーミング・アーツ・シアター

演出＝ジョン・ディロン

ダム・ウェイター　安部公房スタジオ（第五回安部公房スタジオ内公演）

一九七八（昭和五十三）年二月十七日～二十六日　渋谷・安部公房スタジオ

演出＝安部公房

イメージの展覧会　安部公房スタジオ（安部公房スタジオ本公演）

一九七八（昭和五十三）年三月十五日　豊橋ヤマハ・ホール、十七日　小倉市民会館、二十日　大阪・毎日ホール、二十二日　名古屋港湾会館

〔備考〕同時に自主製作の16ミリ映画「時の崖」を上映。

人命救助法（九幕）安部公房スタジオ（第六回安部公房スタジオ内公演）

一九七八（昭和五十三）年四月二十三日～五月二日　渋谷・安部公房スタジオ

演出・音楽＝安部公房、美術＝安部真知

〔備考〕この作品は《現代芸術》一九六一年九月号のテレビドラマ「人命救助法」を戯曲化したもの。戯曲は生前未発表で、『安部公房全集』第二十六巻（一九九九年十二月刊）に収録されている。

人さらい（イメージの展覧会PARTⅡ）安部公房スタジオ（安部公房スタジオ本公演）

一九七八（昭和五十三）年六月三日〜七日　池袋・西武美術館、のちに大津、名古屋、大阪を七月六日まで巡演

演出・音楽＝安部公房、美術＝安部真知、照明＝河野竜夫、音響＝鈴木茂、舞台監督＝山崎彰、衣裳製作＝森本由美子、制作＝西武美術館、安部公房スタジオ

配役＝人さらい・伊藤裕平、金学隆、山口果林、サーカス一座・宮沢譲治、丸山善司、岩浅豊明、沢井正延、藤原俊祐、寺田純子、八幡いずみ、平野稚子、夏目京子、塩田映湖、オートバイ乗り・加藤斉孝、垂木勉

〔備考〕〝イメージの展覧会〟の第二作。戯曲はなく、《朝日新聞》一九七八年六月三日「日曜版」に発表した〈400字ドラマ〉「女ひとり　人さらい」を舞台化。

水中都市（GUIDE　BOOK　Ⅲ）（再演）安部公房スタジオ（安部公房スタジオ本公演）

一九七八（昭和五十三）年六月十六日〜十八日　西武大津ショッピングセンター　西武ホール、二十六日　名古屋・中日劇場、七月三日〜六日　大阪・毎日ホール

演出＝安部公房

S・カルマ氏の犯罪（GUIDE　BOOK　Ⅳ——「壁」より）（三十一景）安部公房スタジオ（安部公房スタジオ本公演）

一九七八（昭和五十三）年十月十三日〜二十九日　渋谷・西武劇場

演出・音楽＝安部公房、美術＝安部真知、照明＝河野竜夫、音響＝鈴木茂、舞台監督＝山崎彰、照明オペレーター＝藤本哲、衣裳製作＝森本由美子、制作＝西武美術館

配役＝S・カルマ氏・垂木勉、Y子・山口果林、研究室長・宮沢譲治、調査部長・伊藤裕平、調査部員・加藤斉孝、沢井正延、寺田純子、医者・岩浅豊明、看護婦・八幡いずみ、見張り役・平野稚子、沢井正延、藤原俊祐、泣く女・塩田映湖

〔備考〕戯曲の初出は《新潮》一九七八年十一月号。《近代文学》一九五一年二月号掲載の長編小説「壁——S・カルマ氏の犯罪」を戯曲へも発展させたもの。昭和五十三年度文化庁芸術祭参加作品。

仔象は死んだ（イメージの展覧会Ⅲ）安部公房スタジオ（安部公房スタジオ本公演）

一九七九（昭和五十四）年五月四日　セントルイス（エジソン・シアター）、八日〜十二日　ワシントン（ケネディ・センター＝テラス・シアター）、十四日〜十五日　ニューヨーク（ラ・ママ＝エクスペリメンタル・シアター）、二十一日　シカゴ（レオン・マンドル・ホール）、二十三日〜二十四日　デンバー（シュワイダー・シアター）
演出・音楽＝安部公房、装置・衣裳・小道具＝安部真知、照明＝河野竜夫、音響＝鈴木茂、照明オペレーター＝藤本哲、舞台監督＝広瀬彩、制作担当＝戸田宗宏
出演＝山口果林、条文子、寺田純子、八幡いずみ、平野稚子、塩田映湖、伊藤裕平、岩浅豊明、佐藤正文、加藤斉孝、沢井正延、金学隆、垂木勉、藤原俊祐、大塚洋、綾城明
〔備考〕戯曲の初出は《新潮》一九七九年三月号。

仔象は死んだ（イメージの展覧会Ⅲ）（本邦初演）安部公房スタジオ（安部公房スタジオ本公演）
一九七九（昭和五十四）年六月二十四日　神奈川県青少年センター、六月二十九日〜七月八日　渋谷・西武劇場

〔備考〕演出・音楽＝安部公房他スタッフ、出演者などはアメリカ公演に同じ。

友達　ルノー＝バロー劇団
一九八一（昭和五十六）年十月二十日　パリ
演出＝ジャン＝ピエール・グランバル

幽霊はここにいる
一九八三（昭和五十八）年　ルーマニア・ブカレスト市テアトル・デ・コメディ
演出＝カタリナ・ブゾヤーヌ
出演＝ミハイ・パラデスク他

おまえにも罪がある（九景）俳優座
一九八四（昭和五十九）年六月二十二日〜七月四日　六本木・俳優座劇場、のち大阪（六日〜十一日）、阿南市（十二日）で巡演
演出＝千田是也、装置＝安部真知、照明＝清水俊彦、衣裳＝若生昌、効果＝田村悳、舞台監督＝安川修一、制作担当＝高木年治
配役＝男・加藤剛、死体・袋正、女・井口恭子、隣人

男・前川哲男、隣人女・高山真樹、新聞配達・島英臣、買物の女・岩瀬晃、警官A・巻島康一、警官B・佐々木誓一、警官C・島英臣、警官D・寺杣昌紀、通行人・佐々木誓一

〔備考〕俳優座創立四十周年記念公演として上演された。

幽霊はここにいる　モスクワ芸術座

一九八四（昭和五十九）年十一月三日〜四日、十六日、二十七日

演出＝O・N・エフレーモフ

水中都市　北京中央戯劇学院演技科（試演）

一九八六（昭和六十一）年四月二日〜八日　北京中央戯劇学院小劇場

演出＝石沢秀二

棒になった男　パン・アジアン・レパートリー劇団

一九八六（昭和六十一）年五月　ニューヨーク市ブロードウェイ・プレイハウス46

演出＝チサ・シャン

榎本武揚　セゾン劇場プロデュース

一九九一（平成三）年九月十一日〜二十九日　銀座セゾン劇場

演出＝竹内銃一郎、装置＝島次郎、照明＝服部基、音響＝藤田赤目、衣裳＝桜井久美、擬闘＝国井正広、メイク指導＝青木満寿子、山崎潤子、舞台監督＝俵山公夫、照明オペレーター＝寺岡幸二、音響オペレーター＝水谷雄治、衣裳製作＝アトリエHINODE、企画・製作＝銀座セゾン劇場

配役＝榎本武揚・男・永島敏行、宿の主人（福地）・豊川潤、永井玄蕃・佐野史郎、牢番・三田村周三、ニセ・不破万作、殺し・小田豊、スリ・大島宇三郎、坊主・安藤麗二、火つけ・日埜洋人、信号係・松下一矢、大鳥圭介・桂三木助、荒井郁之助・江上真吾、浅井十三郎・沢向要士、松平太郎・丹羽貞仁、大野屋・牧口元美、番頭・山根爾寸志、高級役人・横田栄治、箱館士官1・春風亭あさり、箱館士官2・今井延明、箱館士官3・乗松薫、タタキ・青木忠宏、タカリ・伊藤俊人、サギ・加藤明広、賽の目・栗山永吾、島抜け・田渕秀幸、ユスリ・初音凱、人買い・深田博治

〔備考〕この上演はプロローグと二幕で構成されている。

友達 パン・アジアン・レパートリー劇団
一九九六（平成八）年四月十六日〜五月十一日　ニューヨーク市セント・クレメンス・シアター
演出＝ロン・ナカハラ

小劇場系劇団および その他の劇団による小規模公演

未必の故意 演劇集団ろく
一九七四（昭和四十九）年十一月二十三日〜二十四日
東京・アトリエ東芸　演出＝島村安弘

どれい狩り 劇団無鉄砲
一九七五（昭和五十）年七月十日　中野公会堂　演出＝亀山忠義

ダム・ウェイター（ハロルド・ピンター作、安部公房訳の脚本を使用）劇団風
一九七七（昭和五十二）年三月二十九日〜四月二日　高円寺・ドラマスタジオ　演出＝水島鉄夫

おまえにも罪がある 劇団悪徒
一九七七（昭和五十二）年三月三十日〜四月三日　池袋・シアター・グリーン

愛の眼鏡は色ガラス 劇団潜望鏡
一九七七（昭和五十二）年九月十八日〜十九日　東京・東芸劇場　演出＝上野昌人

おまえにも罪がある 劇団塔の会
一九七七（昭和五十二）年九月二十八日〜二十九日　東京・ABCホール　演出＝杉林克彦

ウエー（新どれい狩り）劇団裏JACK
一九七八（昭和五十三）年五月十二日〜十四日　池袋・シアター・グリーン　演出＝山本玄

ボクサー（「時の崖」より）レクラム舎
一九八〇（昭和五十五）年五月十八日、二十五日　東京・笹崎ボクシングジム　演出＝田中邦雄

棒になった男　都市劇場
一九八〇（昭和五十五）年九月二十六日〜二十八日　池袋・シアター・グリーン　演出＝佐々木秀明

時の崖　荒木真一ひとり芝居
一九八五（昭和六〇）年二月六日　渋谷ジァン・ジァン　構成＝荒木真一

友達　劇団京
一九九四（平成六）年六月二十四日〜七月三日　東京下北沢・劇団京ホール　演出＝山野辺照子

友達　劇団あすなろ
一九九四（平成六）年九月二十七日〜十月二日　東京大塚・萬スタジオ　演出＝西木一夫

時の崖　野中マリ子企画第十九回公演
一九九六（平成八）年二月二十二日〜二十四日　渋谷ジァン・ジァン　演出＝野中マリ子

棒になった男　劇団青い森
一九九六（平成八）年二月二十四日〜二十五日　神戸・WADAホール　演出＝大内三朗

少女と魚　人形劇団ひとみ座
二〇〇一（平成十三）年三月十七日〜二十二日　六本木・俳優座劇場、演出＝おおすみ正秋

映画上映目録

壁あつき部屋（新鋭プロダクション　一一〇分）
公開日＝一九五六（昭和三十一）年十月三十一日（試写日＝一九五三年十月）
原作＝BC級戦犯記録『壁あつき部屋』（理論社）
脚本＝安部公房
監督＝小林正樹
撮影＝楠田浩之
音楽＝木下忠司
配役＝山下・浜田寅彦、横田・三島耕、木村・下元勉、川西・信欣三、西村・三井弘次、許（朝鮮人）・伊藤雄之助、横田の弟（脩）・内田良平、山下の妹・小林トシ子、隠亡焼・北龍二、その娘（ヨシ子）・岸恵子、浜田・小沢栄、浜田の妻・望月優子、A級戦犯・林寛　他
〔備考〕新鋭プロダクション第一回作品として企画製作され、映画は一九五三年十月に完成、一部試写が行われたが、新鋭プロダクションが解散したため、フィルムは親会社の松竹映画に売り渡された。しかし松竹は戦犯問題などを考慮したため、一般公開は三年後の一九五六年十月。シナリオの初出は理論社版〝日本シナリオ文学全集〟10『椎名麟三　安部公房集』（一九五六年五月刊）。

不良少年（未製作）
原作・脚本＝安部公房
〔備考〕松川事件を扱った作品。家城巳代治監督で映画化が企画されていたが、実現には至らなかった。シナリオは映画タイムス社版〝シナリオ文庫〟第26集『不良少年』（一九五四年十一月刊）に収録されたが、同社文責の「あとがき」によれば、同集の「シナリオ」

は第一稿で、国鉄労働者からの批判・意見をひろく求め、のち決定稿を得ることになっていた。しかし映画はクランク・インしなかった。

おとし穴（勅使河原プロダクション　九〇分）
公開日＝一九六二（昭和三十七）年七月（試写日＝一九六二年四月六日ほか）
原作・脚本＝安部公房
監督＝勅使河原宏
撮影＝瀬川浩
音楽＝武満徹（音楽監督）、一柳慧、高橋悠治
配役＝坑夫・井川比佐志、その息子・宮原カズオ、その仲間・大宮貫一、X・田中邦衛、第一副組合長・矢野宣、第二組合長・井川比佐志、駄菓子屋の女・佐々木すみ江、百姓・松尾茂、巡査・観世栄夫、記者・佐藤慶、カメラマン・金内喜久夫、労働下宿の主人・松本平九郎、そのおかみ・奈良あけみ、見知らぬ男・島田屯、第二組合役員・袋正
（備考）この映画は、一九六二年七月に日本アート・シアター・ギルド系で一般公開され、シナリオ作家協会賞、一九六二年度NHK新人監督賞、同年度日本映画記者会賞を受賞した。のち、一九六五年五月に東宝系邦画館でも公開された。映画「おとし穴」はテレビドラマ「煉獄」（演出＝梅津昭夫、一九六〇年十月九州朝日放送で放映、芸術祭奨励賞受賞）を映画へも発展させた作品だが、映画化への第一稿として映画シナリオ「菓子と子供」がある。「菓子と子供」のシナリオは《シナリオ》一九六一年五月号、「おとし穴」のシナリオは一九六二年三月発行の《キネマ旬報》別冊〝名作シナリオ集〟、六月発行の《アートシアター》三号に掲載。
なおCBS／SONYグループから一九九〇年十二月一日ビデオ・テープが発売された。

砂の女（勅使河原宏プロダクション　一四七分）
公開日＝一九六四（昭和三十九）年二月十五日
原作・脚本＝安部公房
監督＝勅使河原宏
撮影＝瀬川浩
音楽＝武満徹
配役＝男（仁木順平）・岡田英次、女（砂の女）・岸田今日子、村の老人・三井弘次、村人・矢野宣、観世栄夫、

関口銀造、市原清彦、西本裕行、田村保、男の妻・伊藤弘子
〔備考〕一九六四年度《キネマ旬報》ベストワン作品賞、同監督賞、同年度ブルーリボン作品賞、同監督賞、同年度毎日映画コンクール作品賞、同監督賞、優秀映画鑑賞会ベスト1位、NHK（映画賞）作品賞、同監督賞、ホワイト・ブロンズ賞（地方映画記者会賞）、一九六四年度カンヌ映画祭審査員特別賞、同年度サンフランシスコ映画祭外国映画部門銀賞、同年度ベルギー批評家協会グランプリ、同年度メキシコ映画雑誌協会賞をそれぞれ受賞。この作品は小説「砂の女」をラジオドラマ化し、更に映画シナリオへも発展させたもの。シナリオは《シナリオ》一九六四年一月号、《映画芸術》一九六四年二月号に掲載。
なおCBS／SONYグループから一九九〇年十一月一日ビデオ・テープが発売された。

白い朝（「十五歳の未亡人たち」）（にんじんプロダクション　二〇分）
公開日＝一九六五（昭和四十）年
原作・脚本＝安部公房
監督＝勅使河原宏
撮影＝石元泰博
音楽＝武満徹
配役＝アコちゃん・入江美樹、パンちゃん・長谷川照子、シーちゃん・松下洋子
〔備考〕「白い朝」は「十五歳の未亡人たち」の総タイトルのもとに、日本、イタリア、フランス、カナダの四カ国の新鋭映画監督が、それぞれ自国で製作した短編映画をオムニバス形式でまとめた異色作品の日本編。ほかの三編は「フィアメッタ」（イタリア、ジャン・ヴィットリオ・バルディ監督）、「マリー＝フランスとヴェロニック」（フランス、ジャン・ルーシュ監督）、「ジュヌヴィエーブ」（カナダ、ミシェル・プロウ監督）。「白い朝」のシナリオは大光社版〝現代文学の実験室〟①『安部公房集』（一九七〇年六月刊）に収録。
なお、オムニバス映画「十五歳の未亡人たち」は日本での公開はなかったが、「白い朝」は勅使河原宏監督の短編作品として、上映会および単館上映がおこなわれた。

けものたちは故郷をめざす（未製作）
原作＝安部公房

脚色＝恩地日出夫
〔備考〕恩地日出夫のシナリオは《映画評論》一九六五年八月号に掲載。同誌同号には安部公房と映画監督恩地日出夫との対談「作家と情熱――原作者と演出家の間で」が併載されている。

第四間氷期（未製作）
原作・脚本＝安部公房
〔備考〕一九六五年九月七日に脱稿したこのシナリオは、堀川弘通監督で東宝映画が映画化を企画したが未製作に終った。シナリオは《映画芸術》一九六六年四月号に掲載。

他人の顔（東京映画／勅使河原プロダクション　一二二分）
公開日＝一九六六（昭和四十一）年七月十五日
原作・脚本＝安部公房
監督＝勅使河原宏
撮影＝瀬川浩
音楽＝武満徹
配役＝男・仲代達矢、妻・京マチ子、医者・平幹二朗、看護婦・岸田今日子、専務・岡田英次、専務の秘書・村松英子、アパートの管理人・千秋実、ヨーヨーの娘・市原悦子、老嬢・南美江、男の患者・矢野宣、田中邦衛、観世栄夫、ほくろの男・井川比佐志、ビヤホールのウェイトレス・前田美波里、刺される女・糸見偲、ケロイドの娘・入江美樹、その兄・佐伯赫哉
〔備考〕この映画には安部公房も一シーンに出演している。一九六六年度日本映画記者会賞ベスト5の3位、NHK映画賞ベスト7位、優秀映画鑑賞会ベスト2位。この作品は同名の小説の映画化で、シナリオは《キネマ旬報》一九六六年三月上旬号に掲載。映画公開を記念して作られたと思われる〝東宝シナリオ選集〟『他人の顔』（非売品）がある。
なおCBS／SONYグループから一九九〇年十一月一日ビデオ・テープが発売された。

燃えつきた地図（大映／勝プロダクション　一一八分）
公開日＝一九六八（昭和四十三）年六月一日
原作・脚本＝安部公房
監督＝勅使河原宏

撮影＝上原明
音楽＝武満徹
配役＝男（探偵）・勝新太郎、女（依頼人）・市原悦子、弟（女の実弟）・大川修、田代・渥美清、〈つばき〉の主人・信欣三、〈つばき〉の女店員・吉田日出子、駐車場の管理人・小笠原章二郎、ヌードモデル・長山藍子、男の妻・中村玉緒、小娘・笠原玲子、ヌードスタジオのバーテン・土方弘、ラーメン屋のおやじ・小山内淳、丹前男・守田学、小男・飛田喜佐夫、大男・佐藤京一、黒眼鏡の男・藤山浩二、当番の少年・酒井修
〔備考〕この作品は同名の小説の映画化でシナリオは《キネマ旬報》一九六八年三月下旬号に掲載。

1日240時間（日本自動車工業振興会　二〇分）
公開日＝一九七〇（昭和四十五）年三月十四日
原作・脚本＝安部公房
監督＝勅使河原宏
撮影＝瀬川浩
音楽＝佐藤勝
〔備考〕特撮の短編ミュージカル映画。大阪で開催された万国博覧会の自動車館に設置された四面特殊スクリーンで上映。

時の崖（自主製作　三一分）
公開日＝一九七一（昭和四十六）年七月二日（試写日）
原作・脚本＝安部公房
監督＝安部公房
撮影＝渡辺公夫
プロデューサー＝新田敞
配役＝ボクサー・井川比佐志、女・条文子
〔備考〕モノクロ一部カラーの16ミリ映画。映画シナリオとしては《CROSS OVER》第八号、一九八〇年四月発行に掲載されたが、同シナリオ末尾に、（『棒になった男』新潮社より）とあり、三部作のオムニバス戯曲『棒になった男』（一九六九年九月刊）の第二景「時の崖」が殆どそのまま使われている（《放送作品目録》「チャンピオン」の〔備考〕欄参照）。

詩人の生涯（アニメーション　一九分）
公開日＝一九七四（昭和四十九）年十月十五日
原作＝安部公房
製作・脚本・演出＝川本喜八郎

撮影＝田村実
音楽＝湯浅譲二
演奏＝高橋アキ、山口保宣
美術＝小前隆、徳山正美
効果＝高橋巌
アニメーション＝川本喜八郎、見米豊、石川隆男
〔備考〕川本喜八郎による自主製作、自主上映。初公開は、東京日仏会館、一九七四年十月十五日。一九七四年度第二十九回毎日映画コンクールで大藤信郎賞受賞。一九七五年テヘラン青少年のための短編映画祭入選。この作品は《文藝》一九五一年十月号の同名の小説のアニメ化。

仔象は死んだ——肉体＋音＋言葉＝イメージの詩（自主製作・西武美術館／新潮社　五四分）
公開日＝一九七九（昭和五十四）年九月十四日（試写日）
原作・脚本＝安部公房
監督＝安部公房
撮影＝湯本秀広
音楽＝安部公房
美術＝安部真知
制作担当＝安部公房スタジオ
プロデューサー＝久野浩平、北崎たか子
出演＝山口果林、条文子、寺田純子、八幡いずみ、平野稚子、塩田映湖、伊藤裕平、岩浅豊明、佐藤正文、加藤斉孝、沢井正延、金学隆、垂木勉、藤原俊祐、大塚洋、綾城明
〔備考〕安部公房スタジオが上演した舞台を映像作品（ビデオ）に製作編集したもの。シナリオとしては「仔象は死んだ——イメージの展覧会」（戯曲）、《新潮》一九七九年三月号に掲載。

友達（セゾン美術館／新潮社／SFI: Swedish Film Institute　八六分）
公開日＝一九八九（平成元）年十二月十六日
原作＝安部公房
脚本・監督＝シェル・オーケ・アンデション
撮影監督＝ペーテル・モクロシンスキー
美術監督＝カイ・ラースン
配役＝〔ジョン〕デニス・クリストファー、〔スウ〕（長女）レナ・オリン、〔ボニー〕（次女）ヘレーナ・ベル

イストレム、〔マット〕（息子）ステラン・スキャシュゴード、〔ゼブ〕（父親）スヴェン・ヴォルテル、〔ジェニファー〕（母親）アニタ・ヴァル、〔マチルダ〕（祖母）アイノ・トーブ、〔サリー〕（婚約者）エディタ・ブリクタ

〔備考〕監督のシェル・オーケ・アンデションは一九四九年スウェーデン生まれの新進監督。カメラマンを経てシナリオ・ライターとして活躍。脚本・監督のテレビ作品「ジャック・ポット」（'81）で、イタリア賞を受賞している。「友達」は映画監督としての第一作。脚色・監督の要請は、「ジャック・ポット」を観た安部公房の指名に依るという。ジョンを演じたデニス・クリストファーは一九五四年アメリカ生まれの俳優。エリザベス・テイラーと共演したブロードウェイの舞台「リトル・フォックス」で絶賛を博した。またスウを演じたレナ・オリンは一九五五年ストックホルム生まれのスウェーデンを代表する女優。ベルイマン監督の「リハーサルの後で」（'84）などに出演、好評を博した。原作は《文藝》一九六七年三月号の同名の戯曲。〝東京国際ファンタスティック映画祭'89〟正式上映作品として銀座テアトル西友で上映。

放送作品目録

闖入者

放送＝一九五五（昭和三十）年七月二十一日
制作＝朝日放送（ラジオ）
出演＝俳優座
〔備考〕〝パンドラ・タイム〟で放送。脚色は安部公房、沼田幸二の共同執筆。この作品は《新潮》一九五一年十一月号の同名の中編小説をラジオドラマ化したもの。のち、テレビドラマ化してNHK大阪で一九六三年二月にテレビ放映している。戯曲「友達」へも発展する。この放送ドラマは安部公房が演出を担当したといわれるが不詳。

開拓村

放送＝一九五五（昭和三十）年九月八日、十月十三日、十一月一日
制作＝NHK（ラジオ）
演出＝小島凡子
音楽＝横田昌久、アンサンブル・フリージヤ他
出演＝村上冬樹、栗山郁子、松宮五郎他
〔備考〕〝婦人の時間〟に放送された三部作の〝社会劇〟。

耳

放送＝一九五六（昭和三十一）年十一月二日
制作＝文化放送（ラジオ）
演出＝小川清
音楽＝寺岡慎三
出演＝桑山正一、辻伊万里、安部莫英他
〔備考〕〝現代劇場〟人間の顔シリーズの一作。初出シナリオは大光社版〝現代文学の実験室〟①『安部公房集』（一九七〇年六月刊）に収録。

なお、この放送ドラマはオリジナル・テープをレコード化し、大島勉・鳥山拡監修『ラジオ・ドラマ――音と沈黙の幻想』（日本コロムビア、一九七三年九月発売）に収録。

ロ

放送＝一九五六（昭和三十一）年十二月七日
制作＝文化放送（ラジオ）
演出＝小川清
出演＝宇野重吉、信欣三、内藤武敏
〔備考〕〝人間の顔シリーズ〟の第二作。シナリオは《新日本文学》一九五七年十一月号に掲載。

キッチュ・クッチュ・ケッチュ

放送＝一九五七（昭和三十二）年六月三日〜二十日
制作＝NHK（ラジオ）
演出＝長与孝子
音楽＝作曲指揮・入野義朗、アンサンブル・フリージヤ
出演＝キッチュ・田中明夫、クッチュ・逗子とんぼ、ケッチュ・島田三郎、ブン子・中島そのみ、藤村有弘、大泉滉他
〔備考〕〝子供の時間〟に放送された十二回の連続ドラマ。

棒になった男

放送＝一九五七（昭和三十二）年十一月二十九日
制作＝文化放送（ラジオ）
演出＝大坪都築
音楽＝佐藤勝
出演＝芥川比呂志、小池朝雄、宇野重吉他
〔備考〕〝現代劇場〟で放送。芸術祭奨励賞受賞。この作品は《文藝》一九五五年七月号の短編小説「棒」をラジオドラマ化したもの。のちに三部作の戯曲「棒になった男」の第三景へも発展する。シナリオは《新日本文学》一九五八年一月号に掲載。
なお、この放送ドラマはオリジナル・テープをレコード化し、大島勉・鳥山拡監修『ラジオ・ドラマ――音と沈黙の幻想』（日本コロムビア、一九七三年九月発売）に収録。

鉛の卵

放送＝一九五七（昭和三十二）年十二月三日
制作＝ラジオ東京（現ＴＢＳ）（ラジオ）

演出＝橋飼
音楽＝佐藤勝
出演＝古代人・大木民夫、ケリ・京矢一兵、どれいの男・大平透、東京ラジオ劇団、文芸座
〔備考〕〝空中劇場〟で放送。この作品は《群像》一九五七年十一月号の同名の短編小説をラジオドラマ化したもの。

おばあさんは魔法使い
放送＝一九五八（昭和三十三）年一月二日
制作＝NHK（ラジオ）
演出＝長与孝子
音楽＝作曲・芥川也寸志、アンサンブル・フリージヤ
出演＝中村メイコ
〔備考〕キャストの欄に〈すべて独演でなされることが望ましい〉とある。〝新年子供特集〟のラジオ・ミュージカル・ドラマ。

こじきの歌
放送＝一九五八（昭和三十三）年二月二十七日
制作＝中部日本放送（ラジオ）
演出＝西脇冴子
音楽＝林光
出演＝フランキー堺、宮城まり子、三和完児他
〔備考〕ラジオ・ミュージカル・コメディ。第六回民放祭民間放送連盟賞（演芸娯楽番組第二位）受賞。シナリオは《現代芸術》一九六一年七月号に掲載。

こじきの歌
放送＝一九五八（昭和三十三）年四月二十五日
制作＝文化放送（ラジオ）
演出＝大坪次郎（大坪都築）
音楽＝林光
出演＝フランキー堺、宮城まり子、三和完児他
〔備考〕〝現代劇場〟で放送。シナリオは《現代芸術》一九六一年七月号に掲載。

魔法のチョーク
放送＝一九五八（昭和三十三）年五月九日
制作＝NHK（テレビ）
演出＝畑中庸生
出演＝春田美樹、馬渕晴子、平野和子、福岡弥栄次他

〔備考〕〝テレビ劇場〞で放映。この作品は一九五〇年秋に刊行された「世紀群4」の同名の短編小説をテレビドラマ化したもの。

兵士脱走

放送＝一九五八（昭和三十三）年七月二十六日
制作＝中部日本放送（ラジオ）
演出＝佐藤年
効果＝佐野竜喜智
出演＝久米明、桑山正一、平野和子他
〔備考〕〝ダイヤル劇場〞で放送。この作品は《文學界》一九五七年六月号の短編小説「夢の兵士」をラジオドラマ化したもので、のちテレビドラマ「日本の日蝕」、戯曲「巨人伝説」へも発展する。「日本の日蝕」の〔備考〕欄参照。

河童考

放送＝一九五八（昭和三十三）年十月二十一日
制作＝ニッポン放送（ラジオ）
演出＝松前紀男
音楽＝山本直純
出演＝宇野重吉、加藤治子、神山繁他
〔備考〕〝ラジオ芸術劇場〞で放送。

豚とこうもり傘とお化け

放送＝一九五八（昭和三十三）年十二月三十一日
制作＝ＮＨＫ（ラジオ）
演出＝長与孝子
音楽＝富田勲、アンサンブル・フリージヤ
出演＝豚・熊倉一夫（一雄）、こうもり傘・逗子とんぼ、お化け・月待子、語り手・ダーク・ダックス他
〔備考〕〝子供の時間〞年末特集で放送。

円盤来たる

放送＝一九五九（昭和三十四）年二月六日
制作＝ＮＨＫ大阪（テレビ）
演出＝和田勉
音楽＝小倉博
出演＝平尾昌晃、菅井一郎、長田正隆、山田桂子、語り手・柳川清
〔備考〕〝テレビ劇場〞で放映。シナリオは一九五八年十月発行の季刊《現代芸術》Ⅰに掲載。

人間そっくり

放送＝一九五九（昭和三十四）年二月九日
制作＝中部日本放送（テレビ）
演出＝山東迪彦
音楽＝林光
出演＝田中邦衛、金子信雄、大塚道子他
〔備考〕この作品は一九五八年十月発行の《別冊文藝春秋》第六六号掲載の短編小説「使者」をテレビドラマ化したもので、のち長編SF小説「人間そっくり」へも発展する。シナリオは一九五九年三月発行の季刊《現代芸術》IIに掲載。

ひげの生えたパイプ

放送＝一九五九（昭和三十四）年五月十一日～九月四日
制作＝NHK（ラジオ）
演出＝中村文雄、長与孝子
音楽＝芥川也寸志
出演＝早野寿郎、大山羨代（のぶ代）、劇団こまどり他
〔備考〕〝子供の時間〟に放送された八十五回の連続ドラマ。放送の前後に安部公房作詞、芥川也寸志作曲、橋本力編曲の「開始テーマソング」「終了テーマソング」を付す。

ぼくは神様

放送＝一九五九（昭和三十四）年九月一日
制作＝中部日本放送（ラジオ）
演出＝西脇冴子
音楽＝林光
歌＝広村芳子
出演＝北条美智留、河合坊茶、信欣三、芦田伸介、松本克平、七尾玲子他
〔備考〕ラジオ・ミュージカルス。この作品は芸術祭参加作品として書かれたものだが、スポンサーの事情により参加しなかった。シナリオは《新日本文学》一九六〇年一月号に掲載。

可愛い女

放送＝一九五九（昭和三十四）年九月二十七日
制作＝NHK大阪（ラジオ）
演出＝千田是也
音楽＝作曲・黛敏郎、指揮・岩城宏之、シャンブル・サンフォネッタとウエストライナーズ

出演＝可愛い女・ペギー葉山、金貸し・立川澄人、刑事・横森久、頭目・栗本正、二期会合唱団他
〔備考〕ミュージカル。大阪・朝日フェスティバルホールから中継録音放送（NHK）。《演劇上演目録》参照。

日本の日蝕

放送＝一九五九（昭和三十四）年十月九日
制作＝NHK大阪（テレビ）
演出＝和田勉
音楽＝小倉博
出演＝駐在・伊藤雄之助、村長・山田巳之助、村の女・津島道子他
〔備考〕芸術祭奨励賞受賞（個人賞・和田勉、〈大胆な演出に対して〉）。この作品は《文學界》一九五七年六月号の短編小説「夢の兵士」をラジオドラマ化した「兵士脱走」（中部日本放送、一九五七年七月二十六日放送）を更にテレビドラマ化したもの。ラジオドラマの作品とテレビドラマの作品について「作品内容が酷似している」として物議をかもしたが、安部公房は〈作者としてテーマを大切にすれば、いろんな表現媒体を使ってくり返し練り直すことが望ましいと思う〉（《朝日新聞》十月十三日）と一蹴した。この後何度も再放送された。なおこの作品は更に戯曲「巨人伝説」へも発展する。シナリオは《テレビドラマ》一九五九年十二月号、《TVモニター》第五号に掲載。《テレビドラマ》一九六五年二・三月合併号に再掲。

くぶりろんごすてなむい

放送＝一九六〇（昭和三十五）年一月一日
制作＝NHK（ラジオ）
演出＝長与孝子
音楽＝入野義朗、アンサンブル・フリージヤ
出演＝くぶりろんご（ねずみ）・中村メイコ、ミケ（猫）・黒柳徹子、おじいさん・梶哲也他
〔備考〕〝子供の時間〟の新年特集。サブタイトルに「泥棒ねずみのお話」とある。

巨人伝説

放送＝一九六〇（昭和三十五）年四月二十六日
制作＝NHK（ラジオ）第二放送
出演＝永井智雄、田中邦衛、市原悦子他
〔備考〕千田是也演出・俳優座上演の作品を俳優座劇場

から舞台中継（NHK）。《演劇上演目録》参照。

お化けが街にやって来た

放送＝一九六〇（昭和三十五）年九月五日〜六一年九月二日

制作＝文化放送（ラジオ）

演出＝大坪都築

音楽＝佐藤慶次郎

出演＝益田喜頓、中村メイコ他

〔備考〕主婦向け連続ドラマ。

煉獄

放送＝一九六〇（昭和三十五）年十月二十日

制作＝九州朝日放送（テレビ）

演出＝梅津昭夫

音楽＝林光

出演＝芥川比呂志、東恵美子、内田成美他

〔備考〕芸術祭奨励賞受賞。この作品はのちに映画「おとし穴」（監督＝勅使河原宏）へも発展する（《映画上映目録》参照）。シナリオの初出は《現代芸術》一九六〇年十二月号に掲載。《テレビドラマ》一九六五年五月号に再掲。

赤い繭

放送＝一九六〇（昭和三十五）年十月二十七日

制作＝NHKFM

音楽＝作曲・諸井誠、指揮・若杉弘、電子音楽・秋山邦晴と諸井誠、東京混声合唱団他

出演＝男・芥川比呂志、女・山岡久乃、彼・熊倉一雄他

〔備考〕〝音楽のおくりもの（II）〟。この作品は《人間》一九五〇年十二月号の掌編小説「赤い繭」（「三つの寓話」の第一話）を音楽的に構成したもの。「ラジオのための作品」というサブタイトルがある。

白い恐怖——ラジオのための構成詩

放送＝一九六〇（昭和三十五）年十一月二十二日

制作＝朝日放送（ラジオ）

演出＝大熊邦也

音楽＝武満徹

出演＝語り手A・宇野重吉、語り手B・奈良岡朋子、老婆・北林谷栄、青年・芥川比呂志他

コーラス＝ABC放送合唱団

〔備考〕第十五回芸術祭ラジオ部門参加作品。〝ABC劇場〟で放送。「白い恐怖」は《文藝》一九五一年十月号の短編小説「詩人の生涯」をラジオドラマ化した作品。シナリオ「詩人の生涯」の初出は筑摩書房刊〝新鋭文学叢書〟2『安部公房集』(一九六〇年十二月刊)に収録。

なおこのラジオドラマは、一九七五年一月十七日に、デンマーク放送で「詩人の生涯」のタイトルでラジオ放送されている(十九日に再放送)。

おばけの島

放送=一九六〇(昭和三十五)年十二月二十五日
制作=NHK(ラジオ、テレビ)
演出=長与孝子他
音楽=河辺公一、アンサンブル・フリージヤ他
出演=南美江、ヨネヤマ・ママコ、千葉信男、熊倉一雄他

〔備考〕同日サンケイホールの〝クリスマスこども大会〟で上演された十景の子ども向けミュージカル・コメディ「お化けの島」を、〝子供の時間　クリスマス特集〟として、ラジオ、テレビで中継放送(NHK)。《演劇上演目録》参照。

人命救助法

放送=一九六一(昭和三十六)年七月二十六日
制作=NHK大阪(テレビ)
演出=和田勉
音楽=土田啓四郎
出演=北村英三、阪口美奈子、内田朝雄他

〔備考〕〝テレビ劇場〟で放映。テレビドラマ「人命救助法」はのち同名の戯曲へも発展する。シナリオは《現代芸術》一九六一年九月号に掲載、《テレビドラマ》一九六五年五月号に再掲。

空中の塔

放送=一九六一(昭和三十六)年十一月一日
制作=NHK大阪(ラジオ)
演出=香西久
出演=宇野重吉、柳川清、谷口完、神山繁、北村英三、文野朋子他

〔備考〕この作品は一九五一年十月発行の《別冊文藝春秋》第二四号に発表された短編小説「空中楼閣」をラ

ジオドラマ化したもの。イタリア賞参加候補作品として作られたが、結局参加しなかった。

時間しゅうぜんします

放送＝一九六二（昭和三十七）年一月二日
制作＝NHK（ラジオ）
演出＝中村文雄、長与孝子
音楽＝神津善行
出演＝黒柳徹子、熊倉一雄、前沢迪雄他
〔備考〕〝こどもの時間特集〟で放送されたラジオSF。

あなたがもう一人

放送＝一九六二（昭和三十七）年七月十四日
制作＝NET（現テレビ朝日）（テレビ）
演出＝星野和彦
音楽＝牧野由多可
出演＝木村俊恵、勝呂誉、浜田寅彦、中村美代子、伊藤弘子
〔備考〕安部公房企画・監修〝お気に召すまま〟全二十回シリーズの第一回。同シリーズは星新一、福田善之、柾木恭介、清水邦夫、山田正弘らが企画に参加、台本の執筆も行った。ほかに、安部公房原案、脚本・寺山修司の「トツ・トツ・クラブの紳士たち」「髭」などがある。

消えた川の話

放送＝一九六二（昭和三十七）年七月十九日
制作＝文化放送（ラジオ）
演出＝山口正道
出演＝安部公房（語り）
〔備考〕〝現代劇場〟納涼シリーズ第二回「五つのオムニバスによる『川』の物語」の第五話。他の表題と作者は以下の通り。第一話「汽車と川」（谷川俊太郎作）、第二話「梓川」（小島烏水作）、第三話「天の川」（水原明人作）、第四話「隅田川」（堂本正樹作）。

鳥になった女

放送＝一九六二（昭和三十七）年八月二十二日
制作＝北海道放送（ラジオ）
演出＝船越一幸
音楽＝広瀬量平
出演＝小沢栄太郎ほか俳優座ユニット

〔備考〕〝ＨＢＣ小劇場〟で放送。

モンスター

放送＝一九六二（昭和三十七）年十一月十六日
制作＝ＮＨＫ大阪（テレビ）
演出＝和田勉
音楽＝黛敏郎
出演＝フランキー堺、木村俊恵、城所英夫他
〔備考〕サブタイトルに〝コンピューター時代のポエジー〟とある。台本表紙に〈昭和37年度芸術祭参加――「地獄」（テレビ・ミュージカルス）改題〉とある。

羊腸人類

放送＝一九六二（昭和三十七）年十一月十七日
制作＝ＮＥＴ（テレビ）
演出＝山内英嗣
音楽＝間宮芳生
出演＝八波むと志、田口計、市川寿美礼他
〔備考〕安部公房企画・監修〝お気に召すまま〟全二十回シリーズのうちの第十八話。なお、この作品は《文學界》一九五五年四月号の短編小説「盲腸」をテレビドラマ化したものだが、更に戯曲「緑色のストッキング」へも発展する。「羊腸人間」のシナリオは、大光社版〝現代文学の実験室〟①『安部公房集』（一九七〇年六月刊）に収録。

吼えろ！

放送＝一九六二（昭和三十七）年十一月十八日
制作＝朝日放送（ラジオ）
演出＝大熊邦也、中川隆博、山内久司、阪田寛夫
音楽＝芥川也寸志、山本諭
出演＝宇野重吉、井川比佐志、佐野浅夫、山岡久乃、小沢栄太郎、市原悦子他
〔備考〕芸術祭賞受賞。この作品はフランスでも放送された。シナリオの初出は、日本放送協会『放送作家現代の放送ドラマ』１（一九六三年四月刊）に収録。

チャンピオン

放送＝一九六二（昭和三十七）年十一月十八日
制作＝ＲＫＢ毎日（ラジオ）
演出＝武敬子
音楽＝武満徹

出演＝中谷一郎、井川比佐志他
〔備考〕〃現代劇場〃で放送。民放祭奨励賞受賞。サブタイトルに〃音の物体詩〃とある。この作品は安部公房と武満徹の共同取材によるドキュメンタル構成の作品。安部公房はのちにこの作品を、短編小説「時の崖」、ラジオドラマ「時の崖」、自主製作映画「時の崖」へも発展させた。また「時の崖」は三部作の戯曲「棒になった男」の第二景にもなっている。「チャンピオン」のシナリオは《テレビドラマ》一九六五年五月号に掲載。

しあわせは永遠に

放送＝一九六二（昭和三十七）年十二月一日
制作＝NET（テレビ）
脚本＝安部公房、柾木恭介
演出＝安部公房
出演＝根岸明美、十朱久雄、観世栄夫
〔備考〕安部公房企画・監修〃お気に召すまま〃シリーズ全二十回の最終回。この放映では初めてテレビの演出を手がける。

闖入者

放送＝一九六三（昭和三十八）年二月二十三日
制作＝NHK大阪（テレビ）
演出＝関川良夫、前田純一郎、辻元一郎
効果＝武部喜明
出演＝小林昭二、溝田繁、藤山喜子他
〔備考〕〃創作劇場〃で放映。《新潮》一九五一年十一月号の同名の中編小説をテレビドラマ化した作品で、一九五五年七月にラジオドラマとしても放送されている。小説「闖入者」はさらに戯曲「友達」へも発展している。

砂の女

放送＝一九六三（昭和三十八）年三月四日～四月十三日
制作＝文化放送（ラジオ）
演出＝宮沢明
音楽＝佐藤慶次郎
出演＝語り手・滝沢修、下元勉、奈良岡朋子他
〔備考〕〃森永乳業名作シリーズ〃第十二輯で、安部公房が自ら脚色した全三十六回の連続放送ドラマ。この作品は純文学書下ろし特別作品『砂の女』（一九六二年

六月刊）をラジオドラマ化したもので、のち映画シナリオ「砂の女」へも発展する。

虫は死ね

放送＝一九六三（昭和三十八）年十一月十日
制作＝北海道放送（テレビ）
演出＝小南武朗
音楽＝林光
出演＝市原悦子、大坂志郎、佐々木すみ江、高津住男他
〔備考〕〝東芝日曜劇場〟で放映。芸術祭奨励賞受賞。シナリオは《テレビドラマ》一九六四年一月号に掲載。

審判

放送＝一九六三（昭和三十八）年十一月二十四日
制作＝文化放送（ラジオ）
演出＝山口正道
音楽＝湯浅譲二
出演＝西村晃、横森久、矢野宣他
〔備考〕芸術祭参加作品。〝現代劇場〟で放送。シナリオの初出は大光社版〝現代文学の実験室〟①『安部公房集』（一九七〇年六月刊）に収録。

ガラスの罠

放送＝一九六四（昭和三十九）年三月二十八日
制作＝NHK（ラジオ）第二放送
演出＝長与孝子
音楽＝湯浅譲二
効果＝大八木健治
出演＝西村晃、井川比佐志、岸輝子他
〔備考〕〝ラジオ小劇場〟で放送。シナリオは《テレビドラマ》一九六四年五月号に掲載。この作品は《総合》一九五七年六月号の短編小説「誘惑者」をラジオドラマ化したもの。

こんばんは21世紀

放送＝一九六四（昭和三十九）年四月十二日
制作＝東京12チャンネル（現テレビ東京）（テレビ）
構成＝安部公房
脚本＝柾木恭介
演出＝若林一郎、田原総一朗
音楽＝別宮貞雄
影絵＝かゝし座
出演＝フランキー堺、水島弘、観世栄夫、永田靖、岡本

太郎、鳳八千代、田中明夫、加賀まりこ他
〔備考〕東京12チャンネル開局記念番組と銘打った一時間の特別番組。コンピューターを使ったドキュメンタリー・バラエティー・ドラマ。

目撃者

放送＝一九六四（昭和三十九）年十一月二十七日
制作＝RKB毎日（テレビ）
演出＝久野浩平
音楽＝武満徹
出演＝井川比佐志、市原悦子、内藤武敏他
〔備考〕〝近鉄金曜劇場〟で放映。芸術祭奨励賞受賞。一九六五年一月二十日再放送。この作品はのち戯曲「未必の故意」にも発展する。シナリオは《新日本文学》一九六五年一月号に掲載。《テレビドラマ》一九六五年五月号、《シナリオ》一九六九年八月号に再掲。

詩人の生涯

放送＝一九六六（昭和四十一）年二月二十六日
制作＝NHK（ラジオ）
出演＝語り手・井川比佐志他

時の崖

放送＝一九六六（昭和四十一）年十月一日
制作＝NHK（ラジオ）
出演＝語り手・露口茂他
〔備考〕この作品は一九六二年十一月十八日、RKB毎日で放送した「チャンピオン」を素材とした《文學界》一九六四年三月号の短編小説「時の崖」を、ラジオドラマ化したもの。「チャンピオン」の〔備考欄〕参照。

男たち

放送＝一九六八（昭和四十三）年十一月十六日
制作＝NHKFM
演出＝沖野瞭
効果＝大八木健治
出演＝女・市原悦子、客の女・奈良岡朋子、私・小沢昭一
〔備考〕〝芸術劇場〟で放送。この作品は戯曲「鞄」へも発展。また三部作の戯曲「棒になった男」の第一景「鞄」へも発展する。

燃えつきた地図

放送＝一九七二（昭和四十七）年十一月十八日
制作＝NHK名古屋（ラジオ）
演出＝角岡正美
音楽＝熊谷賢一
出演＝井川比佐志、条文子、新間正次他
〔備考〕〝文芸劇場〟で放送。この作品は純文学書下ろし特別作品『燃えつきた地図』（一九六七年九月刊）の原作提供のみで、脚色は能勢紘也が担当。一九七四年七月十三日再放送。一九八七年一月二十五日にも〝ラジオ名作劇場〟で再放送。

R62号の発明

放送＝一九七八（昭和五十三）年九月十八日
制作＝NHK（ラジオ）
演出＝樋浦勉
〔備考〕〝中学校国語　名作をたずねて〟で放送。同月二十二日再放送。

R62号の発明

放送＝一九八〇（昭和五十五）年一月三日
制作＝NHK（ラジオ）
演出＝長与孝子
音楽＝宇野誠一郎
出演＝R62号・佐藤慶、高水所長・三谷昇、花井・田島令子、ドクトル・中村伸郎他
〔備考〕新年特集ドラマ〝文芸劇場〟で放送された〝ドラマ・日本SF名作シリーズ〟③。この作品は原作提供のみで、脚色は山元清多が担当。ちなみに同シリーズの①は小松左京「お茶漬の味」、②は筒井康隆「俺に関する噂」。またこの作品はのち、新潮社カセット『R62号の発明』（一九八七年二月刊）に収録。

III　参考文献目録

参考文献は原則として初出を掲載した。単行本として刊行されたもの、雑誌などの特集号の細目、上演パンフレットなども、すべて発行年月順に記載し、二カ月以上にわたる連載形式のものは一括記載した。無署名、匿名の書評・劇評、各種文学事典等の記述および外国語による参考文献は割愛した。また著者へのインタビュー、対談・鼎談・座談会などについては上演パンフレットおよび特集内のものは記載した。大学の紀要、同人雑誌などに発表された論文などは、各年の末尾の＊印の後に一括記載した。なお外国人が書いた文献については、単行本以外の訳者名は、すべて割愛した。

表記について

一、字体は原則として新字体を用いた。

二、新聞の朝刊、夕刊の表示は、朝刊は省略し、夕刊のみ表示した。

三、（　）内に用いられた数字表記について

(1)《展望》6、《近代文学》11の数字は、各々展望6月号、近代文学11月号の月号を表わす。

(2)《読売新聞》6・30、《週刊読書人》10・23の数字は、各々読売新聞6月30日、週刊読書人10月23日発行の発行月日を表わす。

(3)《劇団青俳「制服」上演パンフレット》(3)、《劇団俳優座「どれい狩り」上演パンフレット》(6)の数字は、各々3月発行、6月発行の発行月を表わす。

(4)『現代作家案内』三一書房、5、新潮文庫『他人の顔』、12の数字は各々5月刊行、12月刊行の刊行月を表わす。

(5)《俳優座》㊳、3、《大阪労演》(121)、5の○印の数字は、各々俳優座第三八号（3月発行）、大阪労演第一二一号（5月発行）の号数を表わす。また、《人文論叢》⑭の3、12の数字は、《人文論叢》第一四巻三号、12月発行を表わす。

一九四八（昭和二十三）**年**

平野謙「甦賞と批評の間（文芸時評）（「終りし道の標べに」）」（《文藝》4）

埴谷雄高「『夜の会』の頃」（《展望》6）

荒正人「第二の新人群――武田泰淳・安部公房・島尾敏雄たち」（《東京新聞》6・18〜19）

椎名麟三「安部公房『終りし道の標べに』」（真善美社出版案内《アプレゲール通信》10）

一九五一（昭和二十六）**年**

埴谷雄高「安部公房『壁』」（《人間》4）

椎名麟三「安部公房『赤い繭』を推す（戦後文学賞）」（《近代文学》4）

荒正人「知識人文学の新人――安部公房について」（《中央大学新聞》4）

丹羽文雄・阿部知二・高見順〈創作合評〉「壁」（《群像》5）

石川淳「序」（『壁』月曜書房、5）

佐々木基一「安部公房『バベルの塔の狸』」（《人間》6）

中野重治・三好十郎・山室静〈創作合評〉「バベルの塔の狸」（《群像》7）

武田泰淳「生活が生む貴重なイメージ――安部公房『壁』」（《図書新聞》7・2）

埴谷雄高「安部公房のこと」（《近代文学》8）

荒正人「新らしい才能――安部公房」（《西日本新聞》8・1）

滝井孝作、川端康成、宇野浩二他「芥川賞選評」（《文藝春秋》10）

勅使河原蒼風「壁を読む（蒼風雑筆）」（季刊《草月》②、10）

中薗英助「安部公房著『壁』」（《近代文学》11）

浅見淵・石上玄一郎・八木義徳〈小説月評〉「飢えた皮膚」「詩人の生涯」（《文學界》11）

浅見淵・石上玄一郎・八木義徳〈小説月評〉「闖入者」（《文學界》12）

一九五二（昭和二十七）**年**

河上徹太郎・武田泰淳・臼井吉見〈小説月評〉「ノアの方舟」（《文學界》2）

北原武夫・浦松佐美太郎・高橋義孝〈小説月評〉「水中都市」（《文學界》7）

一九五三（昭和二十八）**年**

関根弘「安部公房著『闖入者』」（《近代文学》3）

木下順二・椎名麟三・手塚富雄〈創作合評〉「R62号の発明」（《群像》4）

一九五四（昭和二十九）**年**

寺田透「現代新人論（承前）」（《新日本文学》1）

佐々木基一「『飢餓同盟』」（《群像》4）

青野季吉・河上徹太郎・中村真一郎〈創作合評〉「犬」（同）

一九五五（昭和三十）**年**

平野謙「解説」（昭和文学全集53『昭和短篇集』「詩人の生涯」角川書店、2）

堀田善衛「倖せか？　安部公房氏に――」（《文學界》3）

《劇団青俳「制服」上演パンフレット》（3）

椎名麟三「『制服』について」

真鍋呉夫「安部公房ノ研究」

浅野良一「『制服』での二つの問題」

倉橋健「『制服』の演出」

椎名麟三「安部公房作『制服』」（《芸術新潮》5）

尾崎宏次「この一カ月のあいだに――『制服』劇評」（《新劇》6）

《劇団俳優座「どれい狩り」上演パンフレット》（6）

石川淳「安部君について」

遠藤慎吾「『どれい狩り』（新劇教室）」（《知性》7）

菊池章一「ドラマへの関心――安部公房の場合」（《労演》⑦⑤⑦⑥、7、8）

《劇団青俳「快速船」上演パンフレット》（8）

倉橋健「『快速船』の演出について」

三島由紀夫「ドラマに於ける未来」

貫井宗春「快速船の舞台装置について」

千田是也「『どれい狩り』演出雑感」（安部公房創作劇集『どれい狩り・快速船・制服』青木書店、9）

倉橋健「『快速船』の演出について」（同）

市川孝「安部公房の文章」（《言語生活》10）

野村喬「『私』をこえるということ――石川淳・安部公房の場合」（《文学評論》〈特集＝民主的文学の検証Ⅲ⑩〉10）

椎名麟三「旱天の豪雨のような創作劇集――『どれい狩

り・快速船・制服』」(《日本読書新聞》10・24)
瓜生忠夫「奴隷化政策の諷刺――『どれい狩り・快速船・制服』」(《図書新聞》10・29)

一九五六(昭和三十一)**年**

中原佑介「もうひとつの芝居――安部公房の戯曲について」(《美術批評》2)
佐々木基一・中村真一郎・寺田透〈創作合評〉「永久運動」(《群像》4)
茨木憲・小宮曠三・菱山修三・西沢揚太郎〈戯曲合評〉「永久運動」(《悲劇喜劇》4)
佐々木基一「解説」(日本シナリオ文学全集10『椎名麟三　安部公房集』「壁あつき部屋」「不良少年」理論社、5)
福田恆存「安部公房のドラマ――期待する作家⑪」(《東京新聞》7・3夕刊)
赤塚徹、中村康吉「安部公房のこと(グラビア、文)」(《文藝》9)
福田善之「解説」(『現代戯曲集』「制服」近代生活社、11)

一九五七(昭和三十二)**年**

小島信夫「〝変形〟譚への情熱――『R62号の発明』」(《日本読書新聞》1・1)
篠原一「小気味よい批判の眼――『東欧を行く』」(《日本読書新聞》3・4)
井上光晴「〝白っぱくれるな〟――『東欧を行く』」(《図書新聞》3・16)
小田切秀雄「『東欧を行く』評」(《群像》4)
尾崎一雄・上林暁・外村繁〈創作合評〉「けものたちは故郷をめざす」(《群像》5)
堀田善衛「日本はどこにある?――『けものたちは故郷をめざす』」(《日本読書新聞》5・20)
大江健三郎「説得力のある文体――『けものたちは故郷をめざす』」(《東京大学新聞》6・5)
井上光晴「故郷とはなにか――山犬の匂いのする小説『けものたちは故郷をめざす』評」(《図書新聞》6・29)
中原佑介「実験台の患者諸君――『R62号の発明』評」(《新日本文学》7)
本多秋五・北原武夫・野間宏〈創作合評〉「鉛の卵」

（《群像》12）

一九五八（昭和三十三）**年**

針生一郎「資質に同化した方法――『猛獣の心に計算器の手を』」（《図書新聞》2・1）

山下肇「沙漠に息づく〝けもの〟の健康なエネルギー――『猛獣の心に計算器の手を』」（《日本読書新聞》2・10）

岡本太郎「〝不屈のアバンギャルド魂〟安部公房（今週の顔）」（《読売新聞》7・14）

臼井吉見「解説」（現代日本文学全集88『昭和小説集㈢』「詩人の生涯」筑摩書房、8）

茨木憲・遠藤慎吾〈対談〉「〈正反批判〉幽霊はここにいる」（《悲劇喜劇》9）

西沢揚太郎「『幽霊はここにいる』戯曲評」（《悲劇喜劇》10）

花田清輝「人物スケッチ――ゲキレイする、される安部公房」（《日本読書新聞》11・10）

一九五九（昭和三十四）**年**

飯島耕一「安部公房――あるいは無罪の文学」（《批評》②、1）

篠田一士・菅野昭正・飯島耕一・村松剛・日沼倫太郎・佐伯彰一〈討論〉「安部公房とアヴァンギャルドの方法について」（同）

野田真吉「記録主義のエッセイ――『裁かれる記録』評」（《記録映画》3）

矢代静一・浅利慶太・奥野健男・西島大・福田善之・堀田清美・松浦竹夫・八木柊一郎〈座談会〉「新劇の将来」①「新劇の現在地点」（《新劇》4）

埴谷雄高、中島健蔵「各氏に聞く　安部公房のプロフィール」（《大阪労演》⑳、4）

椎名麟三・佐々木基一・野間宏〈創作合評〉「第四間氷期」（《群像》5）

野間宏「幽霊について」（「幽霊はここにいる」上演パンフレット《俳優座㉟、5》）

久保田正文「喜劇的なもの・ユーモラスなもの――『幽霊はここにいる』劇評」（《大阪労演》㉑、5）

江藤文夫「安部公房『裁かれる記録』評」（《新日本文学》6）

千田是也「考えることをたのしく――ミュージカル『可愛い女』」（《新音楽》7）

針生一郎「『第四間氷期』『幽霊はここにいる』評」《日本読書新聞》7・20）
《大阪労音「可愛い女」上演パンフレット》（8）
千田是也「演出者のことば」
野間宏「新しい空気のように宇宙をかけめぐる才能・安部公房」
奥野健男「安部公房著『第四間氷期』『幽霊はここにいる』評」《週刊読書人》8・3）
奥野健男「夏向き怪奇未来小説――『第四間氷期』」《日本経済新聞》8・17）
田木繁「海底のイーカルス――安部公房『第四間氷期』」《新日本文学》9）
埴谷雄高「安部公房『第四間氷期』とA・アシモフ『鋼鉄都市』」《東京新聞》9・14夕刊）
大岡欽治「『可愛い女』を観て」《テアトロ》10）
津金伸行「『最後の武器』劇評」《新劇》10）
玉井五一「記録芸術の会の頃のこと」《新日本文学》12）

一九六〇（昭和三十五）年

阿部知二・平林たい子・亀井勝一郎〈創作合評〉「賭」《群像》2）
椎名麟三「社会をあやつる力――『巨人伝説』劇評」《読売新聞》3・2夕刊）
岸輝子・小沢栄太郎・三島雅夫・松本克平〈座談会〉「安部さんの芝居」（『巨人伝説』上演パンフレット《俳優座》㊳、3）
《劇団俳優座「巨人伝説」上演パンフレット》《大阪労演》⑬、3）
椎名麟三「巨人伝説」
花田清輝「魔術的なただよい」
尾崎宏次「安部公房の登場」
針生一郎「『巨人伝説』劇評」《新劇》6）
渡辺淳「現代戯曲とアクチュアリティ――戦争責任と取組むサルトルと安部（『巨人伝説』）」《文学》8）
奥野健男「ダム建設をめぐる巨大な事実の迫力――『石の眼』」《週刊読書人》8・1）
小林祥一郎「反推理的推理小説――安部公房『石の眼』について」《新日本文学》10）
千田是也「『石の語る日』について（上海戯曲学院での試演にあたっての講演）」（10・26、『千田是也演劇論集4』所収、未來社、'87・3）

山本健吉「解説」（新選現代日本文学全集33『戦後小説集(二)』「闖入者」「鉛の卵」筑摩書房、11）
《劇団青俳「制服」上演パンフレット》（11）
倉橋健「『制服』と『署名人』」
佐々木基一「安部公房の幽霊」
花田清輝「解説」（新鋭文学叢書2『安部公房集』筑摩書房、12）
勅使河原宏「『赤い繭』の頃」（同《月報》）
和田勉「テレビのためのなわと棒」（同）
ヨネヤマ・ママコ「安部さんが一人の異邦人を助けた話」（同）
野間宏「安部公房の存在」（同）

一九六一（昭和三十六）**年**

道井直次「『石の語る日』を上演して」（《テアトロ》1）
《劇団俳優座「石の語る日」上演パンフレット》（1）
「安保闘争における群馬県の民擁連と民商の活動」
荒川哲生「『制服』劇評」（《新劇》2）
花田清輝・武井昭夫〈劇評対談〉「石の語る日」（《テアトロ》3）
加藤衛「わたしの問題作——『石の語る日』評」（《悲劇喜劇》4）
堀田清美「『石の語る日』劇評」（《新劇》4）
平林たい子・山本健吉・北原武夫〈創作合評〉「他人の死」（《群像》5）
奥野健男「安部公房〈人と作品〉」（《新刊ニュース》6）
佐藤邦夫「批評的試論——『石の語る日』の発想」（《テアトロ》6）
千田是也「ミュージカルス『可愛い女』」（《ヤマハ・ニュース》11）

一九六二（昭和三十七）**年**

本多秋五〈物語戦後文学史　変貌の作家安部公房〉①「実在主義の崩壊から」（《週刊読書人》1・22）
〈同〉②「『壁』で芥川賞作家に」（同2・5）
〈同〉③「〝存在〟探求への旅」（同2・12）
〈同〉④「機智、滑稽化の才」（同2・19）
〈同〉⑤「〝壁〟との格闘と解決」（同3・5）
〈同〉⑥「芸術と現実の変革へ」（同3・12）
松本俊夫「意外性のドラマトルギー——映画『おとし穴』評」（《日本読書新聞》2・5）
山本二郎「戦後の創作戯曲」（《国文学　解釈と鑑賞》

4）
小島信夫「現代の寓意小説――『砂の女』」（《週刊読書人》6・25）
千田是也「傍白――『城塞』上演を前にして」（劇団俳優座《コメディアン》8・1）
岩田宏「安部公房著『砂の女』」（《新日本文学》8）
北村美憲「コメディ・プラスチック――安部公房論」（《新日本文学》9）
佐々木基一「脱出と超克」（同）
（俳優座《日曜劇場》⑭、9）
千田是也「稽古場にて」
野間宏「安部公房について」
永井智雄「安部作品の中の人間ども…」
津田孝「『砂の女』の意味するもの」（《学生新聞》10・5）
津田孝「安部公房の『城塞』の方法」（《アカハタ》10・30）
千田是也「『劇中劇』の新しさ――『城塞』演出雑感」（《文藝》11）
茨木憲・遠藤慎吾〈対談劇評〉「城塞」（《悲劇喜劇》11）
荒川哲生「愛国ムードへの抗議作――安部公房作『城塞』をみる」（《新劇》11）
村松剛「『砂の女』の安部公房（ことしの主役）」（共同通信社配信、12・15）
勅使河原宏「忙しすぎる作家――安部公房氏（今年活躍した人）」（《週刊読書人》12・17）

一九六三（昭和三十八）**年**

大佛次郎「異常の描写の新鮮さ――『砂の女』（読売文学賞選評）」（《読売新聞》1・28）
松本俊夫「安部公房氏とアイ・ポジション」（《日本読書新聞》2・4）
奥野健男「安部公房氏の文学」（《東京新聞》2・16〜17夕刊）
大熊邦也「放送劇『吼えろ！』を演出して」（『放送作家現代の放送ドラマⅠ』日本放送作家協会、4）
吉成孝史「安部文学の原型『砂の女』の評価」（《図書新聞》4・13）
奥野健男「『政治と文学』理論の破産」（《文藝》6）
小野敏子「『砂の女』と『自由』」（《アカハタ》6・6）
武井昭夫「戦後文学批判の視点」（《文藝》9）
吉田永宏「〈対決〉の可能性はどこに――『砂の女』の二

つの評価」（《新日本文学》9）
三木卓「非現実小説の陥穽――『砂の女』をめぐって」（《新日本文学》11）

一九六四（昭和三十九）**年**

本多秋五・野間宏・佐々木基一〈創作合評〉「他人の顔」（《群像》2）
荒正人「解説」（新日本文学全集29『福永武彦 安部公房集』「S・カルマ氏の犯罪――壁」「けものたちは故郷をめざす」集英社、2）
石川淳「双璧（安部公房・福永武彦）」（同《月報》）
武満徹「凝固《コンクリート》された美」（同）
荻昌弘「『砂の女』の類のなさ」（《日比谷・みゆき座「砂の女」上映パンフレット》2）
〈特集＝「砂の女」批判――にっぽん脱出はいかにして可能か〉（《映画芸術》4）
奥野健男「てこでも動かない女房的リアリズム」
関根弘「ホームドラマ大批判」
金坂健二「映画作家と日本脱出」
戸井田道三「寓話的なとらえ方」
武田泰淳・本多秋五・三島由紀夫〈座談会〉「戦後作家」（《群像》4）
奥野健男「解説」（『第四間氷期』早川書房、5）
木島始「科学小説の批評性」（《新日本文学》8）
宗左近「健康すぎる文明批評――安部公房『他人の顔』評」（《図書新聞》10・17）
小松左京「仮面化反応論――安部公房著『他人の顔』がはらむ未来」（《日本読書新聞》10・19）
白井健三郎「失われた人間関係を求めて――『他人の顔』」（《朝日ジャーナル》11・1）
岩田宏「現代の〝ロビンソン・クルーソー〟として――『他人の顔』」（《週刊読書人》11・2）
田中千禾夫「『他人の顔』をよんで――作家安部さんの秘密」（俳優座《コメディアン》12・1）

＊

岩城利光「掌握への試行」（法政大学文芸研究会《富士見坂文学》㉖、5）
高野斗志美「黄色い鴉の神――安部公房『制服』についてのぼくのノート」（《路傍》8）
三枝康高「『砂の女』についての試論」（日本文学協会《日本文学》11）
天野哲夫「安部公房『他人の顔』」（《裏窓》12）

一九六五（昭和四十）年

三島由紀夫「現代文学の三方向」（《展望》1）
北村美憲「小説で小説を否定？——『無関係な死』」（《図書新聞》1・9）
飯島耕一「『無関係な死』『水中都市』評」（《週刊読書人》1・11）
日沼倫太郎「重層的な構造持つ想像世界——『無関係な死』」（《日本読書新聞》1・11）
《劇団俳優座「おまえにも罪がある」上演パンフレット》（1）
千田是也「安部公房の芝居づくり」
佐々木基一「解説」（芥川賞作家シリーズ 安部公房『おまえにも罪がある』学習研究社、2）
尾崎秀樹「問題を残す『無関係な死』——『おまえにも罪がある』評」（《新劇》3）
藤木宏幸「『無責任』を衝く〈死体〉の論理——『おまえにも罪がある』評」（《テアトロ》3）
長谷川四郎「目に見えないものを——『おまえにも罪がある』」（《週刊読書人》4・5）
〈特集＝安部公房作品集〉（《テレビドラマ》5）
和田勉「安部公房さんの『こと』」
福田善之「劇作家・安部公房」
玉井五一「流体の軌跡——小説家・安部公房」
久野浩平「《目撃者》についての蛇足」
秋山駿「『榎本武揚』評」（《群像》7）
磯田光一「ユニークな歴史作品——『榎本武揚』」（《読売新聞》8・19）
加茂儀一「ナゾをはらむ転向の過程——『榎本武揚』」（《週刊朝日》8・27）
大久保寛二「現代の功利演劇——日本にブレヒト現われる？」（《悲劇喜劇》9）
長谷川龍生「瞬間の独創の魅力——『榎本武揚』評」（《図書新聞》9・4）
井上清「時代の変遷と忠誠心——『榎本武揚』」（《朝日ジャーナル》9・26）
福田善之「ガックリ膝が萎える——『榎本武揚』」（《週刊読書人》10・11）
日沼倫太郎「人生論や美徳の批判——『砂漠の思想』評」（《読売新聞》11・18夕刊）
松本俊夫「現代芸術の本質探る——安部公房『砂漠の思想』評」（《図書新聞》11・20）

茨木憲・遠藤慎吾・大山功〈座談会〉「政治と演劇――新劇一九六〇年」（《悲劇喜劇》12）

＊

椎名麟三「『おまえにも罪がある』評」（《「たねの会」月報》㉕、2）

山田博光「安部公房論」（日本文学協会《日本文学》4）

一九六六（昭和四十一）年

関根弘「魂の〝赤ひげ〟診療譚――安部公房『砂漠の思想』」（《展望》1）

北村耕「『壁』のなかの実存と転向（上）――安部公房の世界」（《民主文学》1）

「同、（下）――安部公房の世界」（同2）

武井昭夫「危機意識の欠落について（文芸時評）（『榎本武揚』）」（《新日本文学》2）

北村鱒夫「終着駅は始発駅だった――『終りし道の標べに』」（《図書新聞》2・5）

《劇団俳優座「おまえにも罪がある」上演パンフレット》

（《大阪労演》(202)、2）

千田是也「演出の弁」

柾木恭介「死体のこと」

大江健三郎「解説――安部公房案内」（われらの文学7『安部公房』講談社、2）

武井昭夫「批評運動の必要について（文芸時評）（『榎本武揚』）」（《新日本文学》3）

磯田光一「苛酷さの定着を――『終りし道の標べに』（改訂版）」（《週刊読書人》3・7）

中村新太郎「『忠誠心』の問題と歴史小説――安部公房『榎本武揚』とその批評をめぐって」（《赤旗》3・13～14）

磯田光一「無国籍者の視点――安部公房論」（《文學界》5）

鶴岡善久「ある反応・批判あるいはシュルレアリスムと散文――安部公房・島尾敏雄」（『日本超現実主義詩論』思潮社、6）

渡辺淳「安部公房――SF的現実」（《悲劇喜劇》〈特集＝現代日本六人の劇作家〉7）

牧羊子「自由願望の人間心理――映画『他人の顔』評」（《東京新聞》7・17）

平野栄久「仮面の罪――安部公房『他人の顔』における作家主体と作品世界」（《新日本文学》8）

清岡卓行「哲学的な実験作映画『他人の顔』」（《週刊読

書人》8・8）
渡辺淳「安易な平和感への鋭い挑戦——映画『他人の顔』」（《キネマ旬報》8・上旬号）
井沢淳「見事に定着された現代の不安——映画『他人の顔』」（同）
柾木恭介「犯罪について——映画『他人の顔』評」（《新日本文学》10）

一九六七（昭和四十二）年

田村栄「『榎本武揚』と『沈黙』について」（《文化評論》1）
埴谷雄高「解説」（全集・現代文学の発見8『存在の探求 下』「壁」學藝書林、1）
武田勝彦、村松定孝〈海外における日本近代文学研究⑥「安部公房『砂の女』『他人の顔』について」（《国文学》2）
奥野健男「『友達』について」（《青年座通信》㊶、3）
《劇団青年座「友達」上演パンフレット》（3）
石川淳「安部君の車」
埴谷雄高「存在のどんでん返し」
長谷川四郎「安部さんの芝居」
三島由紀夫「（無題）」
安岡章太郎「感動と不安」
磯田光一「自動販売機の美学——『友達』の新しさについて」
奥野健男「青年座と安部公房」
武井昭夫「風化された批評精神——戯曲『友達』」（《新劇》5）
湯地朝雄「自由の僭称者——川端・石川・安部・三島の『声明』をめぐって」（《新日本文学》5）
日沼倫太郎「処女作への回帰」（『現代作家案内』三一書房、5）
茨木憲・ふじたあさや・尾崎宏次〈戯曲合評〉「友達」（《悲劇喜劇》5）
黛哲郎「孤独は死すべきか——『友達』劇評」（《テアトロ》5）
石沢秀二「笑いの二相——『友達』評」（《文藝》5）
渡辺淳「安部公房の方法」（《テアトロ》8）
山本健吉「解説」（日本文学全集50『現代名作集 下』、『デンドロカカリヤ』新潮社、9）
《劇団雲「榎本武揚」上演パンフレット》（9）
磯田光一「『榎本武揚』・小説と戯曲の間——安部公房

の現実意識」
芥川比呂志「ひとこと」
榎本揚武「祖父武揚のこと」
大岡昇平「説得力欠く戯曲『榎本武揚』（文芸時評）」（《朝日新聞》9・29夕刊）
奥野健男「解説」（日本現代文学全集103『田中千禾夫　福田恆存　木下順二　安部公房集』「幽霊はここにいる」「城塞」講談社、10）
中田耕治「安部公房入門」（同）
千田是也「『幽霊はここにいる』と『城塞』のあいだ」（同《月報》）
長部日出雄「第三の道を行く〝透明人間〟安部公房――『榎本武揚』にこめた既成転向説への挑戦」（《アサヒ芸能》10・15）
今野勉「〝幽霊榎本武揚〟の登場――安部公房作『榎本武揚』をみて」（《日本読書新聞》10・23）
真継伸彦「『思想』と『時代』との対決――劇団雲公演『榎本武揚』をみる」（《週刊読書人》10・23）
丸谷才一「都会の中の人間喪失――『燃えつきた地図』評」（《読売新聞》10・26夕刊）
磯田光一「都市文明のなかでの人間――『燃えつきた地図』」（《週刊読書人》10・30）
長尾一雄「歴史の空虚さ、活人画、牢――『榎本武揚』」（《新劇》11）
長谷川四郎「人間関係の虚構を凝視――『燃えつきた地図』評」（《朝日ジャーナル》11・5）
《劇団俳優座「どれい狩り（改訂版）」上演パンフレット》（11）
千田是也「『どれい狩り』のころ」
渡辺淳「改訂テキスト考」
岩崎加根子・仲代達矢・新克利・山本清・杉山とく子・浜田寅彦〈座談会〉「安部戯曲の役づくり」
中田耕治「『不思議な国の悪意』の風景――安部公房『燃えつきた地図』の衝撃」（《図書新聞》11・25）
大岡信「百年後に知己を待つ――戯曲『榎本武揚』評」（《文藝》12）
田所泉「『故郷』と作家との闘い――安部公房、小林勝、高井有一の最近作をめぐって」（《新日本文学》12）
《劇団俳優座「どれい狩り（改訂版）」上演パンフレット》（《大阪労演》224、12）
野村喬「『どれい狩り』改演について」
湯地朝雄「安部公房における『現存在』と『非存在』」

〈対談〉「改訂版『どれい狩り』をめぐって」（千田是也と）

奥野健男「〝政治的小説〟批判」（《文学》12）

＊

二宮一次、S. Goldstein「英訳、安部公房『時の崖』」（新潟大学《人文科学研究》㉝、8）

安江武夫「安部公房論」（法政大学《近代文学研究》③、9）

一九六八（昭和四十三）年

蔵原惟治「喜劇的効果について――『どれい狩り』評」（《新劇》1）

尾崎宏次・渡辺淳・森秀男・石沢秀二「安部公房の三作（67年の舞台採点）」（同）

大江健三郎「安部公房劇場――その架空のロビーでの対話」（《文藝》1）

秋山駿「想像はひび割れる――安部公房『燃えつきた地図』」（《文學界》1）

大島勉「初心を忘れたウエーまつり――『どれい狩り』評」（《テアトロ》1）

檜山久雄「歴史の思想化について――大江健三郎と安部公房の近作について」（《新日本文学》2）

倉橋健「安部公房論」（『戦後文学・展望と課題』真興出版社、2）

V・ウィンケルヘフェロバー「解説」（日本文学全集85『安部公房集』集英社、2）

〈特集＝安部公房〉（《三田文学》3）

「私の文学を語る」（インタビュアー秋山駿）

上総英郎「オプティミストの変貌――安部公房論」

黒沢聖子「ヒューマニズムを中心に――安部公房論」

石沢秀二「『友達』――武井昭夫の批評」（《大阪労演》㉘、4）

《劇団青年座「友達」再演パンフレット》（4）

このパンフレットは一九六七年三月の初演パンフレットに次の新稿が加わっている。ただし磯田光一は新稿とさしかえた。

〈対談〉「無題」（成瀬昌彦と）

千田是也「再演によせて」

大江健三郎「論理的な、あまりに素晴しく論理的な……」

藤田洋「喜劇的寸感」

磯田光一「日本酒、この抽象的なもの――『友達』の文明批評」
V・ウィンケルヘーフェロヴァー「（無題）」
佐々木基一「解説」（全集・現代文学の発見2『方法の実験』「赤い繭」學藝書林、5）
駒田信二「寓話的な手法で――安部公房『夢の逃亡』」（《図書新聞》5・11）
奥野健男「解説」（現代文学大系66『現代名作集㈣』「時の崖」筑摩書房、6）
藤村（記者）〈文壇事件史――戦後編〉㉖「安部公房の登場」（《読売新聞》6・30）
岡田隆彦「迷路のなかの失踪――映画『燃えつきた地図』」（《中央公論》7）
戸井田道三「勅使河原の肥えた影と実在――『燃えつきた地図』の問題」（《映画芸術》7）
金坂健二「内的プロレタリアートへの恐れ――『燃えつきた地図』の問題」（同）
荒正人「安部公房と大江健三郎」（《国際文化》7）
磯田光一「安部公房のパロディ文体（この作家への提言）」（《週刊読書人》9・2）
村松剛「解説」（日本の文学73『堀田善衛　安部公房　島尾敏雄』「他人の顔」中央公論社、11）
堀田善衛・島尾敏雄と鼎談「秋宵よもやま話」（同《付録》）
大江健三郎「解説」（新潮文庫『他人の顔』、12）

一九六九（昭和四十四）**年**

花田清輝「解説」（全集・現代文学の発見6『黒いユーモア』「棒」學藝書林、1）
野村喬「安部公房――『燃えつきた地図』を視座として」（《国文学》〈特集＝現代の作家・戦後の軌跡をさぐる〉2）
福島正実「解説」（世界SF全集35『日本のSF（短編集）現代篇』「人魚伝」早川書房、4）
磯田光一「解説」（現代日本文学大系76『石川淳　安部公房　大江健三郎集』「S・カルマ氏の犯罪――壁」「赤い繭」「バベルの塔の狸」「闖入者」「鉛の卵」「無関係な死」「時の崖」「詩人の生涯」筑摩書房、5）
秋山駿「ハイボールの音」（同《月報》）
佐々木基一「解説」（新潮文庫『壁』5）
森川達也「『赤い繭』」（《国文学》〈特集＝短編小説の面白さ〉6）
〈特集＝戦後世代の文学――安部公房・大江健三郎・吉

本隆明〉《国文学 解釈と鑑賞》9)
森川達也「安部公房とアバンギャルド」
保昌正夫・坂田早苗「初期『壁』をめぐって(往復書簡)」
野島秀勝「中期 砂の歌――『砂の女』について」
長田弘「後期 失われた地図」
関井光男〈戦後世代の文学キーノート〉「安部公房(故郷・名前・砂漠)」
磯田光一「詩人としての安部公房――『無名特集』の問題」(《国文学》9)
磯貝英夫「〈砂の女〉の女」(《国文学》〈特集=作品に見る日本のおんな一〇一人〉10)
磯田光一「解説」(日本文学全集39『中村真一郎 福永武彦 安部公房 石原慎太郎 開高健 大江健三郎』「赤い繭」「なわ」「無関係な死」「時の崖」新潮社、10)
《紀伊國屋演劇公演「棒になった男」上演パンフレット》(11)
石川淳「タケノコの説」
ドナルド・キーン「『棒になった男』と『松風』」
清水邦夫「安部公房作品と僕と僕の信頼する仲間たち」
原卓也「鞄の中身」
大橋也寸「(無題)」
石沢秀二「安部公房の異端性」
渡辺浩子「ボクサーのたかぶり」
芥川比呂志「安部さんの芝居」
西木一夫「稽古場風景」
〈対談〉「無題」(倉橋健と)
尾崎宏次「独自性あふれた秀抜な舞台――『棒になった男』劇評」(《読売新聞》11・5夕刊)
石沢秀二「うまい井川の一人芝居――『棒になった男』劇評」(《朝日新聞》11・8夕刊)
小川徹「安部公房・仮説への疑いと精神の共和国」(『堕落論の発展』三一書房、12)
小田切秀雄「解説」(日本短篇文学全集48『野間宏 花田清輝 堀田善衛 安部公房』「闖入者」「夢の兵士」筑摩書房、12)

＊

松本鶴雄「安部公房――反日常の論理と自由」(《文芸埼玉》11)

一九七〇（昭和四十五）年

大島勉「無機物人間の孤独――『棒になった男』劇評」（《テアトロ》1）
小川徹「安部公房と三島由紀夫」（《国文学》〈特集＝文学・無頼の季節〉1）
奥野健男「『棒になった男』劇評」（《文藝》1）
松原新一「開かれた文学への道――安部公房論」（《文芸》2）
渡辺淳「『棒になった男』〈演劇時評〉」（《新劇》2）
佐々木基一「解説」（新潮日本文学46『安部公房集』2）
原卓也「安部公房さんのこと」（同《月報》）
奥平晃一「安部公房『無名詩集』『世紀群』についての覚え書」（《日本古書通信》310、2、15）
《劇団俳優座「幽霊はここにいる」上演パンフレット》（3）
佐々木基一「危機の産物としての幽霊」
鎌倉孝夫「幽霊の商品化と資本主義」
入野義朗「演劇と音楽」
田中邦衛「幽霊はどこにいる?」
大島勉「根なし草の大きな根っこ――安部公房の戯曲世界」
長田弘「安部公房を読む」（『開かれた言葉』筑摩書房、3）
石沢秀二「前衛劇の基盤示す出来――『幽霊はここにいる』劇評」（《朝日新聞》3・11夕刊）
柄谷行人「大江、安部にみる想像力と関係意識」（《日本読書新聞》3・23）
吉田永宏「戯曲における批評性――安部公房のそれをめぐって」（《大阪労演》252、4）
野口武彦「評伝的解説〈安部公房〉」（現代日本の文学47『安部公房　大江健三郎集』「けものたちは故郷をめざす」「魔法のチョーク」「デンドロカカリヤ」「闖入者」学習研究社、4）
清水邦夫「安部公房文学紀行『消されていく旅』」（同）
黒井千次「安部公房の戯曲と小説の間――『安部公房戯曲全集』評」（《週刊読書人》4・6）
武田勝彦「西欧における安部公房の評価」（《国文学　解釈と鑑賞》〈特集＝世界文学の中の日本文学〉5）
松原新一「安部公房の二著を読んで――『砂漠の思想』『安部公房戯曲全集』評」（《図書新聞》5・16）
磯田光一「解説」（新潮文庫『けものたちは故郷をめざ

す』5）
山川久三「安部公房」《民主文学》〈特集＝文学に見る60年代・作家と作品〉6）
日野啓三「『砂の女』再読――物語ることについて」《文學界》6）
森川達也「安部公房――『他人の顔』『砂の女』」《国文学》〈特集＝一〇〇人の作家に見る性と文学〉7）
瀬木慎一「『世紀群』のころ」《朝日新聞》7・30）
土田治「安部公房の文学」《天草民報》8・13）
上田三四二「解説」（現代文学秀作シリーズ『第四間氷期』講談社、9）
佐々木基一「解説」（新潮文庫『飢餓同盟』9）
高橋春雄「安部公房『砂漠の思想』」《国文学》〈特集＝現代批評・名著への招待〉10）
磯田光一「解説」（新潮文庫『第四間氷期』11）

一九七一（昭和四十六）**年**

〈特集＝七〇年代の前衛・安部公房〉《国文学　解釈と鑑賞》1）
佐伯彰一「安部公房・その想像力の原質」
森川達也「安部公房における前衛性」
粟津則雄「安部公房と実存主義」
利沢行夫「安部公房におけるコスモポリタニズム」
饗庭孝男「安部公房と『第一次戦後派』」
関井光男「安部公房と石川淳――創世紀神話の方法について」
大久保典夫「安部公房と戦後社会の変質」
千葉宣一「詩人としての安部公房――『無名詩集』の世界」
松原新一「小説家としての安部公房」
清水邦夫「劇作家としての安部公房」
山田博光「『終りし道の標べに』」
遠丸立「『壁』」
千葉宣一「『飢餓同盟』」
吉田凞生「『けものたちは故郷をめざす』」
助川徳是「『第四間氷期』」
紅野敏郎「『砂の女』」
佐藤泰正「『他人の顔』」
高橋春雄「『砂漠の思想』」
笠原伸夫「『榎本武揚』」
柘植光彦「『燃えつきた地図』」
野村喬「『棒になった男』」

小久保実「主要モチーフからみた安部公房」
武田勝彦「海外における安部公房の評価」
大久保典夫編「同時代評の変遷からみた安部公房」
渡辺淳「安部公房――迷っ子たちの劇的イメージ」（《国文学　解釈と鑑賞》〈特集＝現代の戯曲〉3）
高野斗志美『安部公房論』（サンリオ山梨シルクセンター出版部、4。のち増補して花神社、'79・7）
奥野健男「解説」（世界SF全集27『安部公房』早川書房、5）
日下実男「安部氏と氷河期」（同《月報》）
高野斗志美「《変形人間》雑感」（同）
石森章太郎「安部公房さんのことも入ってます」（同）
秋山駿「解説」（日本文学全集44『大江健三郎　安部公房　開高健』「デンドロカカリヤ」「壁」「赤い繭」「洪水」「魔法のチョーク」「事業」「水中都市」「棒」「無関係な死」「時の崖」新潮社、7）
清水邦夫「解説」（新潮文庫『幽霊はここにいる・どれい狩り』7）
伊達得夫「『ふり出しの日々の群像』他」（『詩人たち――ユリイカ抄』日本エディタースクール出版部、7）
武内亨・矢野宣・井川比佐志〈鼎談〉「安部作品をめぐって」（劇団俳優座《コメディアン》9）
島田安行・井口恭子・宮城条子・袋正〈座談会〉「『未必の故意』」（同）
《劇団俳優座「未必の故意」上演パンフレット》（9）
久野浩平「『目撃者』から『未必の故意』へ」
千田是也「『未必の故意』演出雑記」
渡辺淳「島にいて島を出ることは不可能か――閉鎖的コミュニティの恐怖の構造」
篠原正瑛「未必の故意」
〈対談〉「作家と俳優の出会い」（井川比佐志と
加賀乙彦「解説」（カラー版日本文学全集48『埴谷雄高・安部公房』「榎本武揚」（小説）、河出書房新社、9）
利沢行夫「虚数の論理――安部公房論」（『戦後作家の世界』荒地出版社、9）
《劇団俳優座「未必の故意」上演パンフレット》（《大阪労演》270、10）
森川達也「『わからなさ』への肉迫」
千田是也「『未必の故意』演出雑記」
長谷川四郎「〝確認された行為〞探る――『未必の故意』」

（《東京新聞》10・11夕刊）

宇波彰「『未必の故意』――閉塞状況下の人間」（《図書新聞》10・30）

宮本研「『未必の故意』評」（《文藝》11）

《紀伊國屋演劇公演「ガイドブック」上演パンフレット》（11）

ドナルド・キーン「未曾有の伝統芸術」

中村雄二郎「安部公房と物質的リリシズム――『ガイドブック』の稽古を観てアベ・ドラマについて考えたこと」

麦島文夫「見ることについて」

大島勉「道―壁―穴―闖入者――安部公房の原点志向」

茨木憲「『ガイドブック』劇評」（《サンケイ》11・11夕刊）

森秀男「『ガイドブック』劇評」（《東京新聞》11・11夕刊）

高野斗志美「解説」（現代の文学13『安部公房』講談社、11）

千田是也「舞台での安部脚本」（同《月報》）

石川淳「夢の意味をまさぐる――安部公房の「周辺飛行」〈文芸時評〉」（《朝日新聞》11・29夕刊）

石川淳「都市にのみ残る隙間――安部のエセー集『内なる辺境』〈文芸時評〉」（《朝日新聞》11・30夕刊）

山田博光「『榎本武揚』」（《国文学　解釈と鑑賞》〈特集＝維新前夜の思想と文学〉12）

平野栄久「安部公房著『未必の故意』――必然の荒廃――アクチュアリティの喪失と〈政治〉について」（《新日本文学》12）

諸田和治「異端の屈折した意味――『内なる辺境』評」（《読売新聞》12・3）

＊

田西幹「安部公房試論――安部『文学』の基軸と輪郭（付安部公房研究ノート）」（大阪・太成高校《教育研修》①、4）

加藤牧子「安部公房『榎本武揚』論」（《北方文芸》9）

吉田凞生「『砂の女』について」（有精堂《古典と近代文学》⑪、10）

松本公子「安部公房・存在論の旅――何故に人間はかく在らねばならぬのか」（広島女学院大学《国語国文学誌》①、12）

一九七二（昭和四十七）年

笠原伸夫「安部公房——その神話的思惟・素描」（《国文学　解釈と鑑賞》〈特集＝日本神話の世界〉1）
溝口廸夫「演技に走る苦痛の影——『ガイドブック』劇評」（《テアトロ》1）
長谷川四郎「『正統信仰』の拒否——『内なる辺境』評」（《中央公論》1）
古林尚〈戦後派作家対談⑬「安部公房」篇〉「共同体幻想を否定する文学」（《図書新聞》1・1）
千野栄一「『赤い繭』の人気——チェコで最初の翻訳」（同）
吉田凞生「独得な国家否定論——安部公房『内なる辺境』評」（同）
勅使河原宏「あの頃の安部公房——痩軀に秘めたエネルギー」（同）
柴田翔「ためらい欠いたレトリック——『内なる辺境』」（《朝日ジャーナル》1・21）
高山鉄男「安部公房論——他人からの逃亡」（《自由》2）
V・ウィンケルへフェロバー「解説」（豪華版日本文学全集85『安部公房集』集英社、2）
佐々木基一「『無名詩集』のこと」（同《月報》）
江川卓「トビリシの町でのこと」（同）
勅使河原宏「監督誕生」（同）
佐伯隆幸「解説」（『現代日本戯曲大系7』「友達」三一書房、2）
利沢行夫「〝本物の異端〟の明確なイメージ——安部公房『内なる辺境』」（《群像》3）
ジークフリード・シャールシュミット「想像力による構成と現実世界——安部公房の場合」（《新潮》3）
千田是也「〈人間を忘れた未必の故意〉におこたえ」（《京都労演》4）
シャールシュミット・酒井和也〈対談〉「外から見た安部公房」（《波》5）
《『安部公房全作品』新潮社全十五巻《付録》》（'72・5～'73・7）
高野斗志美「安部文学の《キイ・ワード》」（同①～⑭）
武田勝彦「外から見た安部文学」（同①～⑭）
島尾敏雄「安部公房との事」（同①）
磯田光一「『終りし道の標べに』の改訂」（同）

河竹登志夫「高校時代の安部公房」（同②）
埴谷雄高「線と面の運動――『壁』」（同）
倉橋由美子「あまりにも砂的な」（同③）
萩原延寿「残酷さとやさしさと」（同）
高橋睦郎「安部さんのポールとヴィルジニー」（同④）
堀川弘通「私はあきらめない」（同）
荒正人「最も国際的な作家」（同⑤）
饗庭孝男「虚無からの出発」（同）
佐々木基一「寓話的にしか告示できない人間関係の新しいかたち」（同⑥）
R・ローレイヤール「精神の破壊と錯乱」（同）
飯島耕一「『赤い繭』の行方」（同⑦）
渡辺広士「カフカと安部公房」（同）
黒井千次「探す人・逃げる人」（同⑧）
武満徹「『友達』のことなど」（同）
小島信夫「舞台の上の檻」（同⑨）
ドナルド・キーン「観光客としての安部公房」（同）
小松左京「『壁』の思い出――青春のノートから」（同⑩）
辻井喬「自己完結への拒否と破壊」（同）
山崎正和「明快さの逆説――安部戯曲の楽しみ」（同⑪）
森秀男「〈安部工房〉のなかで」（同）
石沢秀二「安部工房と安部公房――新しい演技と演出」（同⑫）
和田勉「手紙」（同）
木村浩「ソビエトでの安部公房」（同⑬）
井川比佐志「敬意と敵意――演出者安部さんと共に」（同）
大庭みな子「安部公房の『自由な参加』」（同⑭）
尾崎宏次「外人の青年芸術家と」（同）
赤坂早苗「年譜」（同⑮）
大島勉「土俗との対決――安部公房『巨人伝説』『未必の故意』」（《国文学》〈特集＝近代日本文学と「自然」〉6）
高野斗志美「安部公房の文学革命（「文壇史事典」）」（《国文学 解釈と鑑賞》7）
別役実「演劇における言語機能について――安部公房〈友達〉より」（『言葉への戦術』烏書房、8）
ドナルド・キーン〈日本文学を読む〉⑦「安部公房(一)」（《波》8）
〈同〉⑨「安部公房(二)」（同10）

〈特集＝安部公房――文学と思想〉（《国文学》9）
磯田光一「人間・共同体・芸術――安部公房氏に聞く」
諏訪優「安部公房の詩」
平岡篤頼「安部公房における小説の方法と文体」
小笠原克「壁――S・カルマ氏の犯罪」
栗坪良樹「けものたちは故郷をめざす――〈境界線上〉の衝動」
磯貝英夫「砂の女」
石崎等「燃えつきた地図」
岩淵達治「安部公房のドラマツルギー」
大島勉「どれい狩り」
石沢秀二「友達――闖入する友達の恐ろしさ」
渡辺淳「未必の故意――閉鎖的コミュニティーの恐怖の構造」
紅野敏郎「安部公房の批評の構造――『砂漠の思想』を中心に」
山田博光「猛獣の心に計算器の手を」
柾谷悠「内なる辺境――安部公房の辺境への路程」
尾崎宏次「演出家としての安部公房」
佐藤忠男「安部公房と映画」
秋山駿「舗石の言葉」
日野啓三「安部公房の矛盾――『砂の女』と『燃えつきた地図』の間」
大久保典夫「安部公房と敗戦体験」
渡辺広士「安部公房と共同体」
高山鉄男「安部公房における仮面の思想」
松原新一「安部公房と転向論――二つの『榎本武揚』」
諸田和治「カフカと安部公房」
栗栖継「チャペックと安部公房」
生田耕作「シュルレアリスムと安部公房」
武田勝彦「西欧の批評にみる安部公房」
高野斗志美「編年体・評伝安部公房」

＊

五十嵐誠毅「『安部公房』ノート（I）――〈初版本〉『終りし道の標べに』読解」（前橋視向の会《視向》③、11）
河本久広「安部公房論」（《季刊・芸術科》12）

一九七三（昭和四十八）**年**

鶴田欣也「ジェームス・コージスの『砂の女』とアイデンティティ論」（《国文学　解釈と鑑賞》2）

森川達也「解説」（現代日本文学全集　補巻38『安部公房　島尾敏雄集』「デンドロカカリヤ」「赤い繭」「S・カルマ氏の犯罪――壁」「闖入者」「変形の記録」「棒」「鉛の卵」「無関係な死」「時の崖」「詩人の生涯」「幽霊はここにいる」「人間そっくり」筑摩書房、4）

磯田光一「移動空間の人間学」（同）

アンドリュー・ホルバト「作家について」（現代日本文学英訳選集12『―和英対訳―安部公房短編集』原書房、4）

篠田一士「『箱男』あるいはテクストのよろこび」（《波》4）

百目鬼恭三郎「安部公房――〝自分を追抜く男〟（作家Who's Who）」（《朝日新聞》4・6夕刊）

桶谷秀昭「夢の絵模様リアルに――『箱男』」（《東京新聞》4・21夕刊）

高野斗志美「砂粒的人間のたどる迷路――『箱男』」（《週刊読書人》4・23）

奥野健男「脱社会への誘惑――『箱男』」（《サンケイ》4・23）

松本鶴雄「安部公房『箱男』の冒険」（《図書新聞》4・28）

芥川比呂志「精神病院のハムレット――『愛の眼鏡は色ガラス』の愉しみ」（《波》5）

松原新一「安部公房『箱男』」（《文藝》6）

武田勝彦「安部公房」（《国文学　解釈と鑑賞》〈特集＝戦後作家の履歴〉6）

高橋英夫「視姦者の自由と不幸――『箱男』」（《群像》6）

日野啓三「非表現世界へむかうことば――『箱男』」（《潮》6）

若林真「人間に潜む変身の願望――『箱男』」（《朝日ジャーナル》6・1）

《安部公房スタジオ「愛の眼鏡は色ガラス」上演パンフレット》（6）

このパンフレットは以下の安部公房との対談などで構成されている。

〈対談〉「新しい劇場への期待」（堤清二と）

〈対談〉「ドラマと音楽との結合」（武満徹と）

〈対談〉「鏡の意味」（安部真知と）

〈鼎談〉「作家と演出家の共存」（尾崎宏次・石沢秀二と）

〈座談会〉「瘋癲もちの〝稽古風景〟」（田中邦衛・仲代

達矢・井川比佐志・新克利と
武蔵野次郎「『箱男』評」（《小説サンデー毎日》6）
ドナルド・キーン「解説」（中公文庫『榎本武揚』6）
アンドラス・ホルバト「日本人のカベを越える『箱男』の作家　安部公房」（《サンデー毎日》6・10）
尾崎宏次「しみ通った肉体訓練——『愛の眼鏡は色ガラス』劇評」（《読売新聞》6・12夕刊）
津田孝「『箱男』の自由について——安部公房の仮面と素顔」（《赤旗》6・17〜18）
佐伯彰一「安部公房——永遠の仮説追求者」（《週刊読書人》6・25）
ドナルド・キーン「解説」（新潮文庫『水中都市・デンドロカカリヤ』7）
大橋健三郎「箱男のあたたかさ——ある『物語』について」（《早稲田文学》7）
平岡篤頼〈迷路の小説論〉七「箱の中の冒険」（《早稲田文学》7）
〈同〉八「フィクションの熱風」（同8）
〈同〉九「続フィクションの熱風」（同9）
大島勉「われらの内なる天皇・ヒトラー『愛の眼鏡は色ガラス』劇評」（《新劇》8）
別役実「白い壁の舞台のこと——『愛の眼鏡は色ガラス』劇評」（《文藝》8）
中村雄二郎「『愛の眼鏡は色ガラス』劇評」（《海》8）
奥野健男「反動的カタルシス——『愛の眼鏡は色ガラス』」（《テアトロ》8）
岩瀬孝・島田安行〈対談・演劇時評〉「愛の眼鏡は色ガラス」（《悲劇喜劇》9）
井川比佐志「『安部スタジオ』とぼく」（同
渡辺広士「アヴァンギャルドの迷路——安部公房論」（《文藝》9）
中島誠「安部公房——『箱入り男』のジレンマ」（《現代の眼》10）
山川久三「『プラスチック文学』はどこへ行くか——安部公房『箱男』などをめぐって」（《民主文学》11）
《安部公房スタジオ「ダム・ウェイター、鞄、贋魚」上演パンフレット》（11）
篠田一士「演出家のための芝居」
清水邦夫「ぼくの持たされた鞄」

＊

吉田節子「安部公房『S・カルマ氏の犯罪——壁』論」（大妻女子大学《大妻国文》④、3）

和田かほる「『砂の女』論」（宮城学院女子大学《日本文学ノート》⑧、3）
小川京子「安部公房『終りし道の標べに』論」（安田女子大学《国語国文論集》④、6）

一九七四（昭和四十九）年

大笹吉雄「二つのことば——安部公房とつかこうへい」（《新劇》1）
岩村久雄・宇佐見宣一〈対談・演劇時評〉「『ダム・ウェイター』『鞄』『贋魚』」（《悲劇喜劇》2）
大久保典夫「榎本武揚——安部公房『榎本武揚』」（《国文学》〈特集＝作品に見る日本歴史の一〇一人〉3）
〈特集＝演劇館・三島由紀夫と安部公房〉（《国文学　解釈と鑑賞》3）
奥野健男「三島由紀夫と安部公房の戯曲——戦後演劇の基柱」
大久保典夫「安部公房における小説と戯曲」
高野斗志美「安部戯曲の方法意識」
宮岸泰治「安部戯曲における川への求め」
清水邦夫「安部戯曲の新しい貌」
岩淵達治「安部公房と不条理劇」
菅井幸雄「擬制秩序との対決——戦後演劇史における三島由紀夫・安部公房」
小川徹「通俗化と変貌のゆくえ——三島由紀夫と安部公房・その映画化と原作」
高野斗志美「制服」
大笹吉雄「どれい狩り」
岩淵達治「幽霊はここにいる」
田中喜一「友達」
利沢行夫「棒になった男」
藤田洋「未必の故意」
渡辺淳「愛の眼鏡は色ガラス」
大笹吉雄編「三島・安部戯曲初演年表」
——読者のページ「三島由紀夫と安部公房の戯曲について」
《安部公房スタジオ「友達」上演パンフレット》（5）
〈対談〉「芝居は贅沢な芸術か」（堤清二と）
飯沢匡「視覚の明澄性」
武満徹「怖い友達」
井上ひさし「『ひげの生えたパイプ』について」
森秀男「安部スタジオの人々」
扇田昭彦「安部システムをめぐって」

ほかに、一九六七年三月劇団青年座の上演パンフレットから、石川淳「安部君の車」、三島由紀夫「羨望に堪へぬ作品」(「無題」を改題)、安岡章太郎「感動と不安」の三編が再録されている。

《日本文学研究資料叢書『安部公房・大江健三郎』日本文学研究資料刊行会編》(有精堂、5)

埴谷雄高「安部公房『壁』」

飯島耕一「安部公房——あるいは無罪の文学」

佐々木基一「脱出と超克——『砂の女』論」

三木卓「非現実小説の陥穽——安部公房『砂の女』をめぐって」

磯田光一「無国籍者の視点——安部公房論」

渡辺淳「安部公房の方法」

上総英郎「オプティミストの変貌」

黒沢聖子「ヒューマニズムを中心に——安部公房論」

森川達也「安部公房とアバンギャルド」

長田弘「安部公房を読む」

松本鶴雄「安部公房——反日常の論理と自由」

利沢行夫「虚数の論理——安部公房論」

佐伯彰一「安部公房・その想像力の原質」

高山鉄男「安部公房論——他者からの逃亡」

渡辺広士「アヴァンギャルドの迷路——安部公房論」

磯田光一「詩人としての安部公房——『無名詩集』の問題」

石崎等「安部公房研究史展望——初期同時代評などをめぐって」

石崎等編「安部公房研究参考文献」

清水徹「解説」(新潮文庫『無関係な死・時の崖』5)

尾崎宏次「都会の不安感ずっしりと——『友達』劇評」(《読売新聞》5・25夕刊)

小田島雄志「みごとな流動・統一感——『友達』劇評」(《東京新聞》5・28夕刊)

つかこうへい「誠意の押し売り——『友達』劇評」(《芸術生活》7)

辻合敏明「暗喩の論理——『友達』劇評」(《テアトロ》7)

桑原経重・熊井宏之(対談)〈演劇時評〉『友達』(《悲劇喜劇》8)

清水邦夫「現代の幽霊——安部公房の戯曲をめぐって」(《国文学》〈特集=日本の幽霊〉8)

渡辺広士「解説」(新潮文庫『R62号の発明・鉛の卵』8)

〈特集＝安部公房〉（《悲劇喜劇》10）
川本雄三のインタビュー「安部公房氏に聞く」
茨木憲・大橋也寸・尾崎宏次〈座談会〉「安部戯曲をめぐって」
勅使河原宏「夢」
松原新一「安部公房」（《国文学　解釈と鑑賞》〈特集＝作家の性意識――精神科医による作家論からの臨床診断〉11）
《安部公房スタジオ「緑色のストッキング」上演パンフレット》（11）
大島勉「消しゴムで書く演出」
大武門二「安部スタジオの一日」
岩淵達治「安部公房の文学と戯曲」
尾崎宏次「舞台で感じる関係」
安部真知「書き割りの再発見」
大島勉「生きた戯曲――『緑色のストッキング』劇評」（《東京新聞》11・12夕刊）
石沢秀二「衝撃的な幕切れ――『緑色のストッキング』劇評」（《東京新聞》11・18夕刊）
尾崎宏次「田中邦衛が好演、主題の〝人間〟拾い上げる――『緑色のストッキング』劇評」（《読売新聞》11・19夕刊）
高橋英郎「動詞は孤独に変化する――共同体意識への告発と疎外――安部公房論」（《新劇》12）

＊

曾木明「安部公房小説――『砂の女』と『現代の神話』について」（立命館大学《論究日本文学》㊲、3）
鶴田欣也「『けものたちは故郷をめざす』におけるアンビバレンス」（日本近代文学会《日本近代文学》⑳、5）
角田旅人「『安部公房』断章――『詩人の生涯』その他」（東京書籍《国語》⑬①、6）

一九七五（昭和五十）年

神谷忠孝「『榎本武揚』」（《国文学　解釈と鑑賞》〈特集＝近世「武家」の倫理と美意識〉1）
磯田光一「書評『緑色のストッキング』」（《文藝》1）
渡辺広士「物化された時間と空間――『緑色のストッキング』劇評」（《テアトロ》1）
奥野健男「解説」（新潮文庫『石の眼』1）
中本信幸、竹内敏晴「『緑色のストッキング』劇評」（《悲劇喜劇》2）

田中千禾夫「並々ならぬ知識と技法――『緑色のストッキング』（読売文学賞授賞選評）」（《読売新聞》2・1夕刊）
山野浩一「アヴァンギャルドとSF――三島由紀夫と安部公房」（《国文学》〈特集＝ミステリーとSFの世界〉3）
吉川道夫「アメリカの『箱男《ボックスマン》』――書評への疑問」（《波》4）
小久保実「安部公房の満州体験」（《国文学　解釈と鑑賞》〈特集＝現代作家・風土とその故郷〉5）
《安部公房スタジオ「ウエー（新どれい狩り）」上演パンフレット》（5）
萩原延寿「ロンドンの安部公房」
倉橋健「三つの『どれい狩り』」
清水邦夫「自らを追いこむ『かたち』」
尾崎宏次・井川比佐志・宮沢譲治・佐藤正文・山口果林〈座談会〉「〈安部スタジオ〉三年目……」
尾崎宏次「ナンセンスに誘導された人間喜劇――『ウエー』劇評」（《読売新聞》5・24夕刊）
ウィリアム・カリー『疎外の構図――安部公房・ベケット・カフカの小説』（安西徹雄訳、新潮社、6）
峰尾雅彦「すべてを未知の地平へ突き戻す――安部公房氏の新作戯曲『ウエー』」（《図書新聞》6・14）
武田勝彦「安部公房」（《国文学　解釈と鑑賞》〈特集＝昭和作家研究法〉7）
扇田昭彦「『新どれい狩り』（演劇時評）」（《創》7）
大木直太郎、加藤新吉「『ウエー』劇評」（《悲劇喜劇》7）
岩波剛「『真珠母色』のにがみ――『ウエー』劇評」（《テアトロ》7）
ドナルド・キーン「解説」（中公文庫『内なる辺境』7）
立川洋三「カフカ――安部公房氏の場合」（『欧米作家と日本近代文学4　ドイツ篇』教育出版センター、7）
磯田光一「解説」（新潮文庫『終りし道の標べに』8）
鶴田欣也「『燃えつきた地図』論」、「『砂の女』における流動と定着のテーマ」（『芥川・川端・三島・安部――現代日本文学作品論』桜楓社、8）
ドナルド・キーン〈日本文学を読む〉㊻「安部公房㈢」（《波》11）
山田博光「『砂の女』の仁木順平」（《国文学》〈特集＝日本の旅びと一〇一人〉11）
《安部公房スタジオ「幽霊はここにいる」上演パンフレ

ット》(11)
ドナルド・キーン「どういう幽霊がここにいるか」
長谷川四郎「幽霊はどこにでもいる」
大笹吉雄「公房的現実」
大橋也寸「大魚は小魚を食うという」
武田勝彦「現代作家とその妻——安部公房」(《国文学解釈と鑑賞》〈特集=文学における妻の投影〉12)
尾崎宏次「幽霊の存在ハッキリ、人間くさい装置の板——『幽霊はここにいる』劇評」(《読売新聞》12・6夕刊)

＊

G・カリー「仮面——コミュニケーションの壁——安部公房の作品から」(上智大学《世紀》㉜、7)
星野光徳「安部公房の原質と飛躍」(みすず書房《みとす》12)

一九七六(昭和五十一)年

菅野昭正「作品創造の秘密公開——『笑う月』」(《東京新聞》1・5)
西川清之「虚無の香気——『幽霊はここにいる』劇評」(《テアトロ》2)
田中美代子「シンボライズされた夢——『笑う月』」(《海》2)
佐藤忠男「書評『笑う月』」(《婦人公論》2)
山野浩一「聖なる落伍者の周辺旅行——安部公房『笑う月』」(《週刊読書人》2・9)
〈特集=安部公房——故郷喪失の文学〉(《ユリイカ》3)
〈対談〉「歴史を棄てるべき時」(武満徹と)
岡本太郎「アヴァンギャルド黎明期」
黒井千次「A氏と安部公房氏」
東野芳明「しばしば講演で話す小話」
針生一郎「極私的安部公房ノート」
渡辺広士「安部公房はいかにして小説家になったか」
川本三郎「安部公房の『健康』」
宇波彰「安部公房の想像力の構造」
饗庭孝男「安部公房の孤独な《夜》」
岩成達也「寓意なきアレゴリー——未整理なメモ」
白川正芳「夢の象徴」
高野斗志美「主格の消去——内奥を奪われた者」
ジェローム・チャーリン「砂丘を出て箱のなかへ」
清水邦夫「『夢の体験』と『レンズ』」
八杉龍一「自由席」

戸村浩「贋箱男トムの場合」
百目鬼恭三郎「犬の地図」
上総英郎「その神学的構成」
有田忠郎「寓話、そのパロディと詩と擬論理の世界――安部公房小論」
山野浩一「『第四間氷期』」
草下英明「By・Way――『第四間氷期』について」
福島章「『他人の顔』についての散文的メモ」
利沢行夫「逆説の文学」
諸田和治「匿名の夢――『箱男』をめぐって」
大西赤人「綱渡り――『笑う月』を読んで」
ウィリアム・カリー「安部公房とポオ」
谷口茂「安部公房とカフカ」
岩崎力「断想・安部公房」
栗栖継「安部公房と翻訳の問題」
高野斗志美「安部公房」（《国文学 解釈と鑑賞》〈特集＝現代作家と文体〉4）
高柳誠「安部公房の発想と文体」（同「読者のページ」）
福島正実「解説」（新潮文庫『人間そっくり』4）
井川比佐志「棒になった男――演技形象の体験」（《国文学 解釈と鑑賞》〈特集＝戯曲・演技・演出〉5）

清水徹「夢の周辺旅行――後藤明生と安部公房」（《中央公論》5）
《安部公房スタジオ「幽霊はここにいる」再演パンフレット》（6）
三枝和子「大津市に幽霊はいるか」
ドナルド・キーン「日本人の喜劇」
長谷川四郎「秘密の部屋から」
喜志哲雄「安部公房戯曲の普遍性」
高山鉄男「安部公房における空間」（朝日出版社《FOREIGN LITERATURE ④》〈特集＝小説の空間〉6）
谷真介『安部公房文学語彙辞典』（スタジオＶＩＣ、6）
ドナルド・キーン「解説」（現代文学大系77『安部公房 小島信夫集』「他人の顔」「赤い繭」「水中都市」「棒」「鉛の卵」「無関係な死」「詩人の生涯（ラジオドラマ）」筑摩書房、9）
渡辺広士「安部公房の作品とのつきあい」（同《月報》）
武満徹「小説の中の地名」（同）
渡辺広士『安部公房』（審美社、9）
《安部公房スタジオ「安部公房の世界『案内人（GUIDE BOOK III』『砂の女』『おとし穴』」上演・上映パンフ

レット》(10)
森秀男「安部スタジオの稽古」
勅使河原宏「『おとし穴』のころ」
百目鬼恭三郎「機械」
なだいなだ「論理武装」
石沢秀二「実験から見事成長――『案内人』劇評」(《東京新聞》10・18夕刊)
尾崎宏次「効果を上げた音――『案内人』劇評」(《読売新聞》10・26夕刊)
中村真一郎「小説の昨日と明日――安部公房の戯曲」(《毎日新聞》11・17夕刊)
磯田光一・黒井千次・高橋英夫〈創作合評〉『案内人』(《群像》12)
渡辺淳「真実への窓――『案内人』劇評」(《テアトロ》12)
森秀男「集団のなかの個――『案内人』劇評」(《新劇》12)

＊

板垣直子「安部公房の文学」(国士舘大学《人文学会紀要》⑧、1)
大里恭三郎「安部公房――変身の悲喜劇」(常葉学園短期大学《常葉国文》①、7)

一九七七(昭和五十二)年

菅孝行「夢とは何か――その批評性と頽落〈演劇時評〉(『案内人』)」(《新劇》1)
木村光一・岩波剛〈対談・演劇時評〉『案内人』(《悲劇喜劇》1)
石田健夫「期待」(《安部公房スタジオ・会員通信》②、1)
篠田一士「綺譚の現実性について」(《すばる》4)
鶴岡冬一「安部公房――前衛芸術への省察」(『小説の現実と理想』日貿出版社、5)
岡庭昇「安部公房覚書――〝戦後〟の解体とアヴァンガルドの変質」(《第三文明》6)
《安部公房スタジオ「イメージの展覧会」上演パンフレット》(6)
ドナルド・リチー「安部公房と隠喩《メタファー》」
川本雄三「安部公房スタジオのこと」
徳岡孝夫「贅肉のない安部演劇」
上田三四二「あばかれる日常性――安部公房(人と文学)」(一億人の昭和史・別冊『昭和文学作家史』毎日

新聞社、8）
岡庭昇「変身の論理――花田清輝と安部公房」（《第三文明》9）
《安部公房スタジオ「イメージの展覧会」旭川公演パンフレット》（9）
佐藤喜一「芥川賞受賞直後の安部さんと……」
渡辺広士「解説」（新潮文庫『夢の逃亡』10）
瀬木慎一「『世紀群』と『カフカ小品集』」（『花田清輝全集3』《月報》講談社、10）
《安部公房スタジオ「水中都市（GUIDE BOOK III）」上演パンフレット》（11）
磯田光一「異化作用の達人」
ナンシー・S・ハーディン「ドリーム シアター」
井上ひさし「ランドローバーとしての安部文学」
尾崎宏次「ふっと自由の想念　硬質……浮遊のイメージ――『水中都市』劇評」（《読売新聞》11・14夕刊）
長谷川龍生「日本離れしたイメージ誘発――『水中都市』劇評」（《東京新聞》11・21夕刊）
川本雄三「隠喩型演劇の面白さ――『水中都市』劇評」（《日本経済新聞》11・26夕刊）
中野孝次「出口なき大都会の迷路――安部公房『密会』」（《波》12）
芹沢俊介「倒錯の論理を梃子に世界を転倒――安部公房の『密会』」（《図書新聞》12・17）
アンドリュー・ホルバト「故郷《ふるさと》を拒否する日本文学――安部公房小論」（『わたしの日本文学』鷹書房、12）

＊

小泉義勝「ロシア人からみた夏目漱石、川端康成、安部公房の文学」（関西大学《文学論集》㉖の2、2）
小野やよひ「安部公房論――その疎外者意識をめぐって」（フェリス女学院大学《玉藻》⑬、7）

一九七八（昭和五十三）**年**

蘆原英了「白布が最大のスター――『水中都市』劇評」（《テアトロ》1）
諸田和治「安部公房『密会』」（《日本読書新聞》1・23）
佐伯彰一「『迷路ゲーム』への果敢な挑戦――安部公房著『密会』を読む」（《週刊読書人》1・23）
清水徹「『密会』書評」（《週刊現代》1・26）
渡辺広士「『箱男』から一歩踏み出す――『密会』」（《東京新聞》1・28夕刊）
小田島雄志・村井志摩子〈対談・演劇時評〉『水中都市』

《悲劇喜劇》2）
秋山駿・大庭みな子・岡松和夫〈読書鼎談〉「『密会』」（《文藝》2）
松原新一「安部公房作品の独創性」（現代の文学・別巻『戦後日本文学史・年表』講談社、2）
磯田光一「安部公房の中期作品」（同）
秋山駿「孤独な群衆と『砂の女』、『燃えつきた地図』と核家族出現」（同）
進藤純孝「『密会』書評」（《婦人公論》3）
栗原幸夫「構造としての〝現代〟を描く——『密会』」（《潮》3）
黛哲郎「国際作家の安部公房氏」（《朝日ジャーナル》3・3）
佐江衆一「想像力のレンズが写す行方不明の『個』——『密会』」（《朝日ジャーナル》3・17）
《安部公房スタジオ「イメージの展覧会」豊橋・名古屋公演パンフレット》（3）
吉原勝「舞台と肉体」
塚本邦雄「Immortelle」
塚田哲史「吟遊詩人」
久保田芳太郎「安部公房『壁——S・カルマ氏の犯罪』」（《国文学 解釈と鑑賞》〈特集＝短篇小説の魅力〉4）
清水邦夫「安部公房『友達』の海外上演」（《サンケイ》4・3夕刊）
塙嘉彦「内なる安部公房」（《安部公房スタジオ・会員通信》⑤、4）
黒川紀章「『密会』（一点書評）」（《週刊文春》5・4）
《安部公房スタジオ〝イメージの展覧会〟Part II「人さらい」上演パンフレット》（6）
アンドリュー・ホルバート「提出される現実そのもの」
黒柳徹子「少年のような笑い顔…」
武満徹「不可視の空間構造」
長谷川龍生「『水中都市』劇評」（《東京新聞》6・9夕刊）
岡庭昇「動物・植物・鉱物——安部公房の世界」（《第三文明》7）
岡庭昇「仮面の意味『砂の女』と『他人の顔』」（季刊《現代批評》創刊号、7）
中村真一郎「解説」（新潮現代文学33『砂の女・密会』8）
関根弘「アヴァンギャルド」、「《列島》創刊前後」（『針

の穴とラクダの夢』草思社、10）
《安部公房スタジオ「S・カルマ氏の犯罪（GUIDE BOOK Ⅳ）――『壁』より」上演パンフレット》（10）
ウィリアム・カリー「存在のイメージ」
寺山修司「安部公房のアイデンテティ」
横溝幸子「凍りつく笑い」
長谷川龍生「言葉少なく動きに重点――『S・カルマ氏の犯罪』劇評」（《東京新聞》10・23夕刊）
《佐々木基一編『作家の世界　安部公房』》（番町書房、11）
利沢行夫「前衛文学の課題」
松原新一「否定の精神――安部公房小論」
松本健一「異端の構造――安部公房私見」
大江健三郎「安部公房その世界・その劇場・その案内」
本多秋五「変貌の作家安部公房」
埴谷雄高「安部公房《壁》」
花田清輝「安部公房」
井上ひさし「ランドローバーとしての安部文学」
磯田光一「詩人としての安部公房」
秋山駿「舗石の言葉」
饗庭孝男「安部公房の孤独な《夜》」
平岡篤頼「安部公房における小説の方法と文体」
白川正芳「夢の象徴」
小松左京「仮面化反応論――『他人の顔』がはらむ未来」
佐々木基一「脱出と超克――『砂の女』論」
長田弘「安部公房を読む」
篠田一士「〈箱男〉あるいはテクストのよろこび」
中田耕治「『不思議な国の悪意』の風景」
草下英明「By・Way――『第四間氷期』について」
上総英郎「その神学的構成」
栗坪良樹「けものたちは故郷をめざす――〈境界線上〉の衝動」
中村雄二郎「安部公房と物質的リリシズム――『ガイドブック』の稽古を観てアベ・ドラマについて考えたこと」
石沢秀二「友達――闖入する友達の恐ろしさ」
大島勉「どれい狩り」
奥野健男「幽霊はここにいる」
長谷川四郎「安部さんの芝居」
芥川比呂志「精神病院のハムレット――『愛の眼鏡は

色ガラス』の愉しみ」
三島由紀夫「羨望に堪へぬ作品」
安岡章太郎「感動と不安」
アンドラス・ホルバト「日本人のカベを越える『箱男』の作家」
森秀男「安部スタジオの稽古」
高野斗志美「安部文学の《キイ・ワード》」
谷真介「安部公房年譜」
谷真介「参考文献目録」
小久保実「安部公房」(《国文学》〈特集=現代作家一一〇人の文体〉11)
扇田昭彦「自由席――S・カルマ氏の犯罪」(《週刊朝日》11・3)
千野幸一「肉体表現の限界――『S・カルマ氏の犯罪』劇評」(《テアトロ》12)
鳥居邦朗「安部公房」(《国文学　解釈と鑑賞》〈特集=作家の出発期と文学活動〉12)

＊

芝仁太郎「曲説『砂の女』――日本の知識人の問題にふれて」(清水文学会《主潮》⑥、2)

一九七九(昭和五十四)**年**

阿部広次・野田雄司(対談)〈演劇時評〉『S・カルマ氏の犯罪』(《悲劇喜劇》1)
岩崎力「ロブ=グリエと安部公房」(《波》2)
戸田宗宏「『仔象は死んだ』アメリカ公演について」(《安部公房スタジオ・会員通信》⑦、2)
黛哲郎「『人さらい』のことなど」(同)
ドナルド・リチー「安部公房の『夢』の演劇」(同)
清水邦夫「三島由紀夫と安部公房」(《国文学》〈特集=現代の劇〉3)
ミコワイ・メラノビッチ「ポーランド語になった日本文学」(《国際交流》㉕、4)
《安部公房スタジオ「仔象は死んだ」アメリカ公演に対する劇評》(以下は後出、安部公房スタジオ編『安部公房の劇場　七年の歩み』創林社刊に収録)
ジェイムズ・ラードナー「華々しきハイジャック――「仔象」におけるマルティ・メディアの攻撃」(《The Washington Post》5・9)
ディヴィッド・リチャーズ「日本の実験的な仔象」(《The Washington Star》5・9)

メル・ガソー「日本の劇作品『仔象は死んだ』について」（《The New York Times》5・16）

エドウィン・ウィルソン「死と変容との鮮やかな日本的イメージ」（《Wall Street Journal》5・18）

アーリン・ネルハウス「生きた芸術としての『仔象』の衝撃」（《The Denver Post》5・25）

ジャッキー・チャンベル「日本のイメージ、シュウェイダー劇場の舞台を飾る」（《Rocky Mountain News》5・25）

安部公房スタジオ編「安部公房スタジオ公演舞台写真集」「安部公房　演劇ノート」「安部公房演劇評集」「安部公房演劇年譜」「安部公房演劇参考文献」（『安部公房の劇場　七年の歩み』創林社、6）

〈特集＝安部公房の現在〉（《国文学　解釈と鑑賞》6）

栗坪良樹「小説における安部公房——一九五〇年代」

高野斗志美「小説における安部公房——一九六〇年代——物の叛乱と悲劇」

渡辺広士「小説における安部公房——一九七〇年代」

川本雄三「演劇における安部公房氏の現在——寓意から隠喩へ、そして夢」

塙嘉彦〈インタビュー〉「内的亡命者の文学」

《安部公房スタジオ〝イメージの展覧会〟「仔象は死んだ」上演パンフレット》（6）

ヘンリー・ストークス「国際的評価の高い安部演劇」

黛哲郎「二人の作家またはライヴァル物語」

黒井千次「積木の建築家」

大平和登「楽しい悪夢の衝撃——『仔象は死んだ』米国公演劇評」（《東京新聞》6・5夕刊）

武田勝彦「原点としての寓話性——安部文学解説のヒント」（《公明新聞》6・28）

長谷川龍生「実験七年、最高の舞台——『仔象は死んだ』評」（《東京新聞》7・4夕刊）

森秀男「奔放な夢の形象——『仔象は死んだ』（イメージの展覧会）評」（《新劇》9）

渡辺淳「実験の効用と限界——『仔象は死んだ』評」（《テアトロ》9）

五十嵐康治・ふじたあさや〈対談・演劇時評〉『仔象は死んだ』（《悲劇喜劇》10）

岡庭昇「『榎本武揚』——〝戦争〟への清算と訣別」（《現代の眼》〈特集＝戦後史と文学——状況のなかの作品〉10）

川本三郎「表面の地獄――安部公房論」（《新日本文学》11）
黛哲郎「『仔象は死んだ』のこと」（《安部公房スタジオ・会員通信》⑪、11）
志賀信夫「ビデオ・ディスク時代の映像作品 映像を読み、イメージの世界を創る」（同）

＊

芝仁太郎「続・曲説『砂の女』――意識の変革について」（清水文学会《主潮》⑦、2）
林晃平「『壁――S・カルマ氏の犯罪』の構造」（国学院大学《日本文学論究》㊴、7）
越智啓子「安部公房『闖入者』論」（愛媛大学《愛文》⑮、7）
山田博光「安部公房論序説――リアリズムと共同体」（帝塚山学院大学《研究論集》⑭、12）

一九八〇（昭和五十五）**年**

ウィリアム・カリー「安部公房スタジオの成果」（《悲劇喜劇》1）
ドナルド・キーン「解説」（新潮文庫『燃えつきた地図』1）
川本雄三「安部公房と別役実」（《テアトロ》2）
平山城児「安部公房――『砂の女』の砂の女」（《国文学》〈特集＝名作の中のおんな一一一人〉3）
伊藤典夫「現在へむかうベクトル――安部公房ＳＦの先見性」（《ユリイカ》4）
柘植光彦「『戦後文学』の異端と正系――安部公房・三島由紀夫の問題」（《国文学》〈特集＝戦後文学史の検証――80年代を迎えて〉4）
栗坪良樹「燃えつきた地図――安部公房」（《国文学 解釈と鑑賞》〈特集＝文学空間とその都市〉6）
長谷川龍生「総合芸術の道探る――『都市への回路』」（《北海道新聞》7・15）
青野聡「安部公房と逃亡の磁場」（《文學界》8）
磯貝英夫「安部公房」（『戦前・戦後の作家と作品』明治書院、8）
篠田一士「安部公房『都市への回路』をめぐって」（《海》9）
ドナルド・キーン「『都市への回路』評」（《新潮》9）
町沢静夫「安部公房論」（《理想》〈特集＝精神医学と文学〉568、9）
山田博光「安部公房」（『研究資料現代日本文学②』明治

書院、9）
岩波剛「想像力の領域――安部公房『榎本武揚』」（《悲劇喜劇》10）
佐伯彰一「反物語のアイロニィ――安部公房の場合」（《新潮》10）

＊

隈本まり子「安部公房――その初期作品における一考察」（熊本大学《国語国文学研究》⑮、2）
阿部到「安部公房の初期戯曲――『制服』から『友達』まで」（《かながわ高校国語の研究》⑯、5）
福本良之「『闖入者』と『友達』」（天窓同人会《天窓》⑬、5）
隈本まり子「安部公房――『飢餓同盟』について」（熊本大学《方位》①、9）
武石保志「安部公房における『名前』の意味」（法政大学大学院《日本文学論叢》⑨、10）
八橋一郎「安部公房（五十人の作家㊼）」（《関西文学》11）

一九八一（昭和五十六）**年**

ドナルド・キーン「解説」（新潮文庫『砂の女』2）
江後寛士「安部公房『デンドロカカリヤ』」（現代文学研究会編『現代の小説』九州大学出版会、3）
谷真介『安部公房文学語彙辞典』（増補版、「参考文献」「年譜」付、スタジオVIC、4）
横田富義「安部公房について――物語と主体の分裂」（「読者のページ」《国文学　解釈と鑑賞》5）
奥野健男「都会の孤独と連帯――安部公房『友達』」（『小説のなかの人間たち』集英社、5）
河竹登志夫「自伝抄――書抜き帖⑨」（《読売新聞》6・17夕刊）
草月出版編集部「宏と草月編集部」（『創造の森』草月出版、9）
佐々木基一〈わが戦後史――文学交友記〉「花田清輝と安部公房」（《東京新聞》12・9）
〈同〉「『夜の会』のこと」（同12・10）
〈同〉「芸術運動のなかで」（同12・15）

＊

伊藤栄洪「安部公房『赤い繭』をめぐって」（桜楓社《言語と文学》⑬、2）
武石保志「安部公房『砂の女』試論」（法政大学大学院《日本文学論叢》⑩、3）

須山哲生「安部公房覚え書──『砂の女』をめぐって」（《青い花》4）
福本良之「『砂の女』試論──『溜水装置』をめぐる一考察」（天窓同人会《天窓》⑭、9）
隈本まり子「安部公房──『けものたちは故郷をめざす』について」（熊本大学《方位》③、10）

一九八二（昭和五十七）年

杉井和子「安部公房」（《国文学　解釈と鑑賞》〈特集＝現代文学地図〉2）
久米博『夢の解釈学──安部公房と清岡卓行』（北斗出版、3）
秋山駿「安部公房『箱男』評」、「安部公房『密会』評」（『本の顔　本の声』福武書店、5）
山田和子「安部公房」（《国文学》〈特集＝現代文学・SFの衝撃〉8）
瀬木慎一「〈戦後の美神たち〉安部公房」（《公明新聞》9・19）
瀬木慎一「〈戦後の美神たち〉『夜の会』の瓦解」（《公明新聞》10・21）
平岡篤頼「解説」（新潮文庫『箱男』10）

＊

早坂智子「安部公房論──メタモルフォシスの世界」（宮城学院女子大学《日本文学ノート》⑰、2）
武石保志「『他人の顔』試論──〈書く〉ことと〈読む〉ことを通しての『他人』」（法政大学大学院《日本文学論叢》⑪、3）
高野斗志美「関係の物語──安部公房の『箱男』をめぐって(1)」（《旭川大学紀要》⑭、4）
中井孝子「安部公房『棒』の教材研究と授業研究ノート」（名古屋大学《国語国文学》㊿、7）
山中博心「カフカと安部公房──定着と流動」（福岡大学《人文論叢》⑭の3、12）

一九八三（昭和五十八）年

仲村清『公房と雄高の世界』（根元書房、1）
三浦雅士「安部公房または円環の呪縛」（《海燕》1）
野原一夫「『安部公房の出世作』他」（『編集者三十年』サンケイ出版、5）
平岡篤頼「解説」（新潮文庫『密会』5）
千田是也「解説的追想──1963〜1965」（『千田是也演劇論集5』未來社、6）

篠田浩一郎「安部公房――『都市への回路』」(『物語と小説のことば』国文社、6)
平野栄久「転向の第三の道か?」(『仮面の罪――戦後作家論』近代文芸社、10)
磯田光一「安部公房『榎本武揚』」(《国文学》〈特集=日本の知の冒険者たち・その一〇一冊の本〉10)
高木松雄「『箱男』試論」(『異端の系譜――日本の『風狂』について』近代文芸社、11)

＊

小林治「安部公房と島尾敏雄――戦後アヴァンギャルド文学の実像」(駒沢大学大学院《国文学会論輯》⑪、2)
田中祥子「『安部公房論』ノート――〈終りし道〉からの出発」(宮城学院女子大学《日本文学ノート》⑱、2)
森下みづほ「境界線上の〈壁〉――安部公房研究」(南山大学《南山国文論集》⑦、3)
武石保志「安部公房の出発――『終りし道の標べに』試論」(法政大学大学院《大学院紀要》⑪、10)
山口昌男「安部公房『棒』の文芸構造――実存的裁きを中心として」(活水学院《活水日文》⑨、10)
隈本まり子「安部公房『第四間氷期』について」(鹿児島大学《近代文学論集》⑨、11)
有村隆広「カフカと安部公房――『審判』と『壁――S・カルマ氏の犯罪』」(《かいろす》㉑、11)

一九八四(昭和五十九)年

林晃平「『人魚伝』考――安部公房文学における伝統と創造」(『日本文学史の新研究』三弥井書店、1)
宮本徹也「砂漠と壁の彼方」(『レトリックの装置・戦後文学論』教育出版センター、3)
吉田永宏「『幽霊はここにいる』のトシエ」(《国文学》〈特集=現代の女一〇〇人の肖像〉3)
《劇団俳優座「おまえにも罪がある」上演パンフレット》(6)
千田是也「『おまえにも罪がある』初演のころ」
栗坪良樹「安部公房を読む」
大岡昇平、埴谷雄高『二つの同時代史』(岩波書店、7)
島田安行〈戦後新劇の名舞台〉⑫「『どれい狩り』の新鮮さ」(《悲劇喜劇》9)
桂川寛「花田清輝と〈世紀〉の会」(《新日本文学》12)
玉井五一「『記録芸術の会』の頃のこと」(同)
磯田光一「〝核時代〟に新鮮な認識――安部公房『方舟

さくら丸』」（《サンケイ》12・10）

＊

小林治「昭和二十五年前後の安部公房――『夜の会』からコミュニズムへ」（駒沢大学大学院《国文学会論輯》⑫、2）
武石保志「安部公房の変貌――『終りし道の標べに』から『壁』へ」（法政大学大学院《大学院紀要》⑫、3）
高三瀦喜和子「安部公房論――『砂の女』におけるキーワード」（福岡女子短期大学《太宰府国文》③、3）
林晃平「一人だけの〝密会〟論」（《魁》①、6）
小泉浩一郎「安部公房『砂の女』論」（日本文学協会《近代文学研究》①、10）
山中博心「フランツ・カフカと安部公房――自我のあり方」（福岡大学《人文論叢》⑯の2、11）

一九八五（昭和六十）**年**

ドナルド・キーン「ユーモアの裏の悲しみ――安部公房『方舟さくら丸』」（《新潮》1）
絓秀実「核兵器＝唯一神からの逃亡――『方舟さくら丸』」（《週刊読書人》1・7）
奥野健男「解説」（日本の文学87『他人の顔』ほるぷ出版、2）
平岡篤頼「夢人間の終末図――安部公房『方舟さくら丸』をめぐって」（《文學界》2）
富岡幸一郎〈本を泳ぐ〉「安部公房による〝現代の方舟〟への果敢な冒険――『方舟さくら丸』」（《新刊展望》2）
加賀乙彦「国家をめぐるドタバタ喜劇――『方舟さくら丸』」（《群像》2）
島田雅彦「神経過敏なほど手のこんだ仕掛け――『方舟さくら丸』」（《朝日ジャーナル》2・8）
塩瀬宏「私的な覚え書き――旧草月ホールでの六〇年代前半の試みの演劇的側面をめぐって」（《文学》〈特集＝今日の演劇〉8）
奥野健男「戦後文学における劇作――小説家の戯曲を中心に」（同）
秋山邦晴「草月アート・センター」（『文化の仕掛人』青土社、10）
関根弘「書肆ユリイカ」（同）

＊

芳賀ゆみ子「安部公房論――小宇宙造形の軌跡を追って」（日本女子大学《国文目白》㉔、2）

緑川貴子「安部公房の『変身』」（茨城キリスト教短期大学《日本文学論叢》③、3）
斉藤金司「安部公房『榎本武揚』を読む」（清水文学会《主潮》⑬、3）
エステラ・ゼロムスカ「安部公房とハロルド・ピンターにおける孤独と脅威の感覚」（東北大学《日本文芸論叢》④、3）
水永フミエ「安部公房『デンドロカカリヤ』論」（山口大学《山口国文》⑧、3）
生方洋子、藤井明子「安部公房論――『砂の女』以降」（群馬県立女子大学《国文学研究》⑤、3）
黒古一夫「〈核状況〉に挑戦　安部公房『方舟さくら丸』にふれて」（《季刊クライシス》3）
芳賀ゆみ子「安部公房『箱男』の世界」（日本女子大学大学院《目白近代文学》⑥、10）

一九八六（昭和六十一）**年**

高橋昌也〈戦後新劇の名舞台〉㉘「『榎本武揚』――日本人への警告」（《悲劇喜劇》1）
石沢秀二「北京の『水中都市』」（《東京新聞》5・23夕刊）
佐々木基一「フランツ・カフカ『審判』と安部公房『壁』」（『東西比較作家論』オリジン出版センター、6）
井川比佐志〈戦後新劇の名舞台〉㉜「『棒になった男』――生体実験室での稽古」（《悲劇喜劇》6）
谷田昌平「『砂の女』と安部公房氏」〈回想・戦後の文学〉（《東京新聞》6・11夕刊）
山中啓子「『棒になった男』をニューヨークで観る」（《悲劇喜劇》9）
小田切秀雄「私の見た昭和の思想と文学の五十年『安部公房』他」（《すばる》9）
中村泰行「安部公房の〝核〟〝文学〟」（《赤旗》10・19）
鈴村和成「人間は小説から消えた？『他人の顔』――安部公房」（『現代小説を狩る』中教出版、11）

＊

阪本龍夫「安部公房論――安部公房とシュールリアリズム」（《私学研修》⑩②、7）
田中裕之「『砂の女』論――その意味と位置」（日本文学協会《日本文学》12）
土倉麻里子「安部公房試論――その〈共同体〉の構図・『砂の女』まで」（フェリス女学院大学《玉藻》㉒、12）

一九八七（昭和六十二）年

加藤典洋「〝世界の終り〟にて――村上春樹に教えられて、安部公房へ」（《世界》2）
平岡篤頼「解説」（昭和文学全集15『石川淳　武田泰淳　三島由紀夫　安部公房』「S・カルマ氏の犯罪」「バベルの塔の狸」「赤い繭」「洪水」「魔法のチョーク」「事業」「箱男」「友達」「緑色のストッキング」小学館、2）
渡辺広士「作品解説」（新潮社カセットブック『R62号の発明』2）
千田是也「解説的追想――1960～1962」（『千田是也演劇論集4』未來社、3）
中野孝次「解説」（新潮文庫『友達・棒になった男』8）

＊

吉田俊彦「『S・カルマ氏の犯罪』（安部公房）考」（岡山県立短期大学《研究紀要》㉛、3）
武石保志「手仕事について」（法政大学大学院《日本文学論叢》別冊、3）
深谷純一「空を飛ぶことを拒否する時代からあきらめの時代へ――一人の生徒の自殺と『空飛ぶ男』の読み」（筑摩書房《国語通信》㉓、3）
吉田恵美子「荒野と自由――安部公房小論」（法政大学《日本文学誌要》㊱、3）
西川祐子「安部公房の〈壁〉――『S・カルマ氏の犯罪』とそのフランス語訳について」（中部大学《国際研究》④、6）
高野繁男「安部公房の文体――『棒』『砂の女』の表現様式」（神奈川大学《人文研究》⑬、11）
広瀬晋也「メビウスの輪としての失踪――『砂の女』私論」（鹿児島大学《近代文学論集》⑬、11）

一九八八（昭和六十三）年

オフロ・G・リディン「安部公房の国際主義」（《新潮》3）
石原千秋「安部公房『壁――S・カルマ氏の犯罪』――〝パパ〟の崩壊」（《国文学》〈特集＝幻想文学の手帖〉3）
針生一郎「『夜の会』の周辺をふりかえって」（《朝日新聞》4・5夕刊）
石田健夫〈覚書・戦後の文学〉「安部公房」（《東京新聞》4・5、7夕刊）

青野聰「近代文学この一篇『砂の女』」(《新潮》5)
菅野昭正「解説」(新潮文庫『カーブの向う・ユープケッチャ』12)
ミコワイ・メラノヴィッチ「ポーランドから見た日本文学(談話)」(《知識》12)

＊

五十嵐亮子「初期安部公房研究――寓意空間の創造」(東京女子大学《日本文学》㊾、3)
渡辺育雄「実在と変形と、壁――安部公房『壁』について」(解釈学会《解釈》㉞の6、6)

一九八九(昭和六十四・平成元)**年**

町沢静夫「作家とイメージ――安部公房の作品を通じて」(水島恵一他編『イメージの人間学』〈イメージの心理学〉4、誠信書房、1)
アンドレア・ドウォーキン「皮膚の喪失」(《現代思想》〈特集＝器官なきセックス〉1)
桂川寛「私の〈戦後美術〉――〝密室のアバンギャルド〟からルポルタージュ運動へ」(《社会評論》㊷、3)
高史明「生きることを学んだ本『鉛の卵』」(《ちくま》3)
ドナルド・キーン「解説」(新潮文庫『緑色のストッキング・未必の故意』、4)
柴田勝二「動きまわる孤独――安部公房論」(《三田文学》夏季号)
大橋也寸「未来予見劇――安部公房作『榎本武揚』」(《悲劇喜劇》8)
シェル＝オーケ・アンデション「わが友安部公房」(《新潮45》12)

＊

八木原陽子「安部公房――比喩表現の変遷について」(福岡女子短期大学《太宰府国文》⑧、3)
柴垣竹生「安部公房『砂の女』についての一考察――『第四間氷期』との比較検討を主軸として」(花園大学《国文学論究》⑰、10)
田中裕之「安部公房『赤い繭』論――その意味と位置」(広島大学《近代文学試論》㉗、12)

一九九〇(平成二)**年**

アニー・チェッキ「安部公房――捜査＝探究の物語」(《新潮》〈特集＝世界のなかの日本文学'90〉1)
塚谷裕一「小石川植物園の『デンドロカカリヤ』」(《図

書》2）
池田龍雄『夢・現・記——画家の時代への証言』（現代企画室、5）
東京・板橋区立美術館「『資料ノート——世紀画集』、『世紀群』、『世紀の会』他」（『東京アヴァンギャルドの森1946〜1956』板橋区立美術館、9）
川村湊「〝安部公房〟引き揚げ体験——けものたちは故郷をめざす」（岩波新書『異郷の昭和文学——「満州」と近代日本』10）
J・W・カーペンター「解説」（新潮文庫『方舟さくら丸』10）

＊

小川和美「安部公房文学についての一考察——消失・変身の意味」（九州大谷短期大学《国文》⑲、7）
広藤玲子「作品分析『バベルの塔の狸』」（広島女子大学《国文》⑦、8）
向山由起「安部公房研究——都市と人間について」（同女子大学《香椎潟》㊱、10）
西田智美「『終りし道の標べに』の改訂について」（福岡女子大学《香椎潟》㊱、10）
芳賀ゆみ子「安部公房『方舟さくら丸』小論」（日本女子大学大学院《目白近代文学》⑩、11）
田中裕之「『デンドロカカリヤ』論——《植物病》の解明を中心に」（広島大学《国文学攷》⑫⑧、12）
田中裕之「『S・カルマ氏の犯罪』論——作家誕生の物語」（広島大学《近代文学試論》㉘、12）
渡部和寛「現代を撃つ老荘思想——安部公房『壁——S・カルマ氏の犯罪』を中心に」（愛媛大学《国文と教育》㉒、12）

一九九一（平成三）年

養老孟司「解説」（新潮文庫『死に急ぐ鯨たち』1）
白川正芳「安部公房——繰り返されるテーマ〝失踪〟」（『超時間文学論』洋泉社、4）
清水邦夫「自在な新しい風を……」（《銀座セゾン劇場「榎本武揚」上演パンフレット》（9）
小林恭二「叙事詩の詩情」
村上也寸志「安部公房の社会風刺」（『「戦後」の終焉』はる書房、9）
大笹吉雄「銀座セゾン劇場『榎本武揚』」（《朝日新聞》9・25夕刊）
瀬木慎一〈戦後空白期の美術——一九五〇年代まで〉⑨「『世紀』の渦潮」（《三彩》9）

〈同〉⑩「『青美連』前後」（同10）
李徳純「内部精神の深層開発——中国から見た安部公房・大江健三郎・開高健文学」（《すばる》10）
石田健夫〈「生」の探索——文芸記者のメモ帳から〉「時代の陰画」（《東京新聞》11・11〜12夕刊）
藤田昌司〈作家のスタンス〉㉟「安部公房」（《新刊展望》11）

＊

谷口香織「『箱男』の構造」（金沢大学《国語国文》⑯、2）
田中実「〈天皇制〉と〈いじめ〉の構造——安部公房の掌編『公然の秘密』をめぐって」（立教大学《日本文学》㊅、3）
鳴瀬久美「安部公房作品における〈対極〉のモティーフ——『終りし道の標べに』『けものたちは故郷をめざす』『砂の女』を中心に」（ノートルダム清心女子大学《古典研究》⑱、6）
柴垣竹生「『ロマネスク』と『物語』の拒絶——安部公房『人魚伝』の位置」（花園大学《国文学論究》⑲、11）

一九九二（平成四）年

笠井潔「『変わらない』作風の新しい意味——『カンガルー・ノート』」（《週刊読書人》1・6）
黒井千次「人体越え人間ドラマへ——『カンガルー・ノート』」（《朝日新聞》1・12）
三浦雅士「ひさびさの作品　カフカの『変身』思わせる淋しい悪夢の連続　安部公房『カンガルー・ノート』」（《週刊朝日》〈週刊図書館〉1・31）
勅使河原宏「熱い映画の季節が通り過ぎた」（『古田織部』日本放送出版協会、4）
河合隼雄〈中年クライシス〉⑤「砂の眼」（《月刊ASAHI》4）
長谷川郁夫『われ発見せり——書肆ユリイカ・伊達得夫』（書肆山田、6）
ドナルド・キーン〈私の日本文壇交友録〉「表現追究する安部の名人芸」（《朝日新聞》7・8夕刊）
〈同〉「『ルネサンス人』安部公房」（同7・9夕刊）
〈同〉「大陸的視野の広さ持つ安部」（同7・10夕刊）
今井和也「安部公房のテレビ演出」（『夢の売りかた』日本経済新聞社、7）

真名井拓美「作家たちのネットワーク――安部公房 小川国夫」(『胎児たちの密儀』審美社、10)
藤木宏幸「安部公房と『幽霊はここにいる』」(講座日本の演劇『現代の演劇1』勉誠社、11)
ドナルド・キーン「安部公房の儀式嫌い」(《新潮》12)
北川透「メタファーとしての変身――安部公房『砂の女』まで」(『文学における変身』笠間書院、12)

＊

熊谷淑樹「安部公房における疎外と再生――『砂の女』・『他人の顔』をめぐって」(福島大学《言文》㊴、1)
亀井秀雄「アイデンテティ形式のパラドックス」(昭和文学会《昭和文学研究》㉔、2)
高橋亘「研究動向・安部公房」(同)
早川勝広「安部公房『赤い繭』を読む」(大阪教育大学《国語表現研究》⑤、3)
小林俊江「安部公房における『壁』と『砂』」(茨城キリスト教短期大学《日本文学論叢》⑰、3)
植松美奈「安部公房『壁――S・カルマ氏の犯罪』論」(大谷女子大学《国文》㉒、3)

一九九三(平成五)年

黛哲郎「評伝」「安部さん語録」／追悼コメント＝奥野健男、岸田今日子、遠藤周作、萩原延寿、筒井康隆(《朝日新聞》1・22夕刊)
追悼コメント＝奥野健男、埴谷雄高、岸田今日子、倉橋健(《毎日新聞》1・22夕刊)
追悼コメント＝佐伯彰一、井上ひさし、奥野健男、川本三郎(《読売新聞》1・22夕刊)
浦田憲治「シュール、日本文学の前衛」／追悼コメント＝埴谷雄高、武満徹、岸田今日子(《日本経済新聞》1・22夕刊)
追悼コメント＝岸田今日子、埴谷雄高、中村真一郎(《産経新聞》1・22夕刊)
石田健夫「『前衛』であり続けた安部公房氏」／追悼コメント＝中野孝次、大笹吉雄、埴谷雄高、岸田今日子(《東京新聞》1・22夕刊)
社説「国籍を超えた『安部文学』」(《朝日新聞》1・23)
ドナルド・キーン「作品で世界と『会話』」(《朝日新聞》1・23夕刊)
秋山駿「大いなる文学の実験者」／追悼コメント＝吉行

淳之介《読売新聞》1・23夕刊)
清水徹「安部公房氏への感謝」(《東京新聞》1・23夕刊)
中村真一郎「友よ、安部公房」(《日本経済新聞》1・24)
佐々木基一「永遠の青年・安部公房」(《毎日新聞》1・25)
芳川泰久「世界へ越境する文学」(《産経新聞》1・25)
小林伸行「葬送」(《産経新聞》1・26)
渡辺広士「安部文学の8作」(同)
コラム「安部公房の放射力」(同)
グリーブニン「精神的支えだった安部公房氏(談)」(《日経産業新聞》1・27夕刊)
大庭みな子「砂丘――安部公房氏に」(《読売新聞》1・27夕刊)
大平和登「安部さんのニューヨーク」(《日本経済新聞》1・29夕刊)
勅使河原宏「シナリオ作家安部公房」(《読売新聞》2・3夕刊)
大島辰男「〝孤高〟を生きた最後のアバンギャルド」/追悼コメント=岸田今日子、関根弘、奥野健男、田中邦衛、武満徹、竹内銃一郎(《週刊朝日》2・5)
奥野健男「痛切なる喪失感」(《図書新聞》2・6)
埴谷雄高「突出したアヴァンギャルド作家(談)」(《週刊読書人》2・8)
渡辺広士「デジタルな言語の探求」(同)
谷田昌平「安部公房さんのあたたかさ」(同)
日野啓三「砂について」(《読売新聞》2・12夕刊)
勅使河原宏「出あいの風景――『砂の女』」(《朝日新聞》2・18夕刊)
大江健三郎「安部が追い求めたテーマ、未完の遺作に結実したか」〈文芸時評〉(《朝日新聞》2・22~23夕刊)
小山鉄郎「文学者追跡〝安部公房の試み〟」(《文學界》3)
井川比佐志「Kさんへの手紙」(《波》3)
ヴラスタ・ヴィンケルヘーフェロヴァー「若き安部公房さんの回想」(同)
埴谷雄高「存在感覚の変換」(《群像》3)
佐々木基一「発明と故郷喪失の文学」(同)
清水邦夫「安部さんの死、そしてその劇的世界」(同)
立石伯「拒否する精神の再生」(同)
埴谷雄高「アベコベの逆縁」(《海燕》3)

小林恭二「安部公房氏追悼」（同）
利光哲夫「やさしかった安部さん」（《テアトロ》３）
渡辺三子「わがいとこ安部公房をしのぶ」（《北海道新聞》３・３）
赤塚徹「安部公房の死」（《鉄門だより》３・10）
菅野昭正「人間の飛翔願望を照射」〈文芸時評〉（《東京新聞》３・24夕刊）
神崎倫一「いま読んでおきたい本　世界の古典となった安部公房著『砂の女』――母校奉天二中の校庭にあった大砂丘が名作を生んだ」（《SAPIO》３・25）
〈追悼特集＝安部公房〉（《新潮》４）
大江健三郎・辻井喬〈対談〉「真暗な宇宙を飛ぶ一冊の書物」
萩原延寿「不思議な縁」
高橋康也「K・アベ氏の犯罪」
黒井千次「夜と風」
谷田昌平「『砂の女』の頃」
養老孟司「作家でない安部氏」
黛哲郎「飛びつづける人」
増田みず子「わたしの原風景」
島田雅彦「実在の青春時代」
グリゴーリイ・チハルチシビリ「ソ連文学の古典としての安部公房」
久間十義「終りなき再読」
「安部公房アルバム」
ヴラディミール・S・グリブニン「安部公房の世界」
（《潮》４）
川又千秋「SF最強の応援団」（《SFマガジン》４）
石川喬司「消しゴムで書かれたSF」（同）
ドナルド・キーン「本物の天才　安部公房」（《中央公論》４）
日野啓三「永遠の相の下に」（《文學界》４）
辻井喬「終りし道に」（同）
リービ英雄「巨大なヒント」（《すばる》４）
ジュリー・ブロック「永遠なる出会い」（同）
大江健三郎〈新年の挨拶〉⑯「返礼」（《図書》４）
いいだもも「デラシネの毒」（《新日本文学》'93春号、４）
猪又俊樹「安部公房『砂の女』について」（同）
辻井喬「ひさかたの――武満徹に倚って安部公房を送る〈詩〉」（《朝日新聞》４・２夕刊）
倉橋健「安部さんのこと」（《悲劇喜劇》５）

辻井喬「安部スタジオの頃」(同)
井川比佐志「私の「安部スタジオ」(同)
ジュリー・ブロック「象が死んだ」(《へるめす》㊸、5)
田中優子「クレオール文化――田中優子のブルーヨーロッパ④」(《産経新聞》5・23)
〈特集＝安部公房を読む〉(《すばる》6)
沼野充義「辺境という罠」
ヴラスタ・ヴィンケルヘーフェロヴァー「チェコでの安部公房」
ミコワイ・メラノヴィッチ「『砂の女』を再読して」
ミコワイ・メラノヴィッチ「ポーランドの『日本文庫』スタート」(《波》6)
今福龍太・沼野充義〈対談〉「クレオール主義と文学」(《週刊読書人》6・14)
杉村昌昭「戦後思想の再読　清張と公房『砂の器』と『砂の女』」(《月刊フォーラム》7)
〈追悼特集＝安部公房〉(郷土誌《あさひかわ》㉛、7)
高野斗志美「安部公房さんのこと」
三浦綾子「安部公房氏のお母さんのこと」
井村春光「あっという間に」
飯沢英彰「系図―出合い―親しみ―別れ」
岩崎正則「旭川に『縁』もゆかりもある、安部公房さんの死を悼む」
金坂吉晃「公房さん　サインのこと」
菅野逸一「安部公房展」
木内綾「稀覯本とスナップ写真」
関根正次「作品に初めて触れた高校時代」
種田邦彦「公房さんとワラジ虫」
馬場昭「じゃがいもの好きな安部さん!!」
星野由美子「安部公房と劇団河」
前田啓三「安部公房の詩集」
前田秋一郎「終りし道の標べに」
菅野叡子「母親から若者へ伝えたい安部文学・教科書から」
田中スエコ「母の実家　安部家の思い出」
渡辺三子「いとこ〝公房さん〟の思い出」
〈特集＝安部公房・フロッピー・ディスクの通信〉(《へるめす》㊻、11)
大江健三郎・武満徹・辻井喬〈鼎談〉「解発する文学――『もぐら日記』から安部公房を読む」
今福龍太「言語の伽藍を超えて――安部公房とクレオ

ール主義」
巽孝之「方舟状無意識――スリップストリーム序説」
沼野充義「フロッピー・ディスクの中に発見された手紙――安部公房最後のメッセージ」
ウィリアム・カリー「安部公房の遺産」
ヘンリック・リプシッツ「時代を先駆ける〈友達〉」
中埜肇「若き日の安部公房①――追憶の一齣」(《ふるほん西三河》㊺、11)
三島由紀夫「《New Writing in Japan》の序(翻訳・三島由紀夫英文新資料)」(《新潮》12)
原卓也「安部公房・真知さんの思い出」(《婦人公論》12)

＊

浜田雄介〈安部公房を読む〉①「変形が変革するもの――『赤い繭』」(東京法令出版《月刊国語教育》⑬の6、7)
〈同〉②「迷走する認識の彼方――『壁――S・カルマ氏の犯罪』」(同⑬の7、8)
〈同〉③「仮説と推理の反世界――『第四間氷期』」(同⑬の8、9)
〈同〉④「境界を失効させる謎――『他人の顔』」(同⑬の9、10)
〈同〉⑤「記述の迷路のエロス――『箱男』」(同⑬の10、11)
〈同〉⑥「手触りのための飛行――『周辺飛行』他」(同⑬の11、12)
中山真彦「『書く』ことが『行う』ことである時――安部公房の長編小説とそのフランス語訳について(上)」(《東京女子大学紀要論集》㊹の1、9)

一九九四(平成六)**年**

ドナルド・キーン「『カンガルー・ノート』再読」(《新潮》1)
安岡章太郎「笑顔の記憶――『飛ぶ男』」(《波》1)
沼野充義「解説」(講談社文芸文庫『砂漠の思想』1)
中埜肇「若き日の安部公房②――追憶の一齣」(《ふるほん西三河》㊻、2)
沼野充義「〝最後のメッセージ〟『飛ぶ男』の刊行を機に」(《週刊読書人》2・25)
司修「『飛ぶ男』について」(《産経新聞》2・28)
鷲田清一「〈顔〉の文法」(《季刊リテレール》⑧、3)
平岡篤頼「股裂きにあった《小説》――安部公房『飛ぶ

男』のドラマ」（《新潮》3）
高野斗志美「安部公房『飛ぶ男』を読んで」（郷土誌《あさひかわ》(339)、3）
高野斗志美「『安部公房を偲ぶ展』のこと」（《波》4）
高野斗志美「評伝安部公房」（新潮日本文学アルバム51『安部公房』4）
佐伯彰一「『国際化』のパラドックス」（同）
清水良典「イメージと戯れる想像力――『飛ぶ男』」（《図書新聞》4・16）
井村春光「昔のわが家」（郷土誌《あさひかわ》(341)、5）
管野逸一「『新潮日本文学アルバム安部公房』」（同）
黛哲郎「国際作家の安部公房氏」（『学芸記者〈哲〉セレクション 文学と音楽のあいだ』河出書房新社、7）
〈特集＝安部公房――日常のなかの超現実〉（《ユリイカ》8）
ナンシー・S・ハーディン「安部公房との対話」
埴谷雄高「安部公房の発明空間」
吉増剛造「傾き――安部公房ノート」
石井聰亙「映画『箱男』のつくりかた」
難波弘之「プログレッシヴ・フィクションの消費――『石の眼』再読」
リービ英雄・島田雅彦〈対談〉「幻郷の満州」
鈴木志郎康「言葉に実現された精神的自立の道程――安部公房の初期詩集『無名詩集』について」
真鍋呉夫「安部公房の劇的《ドラスチック》な苦闘――その共産党時代」
渡辺広士「終りの文学――大江・三島と安部公房」
巽孝之・久間十義〈対談〉「アヴァン・ポップの故郷――テクノロジーとしての文学原基」
粉川哲夫「安部公房と花田清輝」
イーハブ・ハッサン「『箱男』、『死父』、そしてテクストの奇想」
池内紀「安部流ことばのスタイル」
谷川渥「安部公房の皮膚論」
野阿梓「名づけえぬ怪物」
新戸雅章「『第四間氷期』と未来の終わり」
竹内銃一郎「小説と戯曲の間」
内野儀「新劇とアングラのあいだ――演劇的異端としての安部公房」
八角聡仁「箱男の光学装置――写真・都市・演劇」
真能ねり「空飛ぶクレオール」
鈴村和成「飛ぶ男より砂の女へ」

今福龍太・沼野充義〈対談〉「クレオール文学の創成
——脱帰属するテクノロジー」
吉田永宏、桑原真臣「安部公房主要著作解題」
谷真介「安部公房略年譜」
谷真介「安部公房主要研究文献目録」
谷真介『安部公房レトリック事典』（「年譜」「参考文献」
付、新潮社、8）
奥野健男「大正末年生まれの四人の作家―敗戦―虚無―
未曾有の作品遺す（安部・吉行・三島・井上）」（《毎
日新聞》9・8夕刊）
中田浩二「安部公房——文壇随想・素顔の作家たち」
（《This is 読売》10）
池内紀「解説」（新・ちくま文学の森2『奇想天外』『赤
い繭』筑摩書房、10）
「安部公房追想アルバム」（郷土誌《あさひかわ》(347)、
11）
池内紀・リービ英雄〈対談〉「越境する文学」（《群像》
11）
スーザン・J・ネイピア「鏡の沙漠——近代日本文学に
おける〈他者（エイリアン）〉の構築」（『日本文学に
おける〈他者〉』新曜社、11）
武満徹「エピソード　安部公房の『否』」（《毎日新聞》
12・12夕刊）

＊

柴垣竹生「安部公房『周辺飛行』の解体と『笑う月』の
再構築をめぐって（前編）」（花園大学《賊徒》②、
2）
中山真彦「物語とレトリック——安部公房の長編小説と
そのフランス語訳について（中）」（《東京女子大学紀
要論集》㊹の2、3）
栗山博子「安部公房『デンドロカカリヤ』論」（大谷女
子大学《国文》㉔、3）
有村隆広「安部公房の初期の作品①『名もなき夜のため
に』リルケの影響——リルケ、ニーチェ、カフカ」
（九州大学《言語文化論究》⑤、3）
北村直理「安部公房文学研究——〈砂〉と〈壁〉をめぐ
って」（フェリス女学院大学《玉藻》㉚、6）
日高昭二「獄舎の夢——安部公房『榎本武揚』論」（早
稲田大学《国文学研究》(113)、6）
酒井和寿「『砂の女』形成論——『チチンデラ　ヤパナ』
からの変形痕跡を軸とする一アプローチ」（立教大学
《日本文学》(72)、7）

中山真彦「解体する風景にひとつの地平が現れる――安部公房の長編小説とそのフランス語訳について（下）」（《東京女子大学紀要論集》㊺の1、9）
芳沢正憲「『壁――S・カルマ氏の犯罪』について」（帝京大学《帝京国文学》①、9）
藤江正子「『終りし道の標べに』論――昼と夜と境界線」（芸術至上主義文芸研究会《芸術至上主義文芸》⑳、11）
李貞煕「安部公房『デンドロカカリヤ』論――または、『極悪の植物』への変身をめぐって」（筑波大学《稿本近代文学》⑲、11）
石橋佐代子「囚われの構造――『砂の女』に」（名古屋大学《名古屋近代文学研究》⑫、12）
田中裕之「安部公房『けものたちは故郷をめざす』考」（広島大学《近代文学試論》㉜、12）

一九九五（平成七）**年**

扇田昭彦「安部公房との蜜月時代」〈千田是也演劇戦後史〉⑩（《季刊 the 座》㉙、1）
真能ねり「亡き友金山時夫に――著者に代わって読者へ」（講談社文芸文庫『〈真善美社版〉終りし道の標べに』、1）
リービ英雄「解説」（同）
谷真介「作家案内」（同）
ドナルド・キーン「解説」（新潮文庫『カンガルー・ノート』2）
高野斗志美「いま、なぜ、安部公房なのか」（郷土誌《あさひかわ》㉟⓪、2）
高野斗志美・真能ねり〈対談〉「安部公房を語る」（同㉟①、3）
高野斗志美〈安部公房の作品を読む〉①「『無名詩集』追悼の美しさ。そして、別れ。――亡命の青春へ……」（郷土誌《あさひかわ》㉟②、4）
〈同〉②「亡命者の青春・劇的な散文詩『終りし道の標べに』その一」（同㉟③、5）
〈同〉③「哲学的推理小説…『非人称』の発見『終りし道の標べに』その二」（同㉟④、6）
〈同〉④「『デンドロカカリヤ』と『夢の逃亡』――変形、の次元へ」（同㉟⑤、7）
〈同〉⑤「なぜ、犯罪なのか？――『S・カルマ氏の犯罪』その一」（同㉟⑥、8）
〈同〉⑥「『S・カルマ氏の犯罪』その二　死んだ有機

物から、生きた無機物へ！——規則を変える、想像力」（同357、9）
〈同〉⑦「『バベルの塔の狸』空とぶ、空中遊泳。——丸い月の夜……安部公房の、夢。……空中をとぶ一冊の詩集」（同358、10）
〈同〉⑧「ヴィジュアルな空間へ——哲学を芸術へ——若き Kōbō Abe」（同359、11）
〈同〉⑨「戯曲『友達』——関係の強要……共同体の悪夢」（同360、12）
宇沢弘文「大江健三郎、安部公房、レオン・フェスティング——」（《季刊文学》4）
瀬木慎一〈戦後50年　美術界の明暗〉①「前衛運動の構図——「夜の会」周辺①」（《美術の窓》4）
〈同〉②「前衛運動の構図——『夜の会』周辺②」（同5）
〈同〉③「前衛運動の構造——政治と芸術①」（同6）
李徳純「疎外と不条理のうねり——安部公房氏に捧ぐ遅すぎたレクイエム」（《新潮》5）
中村真一郎「日本近代文学をどう読むか⑫　戦後文学の場合——安部公房」（《すばる》6）
横井宏和「安部公房の処女作『終りし道の標べに』——『愛』から『笑い声』まで」（《新日本文学》7・8合併号）
〈特集＝安部公房と仙川〉（調布市仙川町・せんがわまちニティ情報センター《せんがわ・21》⑰、8）
「（グラビア）安部公房・真知夫人の写真帳から」
岡部敏英「安部公房先生・真知夫人との出会いと思い出」
伊藤緯彦編「仙川時代の安部公房をめぐる人たち」
辻清明〈私の履歴書〉⑯「安部公房さん」（《日本経済新聞》8・17）
〈同〉⑰「工房での交遊」（同8・18）

＊

柳田邦男「事実とシュールの円環」（《本の話》、12）
小林治「安部公房『けものたちは故郷をめざす』について——満州体験の対象化をめぐって」（《駒沢短大国文》㉕、3）
高橋亘「『S・カルマ氏の犯罪——壁』試論」（大正大学《大学院研究論集》⑲、3）
鳥羽耕史「記録と芸術のあいだで——安部公房のルポルタージュ」（早稲田大学大学院《繍》⑦、3）

＊

有村隆広「安部公房の初期の作品②『異端者の告発』ニーチェの影響——リルケ、ニーチェ、カフカ」（九州大学《言語文化論究》⑥、3）
李貞熙「安部公房『壁——S・カルマ氏の犯罪』論」（《筑波大学《文学研究論集》⑫、3）
長谷川龍生「シュールとSF　安部公房と筒井康隆」（《樹林》375、4）
奥野忠昭「失踪物との戯れ——『燃えつきた地図』」（同）
辻亜紀子「安部公房の原点」（ノートルダム清心女子大学《古典研究》㉒、5）
高橋元弘・望月新三郎・城戸昇他〈座談会〉「下丸子時代の安部公房——一九五一年芥川賞受賞前後」（東京大田区《わが町あれこれ》⑤、6）
布施薫「〈真善美社版〉『終りし道の標べに』の小説的意義」（東京都立大学大学院《論樹》⑨、9）
蘆田英治「安部公房『終りし道の標べに』ノート——『書く』ことをめぐって」（同）
李貞熙「〈おれ〉の〈ユダヤ性〉にみる実存的状況——安部公房『赤い繭』論」（筑波大学《稿本近代文学》⑳、11）
田中裕之「『他人の顔』論——その構想と形象」（《梅花女子大学文学部紀要（日本文学編）》㉙、12）

一九九六（平成八）**年**

瀬木慎一『戦後空白期の美術』（思潮社、1）
ドナルド・キーン「多面的な業績改めて評価——安部公房シンポジウム　四月にNYで」（《読売新聞》1・22夕刊）
阿刀田高「安部公房『砂の女』」（『日曜日の読書』富士通経営研究所、1）
岩崎正則「安部公房の小説はおもしろい」（郷土誌《あさひかわ》361、1）
保坂一夫「詩人の生涯——安部公房のお母さんの質問」（同）
高野斗志美〈安部公房の作品を読む〉⑩「『けものたちは故郷をめざす』——戦後文学の記念碑」（同）
〈同〉⑪「『詩人の生涯』——〈赤いジャケツ〉のおはなし　大人のための童話」（同362、2）
青木正美「文士の手紙46　安部公房」（《彷書月刊》2）
〈同〉⑫「『第四間氷期』その一——未来に裁かれる物語」（同363、3）
〈「安部公房回想展」に寄せて〉（郷土誌《あさひかわ》

㊿363、3）
高野斗志美「あらたな対話の始まり――コロンビア大学『安部公房記念シンポジウム』をひかえて」
真能ねり「安部公房全集・書誌・コロンビア大学安部公房記念シンポジウムについて」
「突然の連続のなかで――安部公房の実弟・井村春光氏の思い出」
「安部公房回想展」に寄せて――入場者の感想文集
李徳純「中国での評価高まる――旧奉天で過ごした安部公房氏の文学」（《朝日新聞》3・18夕刊）
福のり子「ニューヨークで紹介される印画紙上の安部公房の『眼』」（《芸術新潮》4）
由里幸子「語られた多面的『公房像』――米コロンビア大安部公房記念シンポ」（《朝日新聞》5・7夕刊）
真能ねり「父安部公房――記念祭 i n N Yを終えて」（《読売新聞》5・16〜17夕刊）
小山鉄郎「政治的境界こえる安部文学――安部公房シンポジウムに参加して」（《週刊読書人》5・24、31）
森下早也香「〈安部公房〉多義的な存在としての自己」（郷土誌《あさひかわ》366、6）
佐伯彰一「ニューヨークの安部公房」（《新潮》7）
ドナルド・キーン「日本文化センター創立10周年の節目に」（《新潮》7月号臨時増刊号「新潮名作百年の文学」7）
オフロ・リディン「日本文壇の一匹狼　安部公房」（福岡ユネスコ協会編『世界が読む日本の近代文学』丸善ブックス、8）
谷川渥「安部公房『砂の女』」（《海燕》〈特集＝小説の技法をめぐって〉10）
真能ねり「真能ねりが語る　父安部公房」（《ダ・ヴィンチ》10）
福のり子「写真家安部公房――見ることへの挑戦」（《安部公房写真展》カタログ、画廊ウィルデンスタイン東京、10）
李貞煕「安部公房ゆかりの旭川を訪ねて」（郷土誌《あさひかわ》370、10）
クリストファー・ボルトン「安部公房文学の科学性」（郷土誌《あさひかわ》371、11）
リービ英雄「満州エキスプレス」（《群像》11）

＊

李貞煕「『影』をくわえて逃げ去る『狸』――安部公房の『バベルの塔の狸』論」（筑波大学《文学研究論集》⑬、3）

波潟剛「安部公房の『他人の顔』論――文章構成の形態とテーマをめぐって」（同）
有村隆広「安部公房の初期の作品③『終りし道の標べに』ドイツの文学・思想の影響――ハイデッガー、ニーチェ、リルケ、カフカ」（九州大学《言語文化論究》⑦、3）
石橋佐代子「『終りし道の標べに』論」（名古屋大学《近代文学研究》⑬、4）
日高昭二「獄舎の夢――安部公房『榎本武揚』論」（早稲田大学《国文学研究》⑬、6）
相沢一起「逃亡する〈夢〉の行方――安部公房論」（法政大学《日本文学誌要》㊹、7）
蘆田英治「安部公房『無名詩集』論」（東京都立大学大学院《論樹》⑩、9）
西塚由美子「安部公房『砂の女』論――出発点に立った男」（法政大学西田勝退任記念文集『文学・社会へ、地球へ』三一書房、9）
李貞熙「安部公房の小説における〈変身〉のモチーフをめぐって――初期作品を中心として」（『第19回国際日本文学研究集会会議録』国文学研究資料館、10）
高木利枝「安部公房『砂の女』論――〈鏡〉をめぐる一試論」（フェリス女学院大学《玉藻》㉜、11）
鳥羽耕史「安部公房『名もなき夜のために』――大山定一訳『マルテの手記』との関係において」（文化書房博文社《比較文化》②、11）
石橋佐代子「『終りし道の標に』論②」（名古屋大学《近代文学研究》⑭、12）

一九九七（平成九）年

ドナルド・キーン「安部公房未発表詩編1944〜1948」（《波》3）
佐藤正文「安部公房ハウスから」（郷土誌《あさひかわ》〈特集＝旭川ゆかりの作家安部公房〉㊱、3）
石川陽一「自分流『安部公房』の楽しみ方」（同）
北川幹雄「『無名詩集』に思う」（同）
真能ねり「安部公房新発見小説・解説」（《新潮》3）
由里幸子「安部公房の遺作『飛ぶ男』の謎――練り直し重ねた軌跡明白、夫人が手を入れた部分も」（《朝日新聞》3・13夕刊）
増山太助「戦後運動史外伝・人物群像㉘（田中英光と安部公房）」（《労働運動研究》㉚、4）
高野斗志美「変貌の歩行者として」（郷土誌《あさひか

わ》(376)、4)

井村春光「昔の人の文字と比べて」(同

前田啓三「安部公房の思い出」(同

岩崎正則「開拓民と安部公房」(同

李貞熙「安部公房国際シンポジウムに参加して」(同

岩崎正則「本籍地・東鷹栖の安部公房」(《北海道新聞》4・15)

石沢秀二「シュールなリアリスト　安部公房の複眼的ドラマ」(『講座日本の演劇』⑦、勉誠社、5)

山田博光「安部公房と『満州』」(日本社会文学会編『近代日本と「偽満州国」』不二出版、6)

三浦雅士「〈若き安部公房〉という事件」(《波》7)

小山鉄郎「安部公房のドーナツ」(同

ナンシー・K・シールズ『安部公房の劇場』(安保大有訳、新潮社、7)

〈『安部公房全集』新潮社　全二十九巻　付録《贋月報=サブ・ノート》文責安部ねり('97・7〜'00・12)〉

「砂山」児玉久雄(奉天・千代田小学校、奉天二中同級生)(同1)

「世紀」中田耕治(文芸評論家、元「世紀の会」会員)(同2)

「パージ」高橋元弘(《下丸子詩集》編集発行人、元北辰電機労組書記長)(同3)

「細胞」真鍋呉夫(作家、元「現在の会」会員)(同4)

「制服」倉橋健(演劇評論家、演出家)(同5)

「勧誘」針生一郎(美術評論家)(同6)

「ゼロの会」草笛光子(女優、元「ゼロの会」会員)(同7)

「条件反射」柾木恭介(元「現在の会」「記録芸術の会」会員)(同8)

「評論」中原佑介(美術評論家、元「現在の会」「記録芸術の会」会員)(同9)

「四国」長与孝子(元NHKディレクター)(同10)

「シュール」池田龍雄(画家、元「世紀の会」会員)(同11)

「記録芸術」玉井五一(元「新日本文学」編集者、「記録芸術の会」会員)(同12)

「放送劇」①② 山口正道(元文化放送ディレクター)(同13、14)

「ロケハン」勅使河原宏(華道家元、映画監督、元「世紀の会」会員)(同15)

「テレビドラマ」和田勉（元NHKディレクター）（同16）
「夢」清水邦夫（劇作家）（同17）
「執筆中」山田耕介（翻訳家、妻真知の弟）（同18）
「高架」安岡章太郎（作家）（同19）
「演劇科」石沢秀二（演劇評論家、演出家）（同20）
「友人」大江健三郎（作家）（同21）
「エチュード」井川比佐志（俳優）（同22）
「安部スタジオ」堤清二（セゾン文化財団理事長）（同23）
「稽古場」佐藤正文（俳優、元安部スタジオ）（同24）
「先駆的な」ドナルド・キーン（日本文学研究家、コロンビア大学名誉教授）（同25）
「写真集」嶋中行雄（嶋中書店社長、元中央公論社勤務）（同26）
「新宿」丹野清和（元「アサヒカメラ」編集者）（同27）
「フロール」コリーヌ・ブレ（ジャーナリスト）（同28）
「ラングラー・ジープ」白石省吾（元「読売新聞」記者）（同29）

〈特集＝安部公房　ボーダーレスの思想〉（《国文学》8）
岸田今日子「安部さんのこと」
ミコワイ・メラノヴィチ「病んだ文明のアレゴリーとアンチ・ユートピア『密会』、主として『カンガルー・ノート』のばあい」
沼野充義「世界の中の安部公房」
小泉浩一郎「『砂の女』再読――研究史の一隅から」
小林正明「物語論から『砂の女』を解剖する」
加藤弘一「安部公房の誕生――処女作をめぐって」
工藤正広「『無名詩集』に寄せて」
扇田昭彦「『幽霊はここにいる』――千田是也との共同作業」
川島秀一「『他人の顔』――変貌する〈世界〉」
今村忠純「『榎本武揚』論――小説と戯曲と」
真鍋正宏「『箱男』の寓意――遮蔽・越境・迷路」
山田有策「ぼく一人だけの『密会』」
森本隆子「『方舟さくら丸』論――二つの〈穴〉、あるいはシュラークルを超えて」
石崎等「『カンガルー・ノート』」
李貞熙「変貌するテキスト・『飛ぶ男』考――刊行本『飛ぶ男』に至るまで」

ナンシー・シールズ「安部公房の戯曲＝消滅する心と物体の境界」

大橋也寸「安部公房スタジオ――一からの創造」

栗坪良樹「安部公房・〈砂漠〉の思想――その倫理と世界性について」

野崎歓「ジャン＝フィリップ・トゥーサンと安部公房――疲労の詩学」

佐藤健一「石川淳と安部公房」

近藤一弥・高橋世織（対話構成）「安部公房と写真」

高野斗志美「新たなコンセプトによる作品案内――安部公房の小説を中心に」

安部ねり「父が初めて語りかけてくれた――『安部公房全集』を刊行して」（《毎日新聞》8・6夕刊）

由里幸子「安部公房全集発刊　さらなる謎に誘う迷宮」（《朝日新聞》8・30）

清水邦夫「安部公房氏との対話の記憶」（《東京新聞》9・17夕刊）

中田耕治「安部公房の手紙」（《公評》10）

菊池章一「透明と飛翔　安部公房の世界」〈文学の50年あれこれ〉⑳（《新日本文学》10）

安部ねり「贋科学と芸術家（父の肖像①）」（《かまくら春秋》12）

＊

北岡絵美「安部公房『他人の顔』論・ノート」（宮城学院女子大学《日本文学ノート》㉜、1）

荻正「安部公房『砂の女』論」（熊本大学《国語国文学研究》㉜、2）

クリストファー・ボルトン「科学（サイエンス）とフィクション、そしてポストモダン――安部公房『第四間氷期』論」（昭和文学会《昭和文学研究》㉞、2）

竹田日出夫「安部公房『砂の女』――多面体の鏡として」（武蔵野女子大学《武蔵野日本文学》⑥、3）

小林治「『砂の女』の位相①――転換期の安部公房」（《駒沢短大国文》㉗、3）

有村隆広「安部文学の転機――カフカとの対比」（九州大学《言語文化論究》⑧、3）

田中裕之「『燃えつきた地図』における曖昧さの生成」（島根大学《国語教育論叢》⑥、3）

波潟剛「安部公房『燃えつきた地図』論――作品内の読者、小説の読者、および同時代の読者をめぐって」（筑波大学《文学研究論集》⑭、3）

李貞熙「安部公房国際シンポジウムに参加して　アメリ

カ・ニューヨークのコロンビア大学にて」（同）
『新潮社創業一〇〇周年記念出版・安部公房全集カタログ』（新潮社、4）
鳥羽耕史「『国境』の思考――安部公房とナショナリティ」（文芸と批評の会《文芸と批評》5）
佐々木久春「安部公房における〈砂〉」（秋田風土文学会《秋田風土文学》⑨、6）
山田博光「安部公房――反共同体の文学」（日本大学《社会文学》⑪、6）
木村功「『砂の女』論――〈仁木順平〉から〈男〉へ」（《宇部短期大学学術報告》㉞、7）
清水正「『赤い繭』（安部公房）」（『カフカの「変身」まで』D文学研究会、7）
加藤弘一「安部公房の誕生　処女作をめぐって」（《国文学》9）
薑田英治「安部公房『砂の女』について」（東京都立大学大学院《論樹》⑪、9）
鳥羽耕史「安部公房『第四間氷期』――水のなかの革命」（早稲田大学《国文学研究》⑫③、10）
荻正「安部公房『S・カルマ氏の犯罪』論――中間性について」（鹿児島大学日本近代文学会九州支部《近代文学論集》㉓、11）
荻正「安部公房『S・カルマ氏の犯罪』におけるキャロル、カフカ――裁判について」（熊本大学《国語国文学研究》㉝、12）
石橋佐代子「『終りし道の標べに』論③」（名古屋大学《近代文学研究》⑮、12）
田中裕之「『箱男』論①、『箱男』という設定から」（《梅花女子大学文学部紀要》㉛、12）

一九九八（平成十）**年**

安部ねり「贋科学と芸術家（父の肖像②）」（《かまくら春秋》1）
大笹吉雄「安部公房と音楽」（新国立劇場《「幽霊はここにいる」上演パンフレット》5）
辻井喬「『人間そっくり』」（〈放射線〉《東京新聞》5・1夕刊）
小田切秀雄「安部公房――『砂の女』とその前後」（〈日本文学の百年〉⑩④、《東京新聞》5・26夕刊）
「『草月とその時代1945―1970』展カタログ」（同展実行委員会刊、10）
石堂秀夫「安部公房『砂の女』――抽象性の中に砂の害

の恐ろしさを描く」（〈日本文学　名作を歩く〉⑤、《第三文明》12）

＊

鳥羽耕史「安部公房『可愛い女』――可能性としてのミュージカルス」（文化書房博文社《比較文化》③、1）
石橋紀俊「安部公房『壁――S・カルマ氏の犯罪』論――自我・変身・言葉」（昭和文学会《昭和文学研究》㊱、2）
渡辺正彦「『〈分身小説〉の系譜』序説」（群馬県立女子大学《紀要》⑲、2）
波潟剛「安部公房『砂の女』論――登場人物と『砂』、およびテクストとの関係をめぐって」（筑波大学《日本語と日本文学》㉖、2）
小林治「『砂の女』の位相②――アヴァンギャルドの再出発」（《駒沢短大国文》㉘、3）
工藤智哉「『終りし道の標べに』（真善美社版）試論――公房の出発点として」（早稲田大学大学院「繍」⑩、3）
美濃部重克「安部公房　無常体験の文学『砂の女』論」（《南山大学国文論集》㉒、3）
波潟剛「安部公房〈失踪三部作〉論――公房の都市表象と植民地体験」（筑波大学《文学研究論集》⑮、3）
杉本紀子「物語の地平――『砂の女』を読みながら」（和光大学《エスキス》⑰、3）
有村隆広「安部公房の最初の作品集『壁』――フランツ・カフカとルイス・キャロルの影響」（九州大学《言語文化論究》⑨、3）
ジュリー・ブロック「括弧の中の小説――『他人の顔』の構造についての研究、安部公房の小説と勅使河原宏の映画」（京都工芸繊維大学《工芸学部研究報告　人文》㊻、3）
ジュリー・ブロック「安部公房国際シンポジウム報告」（同）
北口雄一「臨床心理学における『現実』についての一考察――安部公房『箱男』とW・ギーゲリッヒ『アニムス＝心理学』を手掛かりに」（京都大学《教育学部紀要》㊹、3）
中薗英助「50～60年代の交友録から①　安部公房のこと」（《神奈川近代文学館》㊿、4）
杣谷英紀「安部公房『終りし道の標べに』（真善美社）試論――存在から記述へ」（梅花短期大学《国語国文》⑪、11）

杣谷英紀「安部公房『異端者の告発』の意義――分裂・死・『実存的方法』」（関西学院大学《日本文芸研究》12）
田中裕之「『箱男』論②――その構造について」（梅花女子大学《文学部紀要　比較文化》②、12）
石橋佐代子「『異端者の告発』論」（名古屋大学《名古屋近代文学研究》⑯、12）

一九九九（平成十一）**年**

安部ねり「『趣味』だと思っていました」（〈特集＝作家のスタイル＝優雅なわがまま、贅沢な時間――カメラに首ったけ〉《太陽》6）
大塚英子「安部公房」（『夜の文壇博物誌』出版研、7）

＊

ジュリー・ブロック「〈分身〉に関する考察――安部公房とジャン・ピエール・ヴェルナンを交差させて」（京都工芸繊維大学《工芸学部研究報告　人文》㊼、2）
金野和典「安部公房『白い蟻』作品分析――〈特別化と異端化〉、〈白〉と〈吸引力〉の視点から」（大阪教育大学《国語教育学研究誌》⑳、3）
海老海求美「『砂の女』のディスクール」（成城大学《国文学》⑮、3）
内藤由直「安部公房『方舟さくら丸』論」（花園大学《国文学論究》㉖、3）
小林治「昭和二十年代の安部公房短編作品について（一）――変身と身体をめぐって」（駒沢短期大学《国文》㉙、3）
蘆田英治「安部公房初期詩覚書」（東京都立大学院《論樹》⑫、3）
有村隆広「安部公房の小説『けものたちは故郷をめざす』――カフカ文学との対比」（九州大学《言語文化論究》⑩、3）
工藤智哉「安部公房『終りし道の標べに』論――破綻に突き進む物語として」（早稲田大学大学院《繍》⑪、3）
川俣優「空なる国・満州国の生み出した文学――安部公房とリービ英雄」（共同研究「空の周辺」《明治学院大学一般教育部付属研究所紀要》㉓、4）
黒古一夫「〈内部〉の現実を〈外部〉の風物へ『公然の秘密』の秘密」（田中実他編著『〈新しい作品論〉へ、〈新しい教材論〉へ』右文書院、7）
松本議生「弱者排除の時代『公然の秘密』の教材」（同

黒川友美子「安部公房のシュールな技法」(神戸女学院《文化論輯》⑨、9)
田中裕之「安部公房作品における不整合」(広島大学《国文学攷》⑯、9)
マリエレン・トマン・モリ「〈シンポジウム〉日本における宗教と文学——哀れなコアラと寄生のカイワレ——安部公房の『カンガルノート』における夢想構造」(国際日本文化研究センター『日本における宗教と文学』所収、11)
金岡直子「〈安部公房三部作〉論——失踪者という〈モチーフの発見〉についての一考察」(神戸大学《文学研究ノート》㊴、11)
田中裕之「安部公房とシャミッソー」(梅花女子大学《文学部紀要(比較文化)》㉝、12)
石橋佐代子「安部公房文学にみる『群集と権力』——『壁』を中心に F・カフカ、E・カネッティと」(名古屋大学《名古屋近代文学研究》⑰、12)

二〇〇〇(平成十二)**年**

桑原真臣『安部公房文学研究参考文献目録』(私家版、5)

中村彰彦・沼野充義・井上ひさし・小森陽一「三島由紀夫と安部公房——『仮面』と『砂漠』の預言」(〈座談会昭和文学史〉⑯、《すばる》10)
谷田昌平「安部公房——現実世界のベールをはいだ前衛作家」(〈点描・戦後の文学〉⑨、《東京新聞》10・21夕刊)

＊

藤原悦子「『カンガルー・ノート』を読む——感情の内実」(新潟大学《新大国語》㉖、3)
波潟剛「〈故郷〉を〈創造〉する〈引揚者〉——安部公房とシュルレアリスム」(筑波大学《日本語と日本文学》㉚、3)
鳥羽耕史「『デンドロカカリヤ』と前衛絵画——安部公房の『変貌』をめぐって」(日本近代文学会《日本近代文学》㊷、5)
杣谷英紀「安部公房『壁——S・カルマ氏の犯罪』の方法」(関西学院大学《日本文芸研究》㊾、6)
木村陽子「安部公房『魔法のチョーク』論——〈壁〉とは何か」(聖心女子大学大学院《聖心女子大学大学院論集》㉒、7)
石橋佐代子「安部公房『虚妄』論」(《名古屋近代文学研

究》⑱、12）
上杉寛子「安部公房『砂の女』研究――砂の世界への解放」（広島女学院大学《国語国文学誌》㉚、12）
金田静雄「光と翳――安部公房『詩人の生涯』」（浜松短期大学《研究論集》㊻、12）
蘆田英治「螺旋の神――安部公房『〈真善美社〉終りし道の標べに』試論」（東京都立大学大学院《論樹》⑭、12）

二〇〇一（平成十三）年

安部ねり「父・安部公房　作り手の感激から発した言葉――『小説は消しゴムで書く』」（《朝日新聞》5・31夕刊）
川西政明「世界に向って撃て――安部公房から中上健次まで」（『昭和文学史』下、講談社、11）

＊

小長谷卓史「安部公房『密会』論」（法政大学大学院《日本文学論叢》㉚、3）
工藤智哉「安部公房初期小説における変貌――〈分身〉の物語」（文芸と批評の会《文芸と批評》㊸、5）
鳥羽耕史「何が〝壁〟なのか（上）――安部公房『壁』についての書誌的ノート」（文芸と批評の会《文芸と批評》㊹、11）
松原澄良「安部公房『赤い繭』の授業を考える」（富山大学国語教育学会《富山大学国語教育》㉖、11）

二〇〇二（平成十四）年

石田建夫「国家へのアンビバレンス――安部公房」（『戦後文壇畸人伝』藤原書店、1）
矢崎泰久「『話の特集』と仲間たち――雑誌狂時代」（《編集会議》⑪、3）

安部さんとのこと――「あとがき」に代えて

一

安部さんの遺体が病院から調布市の自宅にもどられた一九九三年一月二十二日の翌朝、私は応接室に横たわる安部さんの枕頭で、真知夫人としばらく安部さんとの想いにふけっていた。

思えば、一編集者としてはじめて安部さんのお宅（中野区野方町）を訪ね、親しく話をすることができたのは一九五七年、二十二歳の時であった。安部さんの超現実的な作品が好きで、高校時代から雑誌に新作が発表されるのを、いつも心待ちにしていた。表現のユニークさというか、あの比喩の面白さが魅力的であった。

安部さんの比喩には、わが国特有の湿潤性といったものが殆ど見られない。多くの比喩には意表を衝くデフォルメと鮮烈なリアリティ、即物的、生理的というか、乾いたユーモアが横溢していて、一読爆笑を誘発させられることもある。時には腕相撲の強さが自慢の一つでもあった安部さんの腕力で、言葉たちが強引にねじこめられているという印象を受ける表現もあるが、それでいて、言葉たちは少しも嫌がってはいないのだ。悲鳴をあげるではなく、描写のなかで喜び、弾んでいる。いたずら好きの陽気なこびとたちのように思えることもあった。

私にとっては、輝く宝石のようであった。その言葉の宝石を失ってしまうのが惜しくて、新作が発表されるたびに、ピンセットでつまみあげる標本のように、いつか語彙をノートに書きとめておくようになっていた。

　いくつか、例をあげてみよう。

腋の下＝〈貝殻の内側のような白い腋の下〉（「密会」）

困惑＝〈困惑で、急に顔が小さく乾燥してしまったように見える〉（「人間そっくり」）

顔＝〈カタツムリのように白布の間から顔をのぞける〉（「緑色のストッキング」）

雨＝〈犬の息にそっくりな海辺の雨の匂い〉（「箱男」）

表情＝〈錆びついた錠前のような、老人の表情〉（「燃えつきた地図」）

また、例えば「声」の比喩のように、

〈ひびだらけの低い声〉

〈空気で薄められたような声〉

などの短いものから、

〈そのときむすめが「さよなら」と、三月のはじめに麦畠のあいだを吹きぬけてくる南風のような生ぬるい蒸気をふくんだ声でささやいたように思ったのだ〉（「飢餓同盟」）

というような、わざわざ傍点まで打って、明らかに作者が表現をたのしんでいるような趣きのある、ユーモラスな長い比喩もある。この「声」に関する比喩はもっとも多く、五〇種をはるかに越えている。安部さんは決して同じ比喩を他の作品には用いない（たった一度、〈濡れた雑巾のような風〉「砂の女」、〈濡れ雑巾のような風〉「燃えつきた地図」くらいだろうか）。

　こうして採集した語彙が増えていくノートを繰りながら、私は一つのユメを描いていた。いつか、できたら、真知夫人の絵とともに（安部さんが写真に熱中するようになってからは、安部さんの写真も含めて）、書肆ユリイカから刊行されていたブルトン、エリュアールが編んだ『シュルレアリズム辞典』のようなものができたら、安部ファンにとってどんなにたのしいだろう——と。それがやがて、四二五項・六六〇余りの語彙を採録した『安部公房文学語彙辞典』（スタジオＶＩＣ、一九七六年）になったのだ。

友人の小さな編集プロダクションから出したこの「辞典」は、装幀、造本にお金がかけられない見映えのしない本だったが、出来上がった本を友人といっしょに安部さんのところへ持っていくと、安部さんは例の苦笑を嚙み潰すような表情をしながらあちこち頁を繰り、

〈面白いものができたな。だが君ィ、こういうのが一番むずかしいんだよ……〉

といって、その場で五〇部という大量の部数を買いあげてくれたのには、私も友人も驚き、恐縮してしまった。この辞典はのちに「増補版」が出され、一九九四年にさらに語彙の数を増やし、比喩ばかりではなく、安部さんの文学・芸術に対する言葉なども含めた八八〇種、一九六〇余のことばを収め、書名も『安部公房レトリック事典』と改めて、新潮社から刊行した。

安部さんは「都市への回路」（《海》一九七八年四月号）のなかで、比喩について、インタビュアーと次のような対話をしている。

〈——比喩を用いられるとき、生理的な感覚に訴える言葉が非常に目立ちますね。『密会』の場合ですと、「ミルクを焦がしたような匂いは、娘の体臭らしい」「貝殻の内側のような白い腋の下」「トマトのように中が透けて見える、無邪気でちぐはぐな微笑」等々、枚挙にいとまがありません〉

〈安部　あれにいちばん時間をくうんだよ、比喩の実体が確実に見えてくるまで待たなければいけない。一つ的確なものを見つけるために、何日もかかったりする。（略）たとえば腋の下

といってもいろいろな腋の下がある。ある一つの腋の下は、ほかの腋の下とはどういうふうに違うのかということを、浮かんでいる腋の下の視覚的なイメージを、とにかく根気よく見つづける。（略）

たとえば〝幸福〟というような言葉を使うのに、すごく抵抗を感じる。「彼は幸福だった」と書くためには、パロディとしてでなければ書けない〉

〈――読者としては、「濡れた雑巾のような風」「手拭は、女の唾液と口臭で、鼠の死骸のようにずっしりと重い」（『砂の女』）と書かれれば、濡れた雑巾や鼠の死骸に触れたときの感覚を即座に思い浮かべて、なるほど、確かにそのような風、そのような手拭いがあると納得しますね〉

〈安部　幸か不幸か人間というのは五感しか持っていない。そして五感で切り出されるものは、ある意味では非常に限界がある。それにくらべて、言葉による概念はすべて多様で精密だ。しかし、いくら精密でも、もう一度それを単純な五感の次元に引き戻してやらないと、イメージとしては共有しにくいということがある。五感というひどく原始的で、能力からするとかなり低いものに、どうやって概念以上のものを定着させるかということが、ものを書く上で一番苦しい作業じゃないかな。出てきた結果はひどく単純だけどね〉

二

ところで、私は三十歳の時に編集者をやめて、それまでつづけていた児童文学の世界に入ったが、安部さんのお宅へはよく出かけていた。安部さんは新著を刊行したり、戯曲が上演されたりすると、必ずといってよいほど著書やチケットをおくってくださった。チケットはいつも、「奥さんの分」として二枚入っていた。ある時は真知夫人を通じて、〝幻の詩集〟といわれていた『無名詩集』まで戴いた。一時神田の古書展で、百万円の値がついたといわれたものだ。私はふるえながら、恐るおそる表紙が赤茶けたガリ版刷りで、数十部しか刷れなかったという詩集の頁を繰った。

お礼の電話をかけた時、安部さんは例のごとく少し口ごもる口調で、〈あんまりひとに見せないでくれよ〉と、いった。真知夫人にいわせると、〈あの詩集のことをいわれるのが、一番いやなみたい〉ということであった。自ら制作した短編映画「時の崖」が完成した時、私は試写会にどうしてもいけなかった。そのことをあとで話すと、安部さんはたった一人だけの試写会を渋谷の小さなフィルム・スタジオで開いてくださるという。私は恐縮した。あまりにも贅沢で勿体ないので、友人を誘って観せていただいた。私が最初の童話『みんながねむるとき』を理論社から出した時（一九六三年五月）、安部さんは好意に満ちた書評を書いてくださった。版画家の弟赤坂三好と共著で、集団学童疎開の体験を三十二の絵と短文でまとめた『失われぬ季節』（虎見書房、一九六八年七月）を刊行した時も、すばらしい跋文（帯文）を書いてくださった。すべてにやさしい安部さんだった。

一九六七年の初夏のことだった。安部さんから突然電話があって、ある文学全集の巻末につける年譜を書いてくれないかという依頼を受けた。私はいつも新作を待ちわびている安部文学シンドロームの一患者にすぎない。文学の研究者ではないので、戸惑った。安部さんは過去のことをあまり語らない。のちには有名になった〈一寸後は闇……そのさらに背後は、すでに存在の外にある〉（「わが文学の揺籃期――一寸後は闇」、〝新潮日本文学〟㊻『安部公房集』《月報》一九七〇年二月）という〝安部語録〟が生まれるほどであり、なにか過去のことを尋ねても、〈ああ、どうだったかな。もう忘れたな〉と、面倒くさそうにはぐらかされてしまうことが多かった。

そういわれると、こちらとしてもそれ以上は聞けない性分なので躊躇したが、一つのチャンスでもあった。これで安部さんの自筆年譜で不明だったところが聞き出せると思った。頼まれる以上、こちらから強いることができるのだ。結局は、尋ねることはきちんと話してもらうことを条件に、はじめて二〇枚ほどの年譜と参考文献を赤坂早苗の本名で書きあげた。その年の十月に、講談社から刊行された〝日本現代文学全集〟103『田中千禾夫　福田恆存　木下順二　安部公房集』の巻末に付されているのが、それである。

こうしてその都度、安部さんや真知夫人に話を聞きながら、安部さんが亡くなるまでいくつかの年譜や参考文献を書いてきた。

三

一九七三年一月、安部さんは自ら主宰する演劇集団〝安部スタジオ〟を、旗あげした。この演劇集団の起ちあげには、五年前の六八年十一月にプロデュース・システムで自ら演出・上演した『棒になった男』の成功があった。さらに桐朋学園短期大学演劇コースの教授に就任して、独自の演劇理論を展開し、俳優志望の学生たちを指導してきた、まったく新しい演技論への自信などがあったと思う。

〈俳優は単なるイメージの伝達者ではなく、イメージ自体であることが求められる存在〉であるという、俳優の肉体を言語に変える日常訓練に重点を置いた、これまでの演技体系を根本的に変革するこの演技論は、のちに〝安部システム〟と呼ばれるようになる。

ある日、安部さんから電話がかかってきて、安部さんがよくひとと会う時に使っていた新宿の高層ホテルのクラブで、会おうという。

〈なんですか?〉と尋ねると、安部さんは、

〈うん。……それは、会ってから話すよ〉

と、いうのである。皆目予測もつかなかったが、次の日の夕方、クラブへ出かけていくと、安部さんは黒ビールを飲みながら、

〈実はね、……君にスタジオのマネージャをやってもらいたいんだよ。どうかね〉

と、とんでもないことをいい出したのだ。

〈それほどたいへんなことはないんだ。週に二、三回、夕方からでも渋谷のスタジオにきてもらって、電話などの連絡、渉外、宣伝関係……〉

と、安部さんは坦々といいつづけたが、こちらはもうパニックに近かった。しばらくビールを飲みながら話したが、いくら考えても私の任ではない。結局私は辞退し、その代わり大学の演劇学科を出て小さな出版社をしている友人のことを思い出して、推せんした。

〈それじゃ、その彼に話をしてみてくれないか。早い方がいいな。受けてくれそうだったら、スタジオの方へ連れてきてくれないか〉

ということで、友人が快諾してくれたので、マネージャー騒ぎは一件落着。ほっと胸をなでおろした。一時間後には、もう次の約束があるというので、私はすぐにクラブをあとにした。忙しそうな安部さんであった。

安部さんは『燃えつきた地図』以来、六年ぶりになる書きおろし長編小説『箱男』の脱稿を待って、安部スタジオを旗あげしたのだった。雑誌《波》の連載エッセー「周辺飛行」に、断続的に発表していた『箱男』の創作メモをみると、多くの街頭でのスナップ写真が挿入された前衛的、

実験的な一編の長編小説の完成までの複雑なプロセスが分って面白い（『箱男』は、倒置法という

か、物語を展開させるユニットを組み合わせるという手法が多用され、その配置に安部さんは苦心しているようだった。なお、安部さんがワープロで創作しはじめるのは、一九八四年の『方舟さくら丸』からである）。が、この小説をさらにユニークなものにしているのは、冒頭に記されている箱男が頭からすっぽり被って町中を徘徊する箱の製法である。

この箱はダンボールで造られていて、安部さんの家の小プールのある庭に面した軒下の隅に、置いてあった。安部さんは何度かこれを被って庭のなかを歩きまわって、箱男を体験したのだ。『燃えつきた地図』の時は、書斎の壁に郊外の団地だかの航空写真を貼りつけて、望遠レンズのついたカメラで、それをのぞきこんでいた。

〈こうするとね、まったく新しいものが見えてくるんだ〉

と、安部さんはカメラのファインダーのなかから新しく生まれてくる想像の産物を、たのしんでいるようであった。

安部公房は、まさに安部工房である。作品の完成に新しい道具を持ち込むのも安部流だが、やがて舞台のドラマにもシンセサイザーが用いられ、舞台音楽の作曲に熱中しはじめる。スタジオの稽古場でヘッド・ホーンをつけて、シンセサイザーのキーを操りながらさらに想像を拡げる音を探している安部さんは、妙な音をスタジオじゅうに反響させながら、実にたのしそうであった。

このシンセサイザーによる作曲がはじまるころから、スタジオが上演するドラマに、大きな変化が生じてくる。

台本は戯曲とも散文ともつかない新形式のものになり、舞台表現も〈戯曲をもとに演出されるものではなく、俳優をつかって舞台空間に戯曲を創り出す作業のような気がしてならない〉〈舞

るようになる。

台の上で僕に必要なのは、言葉よりもむしろ俳優の肉体なんだ〉(前出「都市への回路」)と、語

ドラマも、〝音＋映像＋言葉＋肉体＝イメージの詩〟という、自作ドラマの方程式がつくられ、そこから〝イメージの展覧会〟という、まったく新しい安部ドラマが生まれてくる。

このころになると公演も軌道に乗り、劇場の通路も埋まり、立ち見の観客であふれるという盛況がつづく。そして演劇集団安部公房スタジオは結成七年目を迎えた一九七九年五月、一つの頂点を迎える。

〝イメージの展覧会〟「仔象は死んだ」の上演がその記念すべき作品だが、安部さんはこの作品を携えて、セリフは日本語のままアメリカ公演を試みた。セントルイス、ワシントン、ニューヨーク、シカゴなどで上演、絶賛を博す。このアメリカ公演を、《ワシントン・ポスト》紙ほかは、劇評で次のように報じている。

〈一つの異国文化が、昨夜ケネディ・センターを席捲し、テラス劇場をハイジャックした。我々の知っている演劇に対して、目のくらむようなマルティ・メディアの攻撃をしかけてきた〉(五月九日)

〈演劇のメッカ、ケネディ・センターにおける「実験」劇場として長らく約束だけに終っていたテラス劇場が、昨夜その歴史の中ではじめて真に実験的な公演を持つことになった〉(《ワシントン・スター》五月九日)

〈「仔象」の舞台で一番重要なものは一枚の大きな白い布である。これは舞台全部を覆いつくす絹のパラシュート用の布地で、まるで魔法の絨緞の役目をする。(略)仔象は悪夢ではないが、ルイス・キャロルだったら直ちに理解するような夢である。行動芸術家としての安部公房

は、演劇における偉大なパフォーマーであり、デザイナーである〉(《ニューヨーク・タイムズ》五月十六日)

安部さん自身、この圧倒的な成功を〈私が全面的に演劇活動に参加しはじめてから七年目にして到達した一つの帰結であり、同時に出発点でもある〉と、一九七九年六月の「仔象は死んだ」の日本公演パンフレットで語っているが、スタジオ結成前までの安部さんの演劇とも明らかな相違が見られる。これはもう舞台の上で役者たちによって演じられる言葉と演技の芝居ではない。舞台の上で言葉となって動くものたちと、その光と影、音による衝撃的、圧倒的なパフォーマンスである。

安部公房スタジオの公演は、これを最後に自然消滅的に解散してしまうが、私はしばらく舞台を思い出してはその余韻に浸りながら、どうしてあのようなドラマが生まれてきたのか考えてみた。すると安部さんのある劇評が頭の中に浮かんできたのである。

一九六四年五月に、東京青山の草月アート・センターで、ニューヨークのアドマン・グループが、ジェイムス・ジョイスの「フィネガンズ・ウェイク」を舞台化した「六人を乗せた馬車」を上演した。安部さんはこのドラマの劇評を、《朝日ジャーナル》一九六四年五月十一日号の「観客席」に寄稿し、次のように語っている。

〈私は舞台の流れに引き込まれ、文句なしに共感し、文句なしに脱帽してしまった。(略)この作品が、芝居でもなく、音楽でもなく、舞台でもなく、しかも同時にそのすべてであるという「舞台の表現の本質」に迫るものだったからに相違ない。(略)息づまる思いのまま、幕切れになり私は久しぶりに心から拍手を惜しまなかったが、送りながら心のどこかで、ねたみに似た羨望を感じていたことを否定できないようだ〉

これはまるで、安部さんの舞台ドラマに寄せられた、誰かのオマージュのような言葉ではないか。〈ねたみに似た羨望を感じ〉たとは、本当に、安部さんの言葉だろうか。どんな芸術家の仕事でも、小説でも、安部さんがこれほどまで絶賛したことはない。スタジオの結成から、〝イメージの展覧会〟に至る舞台ドラマへの、あの熱狂的とさえ思えたプロセスは、この時胚胎したのではないか。この「六人を乗せた馬車」との出会いが、〝発想の種子〟となって安部さんの脳裡に埋め込まれ、時を待って見事に発芽、開花したものに違いない。

四

ところで、文壇へデビューした当時の安部公房のことを、〝変貌の作家〟と呼んだのは、本多秋五である。本多秋五は安部さんの処女作『終りし道の標べに』（真善美社、一九四八年刊）から、出世作「壁――S・カルマ氏の犯罪」（《近代文学》一九五一年二月号）までの三年間の急激な作品の変化を指して、『物語戦後文学史』のなかでいったのだが、作風の変貌ばかりではない。安部さんは自作の改稿も多い作家としても知られている。

もっとも有名なものは、初版刊行以来十七年になって、殆ど全面的な書き直しをほどこして、一九六五年十二月冬樹社から復刊した処女作『終りし道の標べに』である（したがって『終りし道の標べに』は、文学史上真善美社版と冬樹社版の二著が存在することになる）。そのほか、初期の代表作「デンドロカカリヤ」も、雑誌発表時の作品を全面的に改稿して、作品集『飢えた皮膚』（書肆ユリイカ）に収められている。

また、一九四七年夏、自費出版された『無名詩集』に収められている散文詩「ソドムの死」は、用語など全面的に改訂し、短編小説として、翌年十二月刊の文芸誌《不同調》第二巻九号に、再発表されている。雑誌発表時から、作品集収録までの作品の改稿、エッセーの書きかえ、合体などは数多く、書誌学的には大いに泣かせられる代表的な作家ともいえよう。

〝変貌〟といえば、作品のほかのメディアへの発展もまた多彩で、ユニークである。

例えば、短編小説「時の崖」（《文學界》一九六四年三月号）を、取りあげてみよう。この小説のルーツは、ラジオドラマ「チャンピオン」（一九六二年十一月放送、RKB毎日。芸術祭奨励賞受賞）である。

「チャンピオン」は、あるボクシング・ジムに長期間据えつけて置いた録音器に入った選手や練習生たちの私語、会話などの断片を拾い集め、ラジオドラマに構築した〝音の物体詩〟（音楽は武満徹が担当）である。

ラジオドラマ「チャンピオン」から、小説「時の崖」に変貌したこの作品は、再びラジオドラマ「時の崖」（一九六六年十月放送、NHKラジオ）に発展、さらに全三景からなるオムニバスドラマ『棒になった男』（一九六九年十一月）の第二景を構成する戯曲台本に発展していくのである（「時の崖」は、一九七一年七月に自制作の短編映画としても結実している）。

戯曲『棒になった男』は、第一景「鞄」、第二景「時の崖」、第三景「棒になった男」の全三景から構成されている戯曲である。第一景の「鞄」はラジオドラマ「男たち」（一九六八年十一月放送、NHKFM）、第二景「時の崖」、第三景「棒になった男」（短編小説「棒」《文藝》一九五五年七月号）は、ラジオドラマ「棒になった男」（一九五七年十一月放送、文化放送）からそれぞれ発展してきて、この戯曲にも組み込まれているのである。

こうして、まったく無関係に創作されてきた三つの作品は、『棒になった男』という一つの大きな作品（戯曲）に結実する。そして舞台の上で、同一俳優によって全三景が演じられることで、それぞれ「誕生」「過程」「死」という、戯曲にかくされていたテーマが浮かびあがってくるのである（一九六九年十一月、安部さんが自ら演出した公演で、主役を演じた井川比佐志は芸術祭大賞を受賞した）。

メディアのジャンルを超えた、安部さんのこうした新しい作品の創造の手法は、一般的にはなかなか理解されにくいようである。

一九五九年十月、NHK大阪が、テレビドラマ「日本の日蝕」（芸術祭奨励賞受賞）を放映した時、「日本の日蝕」は一昨年七月に中部日本放送が放送したラジオドラマ「兵士脱走」と、〈作品内容が酷似している。焼き直しだ〉と物議をかもした。安部さんは、〈作者としてテーマを大切にすれば、いろんな表現媒体を使ってくり返し練り直すことが望ましいと思う〉（《朝日新聞》一九五九年十月十三日）と語って、一蹴している。

この「日本の日蝕」は、短編小説「夢の兵士」（《文學界》一九五七年六月号）がルーツである。その後ラジオドラマ「兵士脱走」、テレビドラマ「日本の日蝕」を経て、さらに戯曲「巨人伝説」（一九六〇年）へと発展している。

〈――ぼくは、自分の作品に、小説だとか、ドラマだとか、シナリオだとか、そんな区別は与えたくない。出来ることなら、単に「作品」とだけ呼ぶことにしたいとさえ、思うのだ〉

〈ここに集められた作品は、すべてジャンルやメディアを超えて流動するイメージの核であり、定着の場所を求めて飛んでいる、羽のある種子のようなものと受け取っていただきたいと思うのだ。定着の場所は、なにも劇場や、映画館や、ブラウン管などといった、決まりの場所だけとは限るまい。これはまがりなりにも一冊の本であり、本にとって可能な舞台は、けっきょく読者の想像力のなか以外にはありえないのだから〉

安部さんは、放送ドラマをまとめた〝現代文学の実験室〟①『安部公房集』（大光社、一九七〇年六月）の「あとがき」で、そう語っている。

五

ところで、私は安部公房のほかに、島尾敏雄の超現実的な作品――奥野健男のいう「夢の部分の研究」に属する作品が好きで、若いころから愛読してきた。私の頭のなかの特別な本棚には、この二人の作家は仲良く並んでいて、本の背中を並べている。埴谷雄高は、〝現代文学の発見〟『存在の探求　下』（學藝書林、一九六七年一月）の「解説」のなかで、〈島尾敏雄が可能性の世界を感覚的に辿りながら裏返しをしてみせるのと違って、安部公房は論理的な裏返しを自己の方法としている〉と、二人の作家のユニークな超現実的な作品を生み出す方法論にふれている。この指摘は首肯できるが、さて、現実の二人の作家の関係は、どうだったのだろう。

一九七二年五月、新潮社から『安部公房全作品』全十五巻が刊行された時、第一巻の「月報」冒頭に、島尾さんは「安部公房との事」というエッセイを寄稿している。

そのエッセイによると、昭和二十五、六年（一九五〇、五一年）までは家を訪ねたりして、何度か会っていたが、〈それなのにどうしてか彼とは向き合ってはなしをしたことがないという気持が強い。おそらくなにもはなさぬこととおなじ状況があったからか〉と、記し、そのうちに安部公房の幻影に悩まされはじめ、〈高い塀につき当ったときに、彼はかんたんに向こうがわにとびおりてしまうのに、私はいっこうに塀のてっぺんに手がとどかず、こちらがわでその裾にうずくまってしまう、というような夢を見たりしていた〉とも語っている。

その後に、何年かたって、あるパーティで久しぶりに顔を合わせたときのことが、つづく。

〈既にかなり酔っていた彼が、シマオはおれを誤解していると言った。また、おれを軽蔑しているんだからな、とも言った。私は彼のいきおいにおされてうまく切り返しのことばが出て来ず、あいまいな否定のことばを出すにとどまった。しかしそういう言い方で彼が寛容的になっていることが痛く感じられ、私には思いの外であった。そのあとどれほどの間も置かずにたまたま或る座談会でいっしょになったときも、私はその思いを深くした〉

私は編集者をしていた頃、島尾さんには三度ばかり会っている。『死の棘』で芸術選奨を受賞した時、奄美大島から上京してきた島尾さんに、本郷の旅館でインタビューをしたこともある（一九六一年十一月のことで、小さな火鉢を囲んだ島尾さんの隣りに、ちょこんと座っていたマヤちゃんがとても可愛らしかった）。島尾さんは安部さんが中心だった「世紀の会」の会員ではなかったが、一九五〇年の秋、会が会員の作品などを研究資料として、小冊子「世紀群」で刊行した。島尾さんの短編小説も近刊予告されていたが、これは未刊に終っている。「現在の会」では、ともに同人になっている。一九六一年十一月九日、有楽町のニュー・トーキョウで開催された「島尾敏雄を励ます会」には、安部さんも出席している。

――二人の間に、なにがあったのだろう。私は島尾さんのエッセイを驚きながら読んだが、島尾さんは後にも先にも、このエッセイのほか、安部公房について何も語ってはいない（そういえば、安部さんの口から島尾敏雄のことが出たこともなかった）。

一方、安部さんには島尾敏雄に関する文章は、一編もない。二人は島尾さんが書いているように、このあと座談会ではじめて出会ったころのことなどを語っているだけである（この座談会というのは、一九六八年十一月に中央公論社から刊行された〝日本の文学〟73『堀田善衛　安部公房　島尾敏雄集』の付録「鼎談　秋宵よもやま話」のこと）。

島尾さんがエッセイを寄せた安部さんの全作品集の刊行に関しては、私も相談を受けて、作品編集の手伝いをした。最終巻の「月報」にも年譜を書くことになっていたので、打ち合わせかなにかの時に、安部さんにこのエッセイのことを話してみた。

〈ああ、なにか書いていたな……〉

と、無関心のようにいうので、島尾さんとなにかあったのか尋ねようとした。すると、安部さんの方からすぐに話題を変えたので、私は気まずくなって口を閉じた。この時の気まずさが私のなかに残ってしまい、それ以後安部さんには島尾敏雄のことを持ち出すことができなかった。

安部さんは意外にフランクで、同じ作家仲間や評論家たちのことを聞くと、すぐにそれに応じてくれていたから、やはりなにかあったのだと、後になって思った。安部さんが口にしたという、〈シマオはおれを誤解している〉といった誤解の意味について知りたいとも思った。

一九七八年五月、〝書きおろし最新長編〟と銘打った島尾さんの作品『夢日記』が、河出書房新社から刊行された。文字通り島尾さんの夢の日記を集積した作品で、夢に現われた島尾さんや家族の超日常的風景がつづられ、島尾さんと交遊のある作家たちも登場している。

ところが、昭和四十八年（一九七三年）九月二十六日の、二度目に見た夢の記述のところで、私の目はぴたりと止った。安部さんが登場しているのだ。短かい記述なので、全文を引用しよう。

〈安部公房に会う。登城への道のような、広くて低い石段（幅の広い）のついた坂道を歩いて行く。ぼくは安部が次々に作品をこしらえていることを祝福する。彼は（「死の棘」のことを）……だな、そこは注意した方がいいんじゃないかと言う。

左に折れた道をはいる。道の真ん中に水たまりがあり、その中に赤ん坊の顔がこっちを向いている。安部にそっくりの顔。安部にも子どもが出来たか！　と思う。牧場の柵が桟橋のよう

なかたちで彼の家の方に道が導かれている〉
一読、面白い夢だなと思った。それ以上の感慨は、湧いてこなかった。一時は勝手な妄想のようなものにとり憑かれて――、自分が好きな作家たちだけに、二人の関係を少し強く意識しすぎていたのかも知れない。このころには、少し冷静になって、文学の研究家でもないものが、細かなことに立ち入ることはないのだと思うようになっていた。

ところが、安部さんは一九九一年一月号から《新潮》に『カンガルー・ノート』の連作短編小説の掲載をはじめ、二回目の「緑面の詩人」に、突然縞魚飛魚なる奇妙な名前の人物を登場させた。これは、どう読むのだろう。誰が見ても、島尾敏雄であろう。

私には、かなりの衝撃があったが、この連作短編が一巻にまとまって十一月に単行本として新潮社から刊行された直後、《波》に安部さんの談話「われながら変な小説」が掲載された。この談話に「縞魚飛魚」について、〈あれにはちょっぴりモデルが隠されているんだ〉と、次のような本文からのプロフィールを引用して、紹介している。

〈「緑面の詩人が浮かべるかすかに悲しみをたたえた微笑に一度でも接した者は、彼の善意を信じないわけにはいかないという。魂のしずくを思わせる、無垢の光をたたえた視線、世間の刺を和らげる包帯のような声、男女を問わず引き付けられてしまうのは当然のことらしい。彼の女癖についてうんぬんする声もあるが、言い寄る娘が跡をたたないからと言って、彼を非難するのはお門ちがいもいいところだ（略）」……悪意がないことはみとめてもらえるよね〉

『カンガルー・ノート』のなかの「緑面の詩人」も、『夢日記』も、ともに夢から紡ぎ出されてきたイメージを作品にした小説である。これらの〝夢〟は、ともになにを語っているのだろうか。「縞魚飛魚」が島尾敏雄だとしたら、なにがシンボライズされた夢なのだろうか――。私には夢の解析はできないので、この二つの夢は、いまもナゾのまま残っている。

六

安部さんは、実に多彩で、多才であった。文学に、演劇に、たえず新たな地平を切り拓き、衝撃的、前衛的な空間を構築して、国内ばかりか国際的にも多くの読者を獲得してきた。すでに〝飛ぶ男〟となって地上を離れたが、いまも時空を超えて、はるかな天空をなにものにも捉われずに、まったくフランクに飛びまわっているだろう。芸術の前衛には辿り着くところはないし、どこかに辿り着いてしまうことは、安部さん自身望んではいないのだから。

安部さんとのことを、長々と書きつらねてきたが、最後はやはり安部さんの言葉で締めくくらせていただく。

〈——誰がこんな足取りを予想したりしただろうか。ぼくの心づもりでは、もっと違ったものであるはずだった。もっと一貫性をもった、脈絡のある順路を通ってきたつもりだった。（略）自分ではけっこう、筋道立ててやって来たつもりだったのだ。（略）どの一歩もが、そのたびにまったく新しい、最初の一歩のおもむきである。まるで、あらゆる方向に、同時に歩き出そうとでもしているような按配である。（略）いずれにしても、ぼくがよくよく完成と縁遠い人間であることだけは、まず間違いなさそうだ。しかしぼくは、あらゆる所へ行きたいから、どこに辿り着けなくてもかまわない〉（作品集『無関係な死』「あとがき」、新潮社、一九六四年十一月刊）。

この「安部公房評伝年譜」は、私がこれまで文学全集などにいくつか書いてきた安部さんの年譜を集成し、生涯を鳥瞰しようとしたものである。

主な事項を羅列するだけの、これまでの文壇的、常識的な年譜は、勿論紙数の限りもあるだろうが、無味乾燥で面白いものではない。もう少しアクチュアルなものにならないか。文学書の編集などに携わっている友人などは、〈年譜とは元来そういうものだよ〉というが、年譜にももっと情報がふくまれて、読みものとして面白さがあってもいいのではないか。

私はかねてからそう思って、不満をいだいていたのだ。そして安部さんが遺した言葉、発言、エピソード、評論家たちの評言、友人・知人たちの証言などをコラージュ的に用いて、安部さんが歩いてこられた足跡を立体的にとらえ、評伝としても読める年譜を試みたのが、この「評伝年譜」である。

安部さんは多彩な活動をした希有な作家だから、事項の羅列だけでは、その背後のことが分らない。やはり必然的に、このようなさまざまなアプローチが必要だったのだ。

「演劇・映画・放送作品目録」、「参考文献目録」と合わせたこの「評伝年譜」が、安部文学を愛読し、研究しようとする若い人たちへの一助となれば幸いである。

最後に、こうしたわがままな私資料的なものの出版を心良く受け入れてくださった、新泉社の石垣雅設社長、編集長の竹内将彦氏に、心からお礼申しあげる。また多忙なところ、いつも厭わずに助言をしてくれる友人の梟社社長林利幸氏にも、あわせて深謝する次第である。

二〇〇二年三月

谷　真　介

編著者紹介

谷　真介（たに　しんすけ）

1935年、東京に生まれる。中央大学中退。日本文芸家協会会員。

雑誌「総合」、書評文化誌「週刊読書人」の編集者を経て、児童文学作家になる。『台風の島に生きる　石垣島の先覚者岩崎卓爾の生涯』『沖縄少年漂流記』をはじめ、多くの幼児・幼年童話がある。

1957年ごろより安部公房と親交をもち、その後年譜の作成を依頼され、文学全集・文庫などの年譜、文献解題の作成に携わる。『安部公房レトリック事典』（新潮社）、『〈真善美社版〉終りし道の標べに』（講談社文芸文庫）の「作家案内」、『新潮日本文学アルバム　安部公房』の「略年譜」「主要著作目録」などの仕事がある。

安部公房評伝年譜

2002年7月15日　第1版第1刷発行

編著者＝谷　真介

発行所＝株式会社 新 泉 社
東京都文京区本郷2－5－12
振替・00170-4-160936番　TEL 03(3815)1662／FAX 03(3815)1422
印刷／太平印刷社　製本／榎本製本

ISBN 4-7877-0206-8　C1095